Michael Innes

# Lord Mullions Geheimnis

Roman

Aus dem Englischen von
Uta Münch



Piper
München Zürich

SERIE PIPER
SPANNUNG
Herausgegeben von Friedrich Kur

Von Michael Innes liegt in der
Serie Piper Spannung außerdem vor:
Appleby und Honeybath (5510)

Die Originalausgabe erschien 1981 unter dem Titel
»Lord Mullion's Secret«
bei Viktor Gollancz Ltd., London.

ISBN 3-492-15519-7
Deutsche Erstausgabe
November 1986
2. Auflage, 9.–12. Tausend September1987

Umschlag Federico Luci,
unter Verwendung einer Zeichnung von Beate Brömse
Gesamtherstellung: Clausen & Bosse, Leck
Printed in Germany

# I

Die Mullions waren noch verhältnismäßig begütert, wenngleich sie sich nicht mehr imstande sahen, ihren Verpflichtungen in der erwünschten unauffälligen Weise nachzukommen. Zweimal pro Woche, über den längsten Zeitraum des Jahres hinweg, waren sie gehalten, Mullion Castle in ein hochherrschaftliches Museum zu verwandeln. Das Ärgernis wurde unmittelbar nach dem Frühstück durch Lord Mullion angekündigt, wenn er in höchsteigener Person auf das flache Bleidach hinaufstieg und eigenhändig seine persönliche Standarte über den Zinnen hißte. Er selbst war gar nicht besonders begierig darauf, der Welt auf diese Weise zu signalisieren, daß er geruhte, anwesend zu sein, da ihn dünkte, es sei ausschließlich seine Privatangelegenheit, mit der die Welt herzlich wenig zu tun habe. Doch sprengte diese gewisse kleine Extravaganz durchaus nicht den Rahmen des Üblichen unter seinesgleichen; vermutlich hielt die überwältigende Mehrheit an dieser Tradition fest. Lord Mullion aber war ein zurückhaltender Mensch, der von seiner Frau diesbezüglich auf Vordermann gebracht werden mußte. »Häng unsere Banner auf die Außenmauern«, lauteten die Instruktionen von Lady Mullion nach ihrer zweiten Tasse Kaffee. »Der Schlachtruf heißt: ›Sie kommen!‹« Und ihr Kommen war natürlich in äußerstem Maße erwünscht, nachdem sich der Ruf nicht auf eine feindliche Armee bezog, sondern auf Autos und Omnibusse, die in Kürze die Auffahrt heraufholpern würden. Also tat Lord Mullion, wie ihm geheißen, und tröstete sich mit der Überlegung, daß seine Geste auch als Herausforderung ausgelegt werden konnte – wie bei Macbeth – statt als Willkommensgruß.

Hingegen ließ Lord Mullion keine Gelegenheit aus, höchstselbst mit übertriebener Förmlichkeit den kleinen Troß vornehmer Damen willkommen zu heißen – in der Umgebung angeworben und in bescheidenen Verhältnissen lebend –, die er mit der Führung der Schloßbesucher betraut hatte. Wie man ihm sagte, erfüllte es die Touristen mit Genugtuung, die vage Vorstellung zu hegen, daß ihnen dieser Lakaiendienst von einem Mitglied der Familie Wyndowe persönlich erwiesen wurde. In der Tat legte Lord Mullion von Zeit zu Zeit den Grundstein für eine solche Annahme, indem er an einem kleinen Tisch unter dem Fallgitter eigenhändig Eintrittskarten verkaufte. Während dieser Tätigkeit vergaß er bereitwillig die leichte Schmach, die der ganzen Sache anhaftete, und hieß seine Besucher mit der gleichen ungekünstelten Freundlichkeit willkommen, die er auch Bekannten seines Standes entgegengebracht hätte, die von seiner Frau eine Einladung zum Lunch erhalten hatten. Nachdem dieser Dienst geleistet war, zog er sich allerdings mit den übrigen Mitgliedern seines Haushalts in den Gebäudeteil zurück, den seine Führerinnen als »privaten Flügel« bezeichneten. Da Mullion Castle nicht besonders weitläufig war (von dem Schloßgraben gigantischen Ausmaßes abgesehen) und da die meisten Räumlichkeiten durchaus sehenswert waren, lief das Ganze auf eine ziemlich eingeschränkte Lebensweise an zwei von sieben Tagen hinaus. Aber der Geldstrom floß, und dagegen konnte man kaum argumentieren.

Eigentlich waren es nur die Bediensteten, die aus ihrer Abneigung gegen die »offenen« Mittwoche und Samstage kein Hehl machten. Gleich der Familie wurden auch sie dem Blickfeld entzogen, so daß ihnen keinesfalls von den Touristen oder Besuchern oder Kunstbeflissenen, wie auch immer man diese hereindrängenden Horden bezeichnen mochte, Trinkgelder zugesteckt werden konnten. Selbst der Tee in der riesigen Zehntschaftsscheuer wurde von ehrbaren Frauen aus den beiden Nachbardörfern serviert; Lady Mullion erschien das Arrangement zweckmäßig, sowohl aus Gründen der Protektion wie auch zur Aufrechterhaltung erstrebenswerter freundschaftlicher Beziehungen zu jener Gesellschaftsschicht in ihrer Nachbarschaft. Außerdem hatte die Hausdienerschaft an den »Besuchstagen« ein gewisses Maß an zusätzlicher Arbeit zu erledigen. Bahnen robusten Gewebes mußten als Teppichschoner über kostbare, jedoch stark gefährdete antike Teppiche gebreitet werden, und diverse Möbelstücke in vergleichbarem Zustand mußten hinter Kordelabsperrungen, wie sie in altmodischen Bildergalerien gebräuchlich waren, in Sicherheit gebracht werden. Schließlich waren noch die verschiedenartigsten Aufräumungsarbeiten zu erledigen, nachdem der Tagesbetrieb vorüber war.

Lady Mullion selbst übernahm ebenfalls ein oder zwei verhältnismäßig lästige Aufgaben. Es bereitete ihr Vergnügen, die Räumlichkeiten mit so vielen Blumenarrangements zu überladen, wie es die Familie unter normalen Umständen kaum toleriert hätte (ganz zu schweigen von den Engpässen, die sich dann in den Gärten ergeben hätten). Aber das gesamte Unterfangen »Offenes Haus« war äußerst heikel. Wie man den Mullions versichert hatte, legten insbesondere die Omnibustouristen sehr viel Wert darauf, das Gefühl haben zu können, in sämtlichen von ihnen besichtigten Räumen habe sich noch wenige Minuten vor ihrem Eintreffen der höchst aristokratische Alltag abgespielt. Lord Mullion hatte dafür beachtliches Verständnis. Nichts war ihm je deprimierender erschienen, so pflegte er sich zu äußern, als diese Loire-Schlösser, wo man inmitten von bewundernswert gepflegten Gärten und Teichanlagen unvermittelt einem riesigen unbewohnten Haus gegenüberstand, in dem nur noch hier und da ein paar dürftige Tische und Stühle sowie einige vermoderte Betten herumstanden. Doch wie weit sollte man sich vorwagen bei der Erzeugung derartiger Eindrücke – oder bisweilen auch Illusionen? Wenn man beispielsweise im Frühstückszimmer den Tisch zu einem bescheidenen Frühstück deckte, war es dann angebracht, am anderen Ende des Schlosses eine festlich zum Souper mit unzähligen Gästen vorbereitete Tafel zu präsentieren? Wie großzügig, so fragte sich Lady Mullion, sollte sie in den Zimmern diese reichlich langweiligen regionalen Zeitschriften verteilen, deren Inhalt sich mit dem Gesellschaftsleben und den ländlichen Ereignissen befaßte? Und dann das Problem mit Henrys Zigarren – ganz fraglos eine seiner wenigen Extravaganzen: ob man das Kistchen (vielleicht sogar geöffnet?) auf seinem Schreibtisch in der Bibliothek stehenließ, oder verbarg man es lieber in einer Schublade? Ja, und die Fotos – Familienfotos und andere. Die Mullions hatten ein unwahrscheinliches Faible dafür. In sämtlichen Räumen fand man sie, silbern gerahmt, auf kleinen Tischchen. Lord Mullion hatte ein wenig die

Orientierung verloren unter den verschiedenen Wyndowe-Generationen, die auf diese Weise zur Schau gestellt wurden; allein seine Frau war in der Lage, diese Legion von Verwandten mit Namen zu benennen, die, teils in Rollstühlen, teils in Kinderwagen, geduldig darauf wartete, daß man sich ihrer erinnerte. Es gab auch noch die besondere Vitrine mit der königlichen Familie. Die Wyndowes zählten zu jenen unter ihresgleichen, die die Fahne des Hauses Windsor noch hochhielten; gewisse hochgestellte Persönlichkeiten hatten diese Ergebenheit erkannt und mit einer huldvoll signierten Fotografie honoriert. Derartige Schaustücke bedeuteten der Mehrheit seiner »Gäste« (wie Lord Mullion seine Kunden bisweilen mit sanfter Ironie titulierte) unvergleichlich mehr als selbst die leibhaftigsten Tudor-Wyndowes. Und das war eine Tatsache, die ihm ganz und gar nicht behagte.

Das Ärgernis mit den Fotografien wurde noch etwas verschlimmert durch die Art der Führungen, für die sich Lord Mullion entschieden hatte. Experten auf diesem Gebiet hatten ihm auseinandergesetzt, daß man die Wahl hat zwischen zwei Methoden. Man konnte entweder einen Wächter oder Aufseher in jedem Raum und jedem Gang postieren und den Besuchern gestatten, sich frei zu bewegen oder in selbst gewähltem Tempo einer bestimmten Route zu folgen, die durch gut sichtbar angebrachte Pfeile gekennzeichnet war; es bestand aber auch die Möglichkeit, die Besucher in Gruppen zu sammeln und nacheinander in passenden Abständen unter der Aufsicht einer einzelnen Führungsperson durchzuschleusen. Ohne Zögern hatte Lord Mullion eine Entscheidung zugunsten des zweiten Verfahrens getroffen. Er hatte gleichzeitig wohlwollend beschlossen, mit dieser Aufgabe jene älteren Damen aus guter – aber minderbemittelter – Familie zu betrauen, die in der Nachbarschaft überreichlich angesiedelt waren (bei einigen handelte es sich sogar um irgendwelche entfernten Verwandten). Möglicherweise waren sie nicht besonders gut informiert, vielleicht nicht einmal »gebildet« im modernen Sinn, und sie mochten unter Umständen gewisse kleine Unsicherheiten zeigen – Thomas und Oliver Cromwell betreffend, beispielsweise. Doch im Grunde wußten sie sehr wohl Bescheid; ihre Haltung und ihr Selbstvertrauen, ganz zu schweigen von der liebenswürdigen Vollkommenheit ihrer Umgangsformen, würden sich kaum erschüttern lassen; nicht einmal dann, wenn sie von einem lästigen Besserwisser ertappt würden, dessen Weisheiten einem Reiseführer entstammten. Im übrigen hatte Lord Mullion den Eindruck, daß es für diese Damen weniger herabwürdigend war, die Gruppen auf gesellige und unterhaltsame Weise herumzuführen, als an bestimmten Stellen Posten zu beziehen und das Familiensilber zu bewachen. Das gewählte Verfahren schloß natürlich ein, daß sie aufdringliche Fragen bezüglich der Insassen der Kinderwagen und Rollstühle zu beantworten und ihr Urteil darüber abzugeben hatten, ob Lord und Lady Mullion möglicherweise zu dem bevorzugten Personenkreis zählten, dessen Mitglieder gelegentlich im Buckingham-Palast »vorbeischauten«.

Selbstredend machten sich die Mullions über diese Begleitumstände keine allzu großen Gedanken. Sie waren selbstsichere Leute, eher belustigt als bestürzt über die Kuriosität der Zeit. Das, was Lord Mullion kurz als »gegenwärtige Tendenz in der Sozialgesetzgebung« abtat, mußte zugegebenermaßen in mehrfacher Hinsicht als verdrießlich bezeichnet werden. Die Auswirkungen dieser Tendenz machten sich sogar bisweilen als bedrohliche Schläge gegen die Schloßmauern bemerkbar, und man vermeinte, Kanonenkugeln in den Schloßgraben plumpsen zu hören. (Was nicht bedeutete, daß jemals etwas in den Schloßgraben plumpsen konnte – er war nämlich trocken und mit Osterglocken übersät.) Doch erst durch das Gerumpel von Munitionskarren im Innenhof des Schlosses hätten sich diese alteingesessenen Herrschaften davon überzeugen lassen, daß ihnen Gefahr drohte. Nachdem sie bislang immer vor allen Aktivitäten zurückgeschreckt waren, die über die Beschäftigung des Landbesitzens hinausgegangen waren, nannten sie selbst keine großen Reichtümer ihr eigen. Ein überraschend hoher Prozentsatz der gesamten Vermögenswerte Englands befand sich jedoch in Händen ihrer Freunde oder doch zumindest im Besitz von Leuten, deren flüchtige Bekanntschaft man durchaus nicht zu verleugnen brauchte. Es wäre also töricht, sich durch die Unwägbarkeiten der einen oder anderen kurzlebigen politischen Szene aus der Ruhe bringen zu lassen. Ob Omnibusladungen oder Regierungen – sie kamen und gingen; doch das Leben auf Mullion Castle und den angrenzenden Ländereien nahm ungestört seinen Lauf.

Auch die Ausstattung der alten Räumlichkeiten war weitgehend unbeeinträchtigt geblieben. In den vergangenen Generationen war es den Eigentümern gelungen, ihr jeweiliges Hinscheiden in so großen zeitlichen Abständen zu programmieren, daß sich in finanzieller Hinsicht unleugbare Vorteile ergaben. Man war auf diese Weise in der Lage gewesen, den erbschaftssteuerlichen Verpflichtungen ohne verheerende Aufsplitterung der Besitzungen, der Sachwerte, des Familienschmucks und anderer persönlicher Erbstücke nachzukommen. Das ungestörte Dasein einiger bestimmter Wertobjekte war bis vor nicht allzu langer Zeit sogar so weit gegangen, daß es den Anwälten und Versicherungsgesellschaften bereits ein Dorn im Auge war. So hatten beispielsweise die drei Nicholas-Hilliard-Miniaturen über einen sehr langen Zeitraum hinweg einfach an einer mottenzerfressenen Samtverkleidung im Salon gehangen, wo man sie im Laufe von Abendgesellschaften zum Bewundern und Kommentieren abnehmen und herumreichen konnte. Doch auch über sie hatte letztlich die Vorsicht die Oberhand gewonnen. Nun wurden sie in einer raffiniert im Fußboden verankerten Vitrine zur Schau gestellt, unter einer durchsichtigen Platte, deren Material unter Garantie auch einem Vorschlaghammer widerstehen würde. Selbstverständlich präsentierten sich noch zahllose weitere Objekte von beachtlichem Wert. Doch die wenigsten konnte man ohne Umstände in der Hosentasche verschwinden lassen; und im übrigen war den Führerinnen wohl bekannt, welche Kleinodien ihr besonderes Augenmerk erforderten. Dem bisher einzigen nennenswerten Diebstahl war ein Spazierstock zum Opfer gefallen, der sich Lord Mullions bevorzugter Wertschätzung erfreut hatte, weil er einst Eigentum des ersten Herzogs von Wellington gewesen war (jedenfalls behauptete Seine Lordschaft das – obwohl kein Mensch wußte, wie er dazu kam).

Kurz nach Beginn dieser Chronik entdeckte man jedoch

auf Mullion Castle einen Diebstahl anderer Art. In jenem Fall handelte es sich um ein Objekt von beträchtlichem Wert, das ungeahnte Verwicklungen heraufbeschwören sollte.

## II

Henry Wyndowe und Charles Honeybath hatten die gleiche Schule besucht, und während aus dem einen ein Schloßherr geworden war, hatte sich der andere der Malerei verschrieben. Trotz der Tatsache, daß Maler (und selbst Angehörige der Royal Academy) standesgemäß nicht an Adelige heranreichen (zumindest nicht an den alten Adel), hatten die beiden einen mehr oder minder freundschaftlichen Kontakt aufrechterhalten. Honeybath war um etliche Jahre älter, und diesem Umstand war es zuzuschreiben, daß es einst Aufgabe des zukünftigen Lord Mullion gewesen war, Honeybath' Zimmer aufzuräumen, seinen Teekuchen aufzubacken, den Dreck von seinen Rugbystiefeln zu kratzen – und von Zeit zu Zeit ein erzieherisches Ritual in Form von Schlägen auf das Hinterteil über sich ergehen zu lassen. Lord Mullion dachte an diese Zeit feudaler Knechtschaft zurück wie an eine warme und herzliche Beziehung; Honeybath seinerseits hatte damals eine Art unverbindlicher Zuneigung zu dem jungen Wyndowe gefaßt, wie das häufig bei Stubenältesten der Fall ist. Über Jahrzehnte hinweg waren sie daher in Verbindung geblieben, und ihre Zusammenkünfte waren keinesfalls nur auf Zufallsbegegnungen beschränkt. Allerdings hatte sich diese Vertrautheit nicht auf familiärer Ebene entwickelt. Honeybath war nach nur wenigen Ehejahren zum Witwer geworden, und er fühlte sich in seinem Club wohler als in den Häusern anderer Leute. Er war noch nie Gast auf Mullion Castle gewesen. In der Tat war Lord Mullion über Honeybath' Bilder besser informiert als Honeybath über Lord Mullions Familie. (Die Bilder, insbesondere seine Porträts, waren alljährlich auf Ausstellungen zu finden; die Wyndowes schätzten jedoch öffentliche Auftritte nicht besonders.) Es wäre vermessen, Lord Mullion als Kenner zu bezeichnen. Die Künste im allgemeinen erfreuten sich jedoch seiner Wertschätzung, wenngleich es ihm schwerfiel, seine Aufmerksamkeit auf bestimmte Kunstwerke zu fixieren, auf die sein Interesse gelenkt wurde – es sei denn, Kühe und Zuchtbullen beherrschten die dargestellte Szenerie. Selbst in einer Bildergalerie bereitete Honeybath die Begegnung mit seinem einstigen Knappen und Laufburschen noch Freude, und sie wurde auch nicht getrübt, als Lord Mullion eines Tages unerwartet in seinem Atelier in Chelsea auftauchte.

Das Atelier war tatsächlich nichts weiter als ein Atelier, wenn auch ein sehr großzügiges, und es lag einige Straßenzüge von Honeybath' Wohnung entfernt. Diese Gegebenheit kam Honeybath sehr entgegen. Er genoß das Gefühl, seine Wohnungstür fünfmal pro Woche hinter sich zu schließen und sich wie ein ganz normaler Bürger zu seinem Arbeitsplatz zu begeben. Dementsprechend genoß er es auch, sich am Ende des Tages von seiner Arbeit zu trennen. Wenn man nur einen Korridor überqueren oder eine Bodentreppe hinaufsteigen mußte, um in sein Atelier zu gelangen, unterlag man der ständigen Versuchung, sich zu allen möglichen und unmöglichen Zeiten dort hineinzuschleichen und ein bißchen zu werkeln – mal hier ein Strich, mal da ein Strich. Als Mann ohne häusliche Verpflichtungen war man besonders gefährdet, dieser Gewohnheit zu verfallen, und Honeybath' Erfahrung hatte gezeigt, daß ihm dies selten zum Guten gereichte.

Und doch hatte dieses Arrangement einen Nachteil. Bei der Arbeit in einem abgelegenen Atelier, bei der man meist allein ist, ist man ungeschützter als in Räumlichkeiten, die in einen Haushalt eingebettet sind. Niemand ist da, um zu verkünden, daß man nicht zu Hause sei, und man muß unangemeldete Besucher mit soviel Höflichkeit empfangen, wie man aufzubringen imstande ist, oder aber sich dem Verdacht aussetzen, sich feige in einem Schrank verborgen zu halten, bis der aufdringliche Besucher (in den meisten Fällen wohl eine Besucherin) sich wieder davongemacht hat. Solche Leute haben die Eigenschaft, nicht nur aufdringlich, sondern gelegentlich sogar unverschämt zu sein; sie benehmen sich wie in einem Bilderladen und kramen überall herum. Bei einigen wurde man auch den Verdacht nicht los, sie suchten nach Beweisen für die Lebensführung eines Bohemien. Nachdem

Lord Mullion in keine dieser Kategorien einzuordnen war, hieß ihn Honeybath ungezwungen und freudig willkommen.

»Mein lieber Henry«, sagte er, »wie erfreulich, Sie hier zu sehen!«

»Darf ich hereinkommen, Charles? Störe ich Sie auch nicht? Ich meine, malen Sie gerade jemanden – einen dieser feinen Pinkel, wie das heutzutage üblich zu sein scheint?«

»Ganz und gar nicht. Ich murkse nur so ein bißchen herum. Also hängen Sie ruhig Ihren Hut auf. Außerdem sind Sie doch selbst so ein feiner Pinkel, oder nicht? Nur feine Pinkel tragen heute noch Hüte. Erinnern Sie sich an diese absurden Gebilde, Henry, die wir auf dem Kopf tragen mußten, auch wenn wir nur die Hauptstraße hinuntergingen? Das hat man abgeschafft, wie ich hörte.«

Honeybath und Lord Mullion waren füreinander »Charles« und »Henry«, seitdem sie in Honeybath' letztem Schuljahr zufällig beide dazu verdammt gewesen waren, ihre Kenntnis der französischen Sprache und französischer Lebensart während der Osterferien vermittels eines gemeinsamen Aufenthalts in derselben entsetzlichen französischen Familie zu vervollständigen. Nur nach ihrer Rückkehr ins Internat waren sie noch für kurze Zeit »Honeybath« und »Wyndowe« gewesen – mit Rücksicht auf den damals geltenden Sittenkodex. Danach waren ihnen ihre Vornamen ganz natürlich über die Lippen gekommen.

»Um es vorwegzunehmen«, meinte Lord Mullion, während er sich im Atelier umsah, »diese Szenerie ist mir im Augenblick vertraut. Ich sitze einem ortsansässigen Maler Modell. Ist ›sitzen‹ der richtige Ausdruck? Wie die Dinge liegen, stehe ich dabei. Dadurch komme ich mir so sehr wie mein eigener Butler vor, daß ich auf dem vollendeten Porträt bestimmt an einen echten Butler erinnere. Das ist nur recht und billig, denn die Wyndowes waren einst eine Butlerfamilie, wie jedermann weiß.«

»Aber vermutlich schon vor langer Zeit.«

»Nun, allzulange ist es noch nicht her. So um 1580. Aber das Lästige an ihnen ist, daß sie sich seitdem mit schöner Regelmäßigkeit malen ließen oder porträtieren, oder wie immer sie es auch bezeichneten, und jetzt haben meine Kinder gemeinsam beschlossen, daß die Reihe an mir ist. Aufrecht stehend schien der Tradition zu entsprechen, mit einem Schwert oder einer Jagdpeitsche, oder mit einem Spazierstock von einsachtzig, oder mit dem Finger auf der Landkarte, einen Schlachtplan entwickelnd. Auf den Füßen zu bleiben erwies sich sogar als Vorteil, weil ich mir im Atelier die Beine vertreten konnte, wenn mir danach zumute war. Den Maler schien das nicht zu stören. Er ist ein netter Kerl – obwohl beileibe kein Genie, wenn Sie mich fragen.«

»Das sind die wenigsten unter uns, Henry. Aber man weiß ja nie, wie die Nachwelt darüber urteilen wird. Können Sie sich nicht vorstellen, wie jemand sagt: ›Man hat mir diesen netten kleinen Holländer geschickt, um mich zu malen. Er heißt Rubens oder so ähnlich. Vermutlich hat er von der Malerei keine Ahnung. Soll aber eine ganz nützliche Hilfe sein bei vertraulichen Geschäften, wie man hört.‹?« Während er sich in seinen originellen kunstgeschichtlichen Betrachtungen erging, sorgte er gastfreundlich für Drinks. »Sie nehmen doch ein Glas Madeira?«

»Sehr gern. Tatsache ist, Charles, daß ich selbst in einer vertraulichen Mission hier bin. Vielleicht ist ›Mission‹ nicht ganz das richtige Wort, nachdem mich keiner beauftragt hat. Es war meine eigene Idee.« Lord Mullion machte eine Pause – scheinbar um an seinem Madeira zu nippen, in Wirklichkeit allerdings (wie Honeybath gewahr wurde) aus einer ganz und gar uncharakteristischen Verlegenheit, die jedoch nicht schwer zu erklären war. Es belastete Lord Mullion, daß der Auftrag, über den er sich soeben ausgelassen hatte, nicht seinem alten Schulkameraden erteilt worden war. Und nun wollte er offensichtlich eine heikle Angelegenheit zur Sprache bringen. »Wissen Sie, ich hätte gern gewußt«, begann er wieder mit frischem Mut, »ob Sie in Betracht ziehen könnten, Mary zu porträtieren. Sozusagen als Gegenstück, für die andere Seite des Kamins. Sie dürfte ein weit lohnenderes Objekt sein als ich, und es sollte nur ein erstklassiger Künstler damit betraut werden. Könnten Sie sich mit dem Gedanken befreunden, mein lieber Charles?«

Unversehens befand Honeybath sich in einer heiklen Lage

– wenngleich von einer Art, die ihm keineswegs unvertraut war. Einen alten Kumpel zu porträtieren, erweist sich in der Regel als kein großes Problem. Man malt einfach drauflos, und nach etwa einem halben Dutzend Sitzungen enthüllt sich, was man selbst in vierzig Jahren nicht bemerkt hat: der Affe oder Pudel, der Clown oder der Playboy, der sich hinter der bekannten Fassade zeigt, wenn man nur ein klein wenig daran herumkratzt. Dem alten Kumpel ist jedoch klar, worauf er sich eingelassen hat, und sein Entzücken kennt keine Grenzen (statt Wut erntet man unbändiges brüllendes Gelächter), sobald sein erstaunter Blick dessen ansichtig wird, zu dem man ihn gemacht hat. Denn zwischen beiden schwingt noch die absolute Aufrichtigkeit der Schuljungen, der Studiosi, und dadurch wird die Situation gerettet. Mit der Frau eines alten Kumpels ist das wieder eine ganz andere Sache; hier ist es durchaus möglich, daß man am Ende einem zwar höflichen, aber sehr verärgerten Paar gegenübersteht. Was auf der Leinwand entstehen soll, ist keinesfalls identisch mit dem Eindruck, den ihr der Spiegel vermittelt, oder mit dem Bild, das ihr gut geschulter Mann von ihr hat. Die Dame mag wohl ihre »Schwachpunkte« bis ins kleinste kennen und sich beim Schneider und beim Friseur völlig freimütig dazu bekennen; aber das alles sind ausschließlich ästhetische Gesichtspunkte. Die Porträtmalerei ist jedoch ungleich komplexer und läßt die Frage unberührt, ob die fragliche Person in einem Schönheitswettbewerb Chancen hätte oder nicht. Um es genau zu sagen: Porträts sollten nicht von Freunden der Familie gemalt werden – genauso wie es sich verbietet, diese mit schwierigen chirurgischen Eingriffen zu betrauen.

Wie bereits ausgeführt wurde, konnte Honeybath in bezug auf die Mullions schwerlich zu diesem Kreis gezählt werden. Er hatte Lady Mullion kaum öfter als drei- oder viermal bei rein gesellschaftlichen Anlässen zu Gesicht bekommen. Und seine diesbezügliche Erinnerung war sehr beruhigend für ihn. Sie war eine gutaussehende Frau von der Sorte, die sich nicht scheute, ihr Gesicht das widerspiegeln zu lassen, was ihr an Gutem und Bösem begegnet war. Honeybath wußte, daß es ihm Spaß machen würde, Lady Mullion zu porträtieren; was aber nicht unbedingt heißen mußte, daß das Bild ein Erfolg wurde. Zumindest konnte er es als günstiges Omen verbuchen.

»Keine Frage! Natürlich kann ich mich mit dem Gedanken befreunden!« sagte er. »Ich fühle mich äußerst geehrt durch Ihren Vorschlag, Henry!«

»Ich weiß, daß Sie ein vielbeschäftigter Mann sind, Charles.« Lord Mullion war sichtlich erfreut, und seine Stimme klang, als sei ihm ein Zentnergewicht von den Schultern genommen worden. »Sie verstehen sicher, daß ich mit der anderen Sache nichts zu tun hatte; die Kinder haben alles über meinen Kopf hinweg arrangiert. Wenn Sie jedoch Mary malen könnten ...«

»Aber gewiß doch. Zwar muß ich wirklich ein bißchen manipulieren, aber mit ein paar unbedeutenden kleinen Flunkereien dürfte sich das schon machen lassen. Wie lange bleiben Sie beide in der Stadt?« Honeybath war es gewöhnt, daß die Erfordernisse der »Saison« (gefolgt von der lebensnotwendigen Jagd auf Moorhühner) dem Handwerk des Porträtierens gewisse Zwänge auferlegten.

»In der Stadt?« Lord Mullion drückte pures Erstaunen durch die Wiederholung dieses Satzes aus. »Mein lieber Mann, ich selbst bleibe nur über Nacht. Und Mary bleibt dieser Gegend ganz und gar fern. Sie kann London nicht ausstehen, und ich muß ihr voll beipflichten. Wissen Sie, wir führen ein sehr zurückgezogenes Leben – äußerst zurückgezogen sogar. Das heißt, abgesehen von den Mittwochen und Samstagen; aber davon erzähle ich Ihnen später. Sie müssen natürlich zu uns aufs Schloß kommen und sich ein bißchen Landluft um die Nase wehen lassen. Ihren Auftrag können Sie dann ganz nach Belieben in Ihrer übrigen Zeit ausführen oder an gelegentlichen Regentagen.« Lord Mullion lachte vergnügt vor sich hin, wohl wissend, daß seine geringschätzige Art, von einem »Auftrag« zu sprechen, nur als Witz betrachtet werden konnte. »Zum Teufel noch mal, Sie schulden uns schon seit geraumer Zeit einen längeren Besuch!«

Diese letzte Bemerkung konnte man unter Umständen als leicht herablassend bezeichnen, da Honeybath (wie bereits erwähnt) zeitlebens noch nie seinen Fuß in Mullion Castle gesetzt hatte. Hier war es wieder, das Spielchen alter Vertrautheit, und Honeybath sah keine Möglichkeit, sich da herauszuwinden. Die Erfahrung hatte ihn gelehrt, sich bei Aufträgen »vor Ort« die größte Zurückhaltung aufzuerlegen. Schon öfter hatte es dabei Probleme gegeben, und es war eigentlich von vornherein ein zwiespältiges Unterfangen. Man wurde praktisch in gewissem Sinn zu einer Art Hofmaler, der Skizzen von den Kindern machte und sogar von den Hunden. Es wurde erwartet, daß man in Haus und Park und Garten seine Lieblingsplätzchen fand und sich vor lauter Entzücken darüber mit kleinen topografischen Arbeiten revanchierte. Das Ganze konnte durchaus vergnüglich sein, und Mullion Castle bot in dieser Hinsicht sämtliche Voraussetzungen. Dennoch arbeitete Honeybath lieber in seinem Atelier.

Lord Mullion spürte sein Zögern und schlug ihn mit einer List (ein Erbstück aus urdenklichen Zeiten): Er begann nämlich sofort damit, eifrig Ersatzvorschläge zu unterbreiten. Zwar besaßen die Mullions selbst keine Residenz mehr in der Stadt, noch nicht einmal einen Hühnerstall; aber ihr Sohn unterhielt bereits eine Bude (eigenartige Bezeichnung, was?) in Kensington, und es ließe sich sicher etwas arrangieren. Honeybath, dem bewußt geworden war, daß er sich an der Grenze zur Taktlosigkeit bewegt hatte, beeilte sich, seine übergroße Begeisterung angesichts eines Besuchs auf dem Schloß zu verkünden. Dabei erinnerte er sich sogar an die berühmten Hilliards und bemerkte, wie sehr er sich darauf freue, diese winzigen Meisterwerke zu Gesicht zu bekommen. Anscheinend handelte es sich um Porträts von Wyndowes Vorfahren – doch so genau hatte er das nicht im Gedächtnis. Dafür wußte er aber noch, daß die Gravur des zweiten Staatssiegels von Königin Elisabeth aus dem Jahre 1586 von Hilliard stammte – eine Tatsache, aus der sich schlußfolgern ließ, daß Henrys butlernde Familie offenbar mit bemerkenswerter Schnelligkeit zu Wohlstand gekommen war.

Diese Familie, so wie sie sich im Augenblick präsentierte, war nun Lord Mullions Gesprächsthema.

»Es gibt eine ganze Reihe von Wyndowes«, erzählte er, »und die meisten von ihnen leben in Verhältnissen, die man als undurchsichtig bezeichnen könnte. Nicht in Armut oder im Gefängnis oder sonst irgend etwas Ehrenrühriges, sondern in den Kolonien und im Geschäftsleben, jene Richtung.« Lord Mullion machte eine effektheischende Pause; es war häufig nicht zu übersehen, daß ihm seine harmlosen humoristischen Einlagen Vergnügen bereiteten. »Man findet ihre Namen nicht oft in der Presse. Doch so sind sie nun einmal: emsig mit diesem und jenem beschäftigt, und das mit erheblichem Engagement. Ein paar von ihnen überfallen uns von Zeit zu Zeit, und dagegen ist nichts einzuwenden. Als Familienoberhaupt kann man schließlich ein gelegentliches verwandtschaftliches Kopfnicken nicht einfach ignorieren oder gar eine ordentliche Mahlzeit verweigern, wenn man den Eindruck hat, daß sie benötigt wird. Auf alle Fälle sind die Wyndowes zahlenmäßig höllisch gut vertreten. Einen ganzen Glaspalast könnte man damit füllen!« Das war ganz offensichtlich eine familieninterne Witzelei. »Zum Glück hat Mary ein außerordentliches Talent, sich über alle auf dem laufenden zu halten. Sie hat so einen Karteikasten, und sie kann einem in Windeseile alles herunterrasseln, was es an Neuigkeiten über irgendwelche Cousins und Cousinen gibt.«

»Das muß sehr nützlich sein.« Honeybath hatte das Gefühl, er sei in aller Unschuld dazu aufgefordert, seine Bewunderung für das Einflechten von Modewörtern in ein eher konservatives Vokabular auszudrücken. »Und wie verhält es sich mit Ihrem engeren Familienkreis, Henry?«

»Oh, da gibt es keine Probleme, wie ich zu meiner Freude sagen kann. Wir sind uns alle untereinander einigermaßen herzlich zugetan, und das sind nach heutiger Auffassung ja keine besonders fortschrittlichen Familienverhältnisse, wie ich hörte. Selbst Camilla macht da keine Ausnahme.«

»Camilla?«

»Ja, unsere Großtante Camilla. Bei uns heißt sie jedenfalls so, obwohl sie natürlich kaum die Großtante von allen gleichzeitig sein kann. Sie ist eine Nichte meines Großvaters auf der Wyndowe-Seite und damit als enge Verwandte zu betrachten; und nun ist sie einfach da. Im Schloß, meine ich. Und zwar schon seit einer ganzen Weile. War nie verheiratet, und dieser Umstand hat vermutlich dazu beigetragen, daß sie in ihrer Lebensmitte ein bißchen wunderlich geworden ist. Doch seit sie den Verstand verloren hat, macht sie ihrer Umgebung keine Schwierigkeiten mehr. Zumindest nur noch gelegentlich.« Lord Mullion akzeptierte ein zweites Glas Madeira. »In uns schlummert eine Anlage zur Kauzigkeit, die hier und da zum Durchbruch kommt. Nichts Vorhersehbares, das regelmäßig eine Generation oder auch mehrere überspringt, so wie Erdbeben oder Vulkanausbrüche und dergleichen. Ob es nun von Vorteil ist, wenn man derartige Abirrungen im voraus einkalkulieren kann oder nicht, ist schwer zu sagen. Auf jeden Fall sind meine eigenen Kinder geistig völlig gesund und geraten nach landläufiger Meinung ihrer Mutter nach. Ich glaube, Sie werden sie mögen.«

»Da bin ich mir ganz sicher. Sind sie noch die meiste Zeit zu Hause?«

»Den Mädchen scheint es zu gefallen, den größten Teil ihrer Ferien bei uns zu verbringen, und das gilt auch für Cyprian und dessen Semesterferien. Cyprian studiert jetzt am King's College, worüber ich sehr froh bin; er genießt das Leben in Cambridge in vollen Zügen. Ist auch ein ausgezeichneter Ruderer, in einer bestimmten Klasse. Natürlich hat er sich schon von Anfang an auf den Wassersport verlegt. War nichts für uns, was, Charles?«

»Überhaupt nichts.«

»Ich hatte noch nie Verständnis für den Drang zum Galeerensklaven. Man sollte lieber etwas tun, das man auch lassen kann, wenn einem danach zumute ist.« Lord Mullion schien nach einem illustrierenden Beispiel zu suchen. »Wie Malen, beispielsweise. Oder, Charles?«

»Zeitweise ist mir auch die Malerei schon wie eine Verpflichtung vorgekommen. Und von einigen Größen wird berichtet, daß sie schlichtweg nicht aufhören konnten.«

»Auch Amateure, wenn man es genau betrachtet.« Lord Mullion, der Muße zu haben schien, hatte sich gemütlich in einem schäbigen, jedoch bequemen Sessel niedergelassen. Honeybath kam der Gedanke, daß er den Prototyp des rundum zufriedenen Mannes repräsentierte, mit bescheidenen Ansprüchen an das Leben, denen kaum jemals die Erfüllung versagt geblieben war. »Sie erinnern sich bestimmt, Charles, daß in unserer frühen Jugend bei den älteren, sich unausgefüllt fühlenden Damen das Aquarellzeichnen noch populärer war als Sticken oder Klavierspielen und ähnliches. Ich habe Landhäuser gesehen, die vom Fußboden bis zur Decke mit den Machwerken der weiblichen Verwandtschaft bepflastert waren. Auch Camilla hatte einst diese Manie. Wir horten dieses Zeug stapelweise im Schloß, und aus Taktgründen hängt sogar einiges an den Wänden. Vielleicht ist es für Sie interessant.«

Honeybath, dem das sehr unwahrscheinlich erschien (was sich als Irrtum herausstellen sollte), erkundigte sich noch nach den Interessen und der Betätigung von Lady Mullion und den Kindern. Ohne Überraschung vernahm er, daß Lady Mullion sich intensiv mit der Gärtnerei befaßte, genau wie ihre ältere Tochter Patty. Patty war sogar auf dem besten Weg, ihrer Mutter in bezug auf die mehr esoterische Seite dieser untadeligen Beschäftigung den Rang abzulaufen. Boosie, die Jüngere, hatte einer frühreifen Neigung zur Politik nachgegeben, einem Tätigkeitsbereich, zu dem sich bemerkenswert wenige Wyndowes im Laufe mehrerer Jahrhunderte hingezogen fühlten. Boosie (deren Name alter Familientradition entsprang, wie Lord Mullion erläuterte) war es gelungen, das Internat zu politisieren, das sie nun zur Sprecherin erkoren hatte, mit dem Resultat, daß Übersetzungshilfen und Lacrosse-Schläger jetzt billiger angeboten wurden und ideologische Streitereien an der Tagesordnung waren. Von Cyprian, dem künftigen Lord Mullion, gewann man nicht den Eindruck, als wäre er je dazu fähig, seine Mitmenschen derartig zu beeinflussen. Wenn dieses kräftezehrende Auf und Ab auf dem Wasser ein Ende hatte, würde man ihn zweifellos »irgendwo unterbringen« müssen. Sein Vater hatte sich zugegebenermaßen außerhalb Mullion Castle nie besonders hervorgetan. Aber die Zeiten hatten sich geändert, und für Cyprian mußte etwas gefunden werden, das Lord Mullion freimütig als »stilles Plätzchen mit genügend Kies« bezeichnete. Cyprian hatte daraufhin erklärt – wie Lord Mullion mit Genugtuung berichtete –, daß er einem stillen Plätzchen durchaus nicht abgeneigt sei.

»Und damit hätten wir sie alle«, sagte Lord Mullion. »Abgesehen davon, daß es auf Bogendistanz noch ein paar weitere Wyndowes gibt. Zum Beispiel meinen Bruder Sylvanus. Sylvanus bewohnt das Witwenhaus – selbstverständlich mit der Maßgabe, daß er das Feld räumt, sobald Mary Anspruch darauf hat. Sylvanus ist viel jünger als ich, aber er hängt sozusagen etwas in der Luft. Man hat ihn aus der Armee ausgestoßen.«

»Tut mir leid, das zu hören.« Honeybath hielt es für richtig, diese Bemerkung in nüchternem Ton zu machen.

»Nein, nein – nicht, was Sie denken!« Lord Mullion war erheitert. »Es ging darum, daß Sylvanus die Weisheit nicht gepachtet hat, und man hat ihn einfach durchrasseln lassen. Er hat ganz offen darüber geredet. Heutzutage reiht sich beim Militär ein Examen an das andere, und wenn man durchfällt, bekommt man einen warmen Händedruck – und damit hat sich's. Auch da haben sich die Zeiten geändert. Es nützte dem armen Teufel überhaupt nichts, daß er der Ehrenwerte Major Sylvanus Wyndowe war – ganz im Gegenteil. Es war vielleicht eher noch hinderlich. Zum Glück findet er jedoch am sogenannten Landleben Gefallen, wie es sich für einen Sylvanus auch gehört, nicht? Wieder ein Name mit alter Familientradition. Camillas Vater, ebenfalls Zweitgeborener, hieß Sylvanus. Meiner auch.«

»Ihr Vater war Zweitgeborener?« Es kam Honeybath nicht in den Sinn, die Tatsache zu verschleiern, daß er nur lückenhafte Kenntnisse in bezug auf Lord Mullions Vorfahren hatte.

»Ja, weiß Gott. Wissen Sie, mein Onkel Rupert hätte den Titel geerbt. Aber er starb in verhältnismäßig jungen Jahren, ohne geheiratet zu haben, so daß mein Vater an seine Stelle trat. Und so wurde ich als Kind zu Lord Wyndowe.«

»Genau wie jetzt Cyprian.«

»Ja. Er findet es ziemlich langweilig. Aber es steht kein passender zweiter Titel zur Verfügung. Viscount hin oder her – was soll's. Komisches Zeug mit diesen Adelsprädikaten und äußerst lästig in Geschäften. Wenn ich einen Auftrag erteile und mich mit ›Lord Mullion‹ vorstelle, hält mich doch jeder gleich für einen Hochstapler!«

Bei dieser sehr unglaubwürdigen Bemerkung erhob sich Lord Mullion und verabschiedete sich mit der Versicherung, Honeybath in wenigen Tagen brieflich über Details ihres »kleinen Plans« zu informieren. Wahrscheinlich – so vermutete Honeybath – wußte Lady Mullion noch gar nichts davon. Er konnte sein, daß Henry sich eine Geburtstagsüberraschung ausgedacht hatte, und vielleicht war Lady Mullion gar nicht sonderlich erpicht auf langweilige Porträtsitzungen. Ihr Mann ließ jedoch nichts dergleichen durchblicken, aber an der Tür des Ateliers klärte er noch einen Punkt.

»Ich habe gehört«, sagte er ohne Umschweife, »daß zweitausend Guineas der übliche Preis ist.«

»Das ist richtig.«

»Grandios, mein lieber Charles.« Lord Mullion, schon halb im Freien, blieb stehen und lachte amüsiert. »Mein Gott!« bemerkte er, »es muß ein großartiges Gefühl sein, in dieser Größenordnung Geld zu scheffeln. Insbesondere, wohlgemerkt, wenn es so wohlverdient ist. Soll ich Ihnen was sagen? Ich habe noch nie in meinem Leben einen einzigen Pfennig verdient – jedenfalls nicht mehr, seitdem Sie mir damals Trinkgelder für Sonderdienste gegeben haben! Wir freuen uns jedenfalls riesig auf Ihr Kommen!« Sodann zog er den Hut und ging davon.

Wieder allein, konsultierte Charles Honeybath seinen Terminkalender. Er enthielt eine ganze Reihe von Porträt-Vormerkungen; bei verschiedenen würde er es mit einem Mann oder einer Frau zu tun haben, die seine Dienste – denn darauf lief es im Endeffekt hinaus – buchstäblich mittels einer Postkarte oder durch einen Anruf angefordert hatten, und das meist nach einer nur flüchtigen Begutachtung in einem Club oder beim Mittagessen. Diesc endlosen intimen Verflechtungen mit völlig fremden Leuten, so sagte er sich, waren die reinste Prostitution. Zumindest schien es so, wenn man sich in einem seelischen Tief befand. In Hochstimmung erlebte man das Ganze zwar als ähnlich strapaziös, aber es war schwieriger irgendwo einzuordnen. Im Grunde lief es vielleicht auf dasselbe hinaus, ob die Staffelei zwischen dem Maler und einem Menschen oder zwischen dem Maler und einer Landschaft stand. Die Arbeit bestand stets im Erforschen und Enthüllen. Aber eine Landschaft redete wenigstens nicht, sie entwickelte keine irrationalen Sympathien und Antipathien. Wie angenehm mußte es für Corot oder für die unzähligen Landschaftsmaler der Vergangenheit gewesen sein, sich ihre Gestalten von eigens dazu bestellten Experten an untergeordneter Stelle in ihre Gemälde hineinmalen zu lassen!

In Honeybath' Gedankengängen war dies ein ausgetretener kleiner Pfad, dem er keine große Bedeutung beimaß. Im Grunde seines Herzens frönte er jedoch hingebungsvoll dem Gebiet, auf das ihn seine Neigung und sein Talent geführt hatten. Im übrigen stellte er fest, daß ihn die Aufgabe reizte, die der kleine Henry Wyndowe (nun nicht mehr ganz so klein und Lord Mullion) ihm zugedacht hatte.

## III

Lady Patience Wyndowe – »Patty« für ihre Familie – fragte sich in jüngster Zeit recht häufig, wie Swithin Gore zu seinem nicht gerade landläufigen Vornamen gekommen war. Soweit sie informiert war, hatte sein Vater Ammon Gore geheißen. Obwohl auch »Ammon« kein sehr gängiger Name war, hatte er wohl einst unter der Provinzbevölkerung eine gewisse Beliebtheit erlangt; ein Swithin war Patty jedoch nur noch ein einziges Mal begegnet, und zwar in einem Roman. Der fiktive Swithin war allerdings kein Gärtnerjunge gewesen (wie der echte Swithin), aber er hatte ungefähr der gleichen Gesellschaftsschicht angehört. Es hatte da noch eine Komponente edler Herkunft mit hineingespielt, doch die Einzelheiten waren ihr entfallen. Bisweilen hatte man das Gefühl, auch um Swithin Gore könne sich eine solche Geschichte ranken. Dieser Eindruck wurde vorwiegend durch die Art und Weise vermittelt, wie er sie ansah, wenn er die eine oder andere Anweisung für die Gartenarbeit entgegennahm. Swithin (der in Wirklichkeit kein Junge mehr war, sondern ungefähr in ihrem Alter) hatte einen sehr direkten Blick, den man nicht als unverschämt oder in irgendeiner Weise anmaßend bezeichnen konnte; aber ganz entschieden als direkt. Und gleichzeitig unverkennbar verwundert. Mehr verwundert als bewundernd – mit der glückhaften Wirkung, daß er keine Peinlichkeiten verursachte. Patty fand, daß sie Swithin, mit dem sie viel zu tun hatte, bereits sehr gut kannte. Jedenfalls gut genug, um beispielsweise gewahr zu werden, daß er ein intelligenter junger Mann war. Andererseits wiederum nicht gut genug, um ihn wegen seines Namens zu befragen. Oder wenigstens war sie dieser Meinung, bis sie sich unversehens bei der Frage ertappte.

»Swithin«, sagte sie, »wie sind Sie zu dem Namen Swithin gekommen?«

Swithin, über ein Blumenbeet gebeugt, richtete sich ziemlich rasch auf. Er war unbestreitbar eine attraktive Erscheinung. In jeder Lage. Selbst dann noch, wenn man ihn von hinten in der Stellung sah, aus der er sich gerade erhoben hatte – wobei noch zu berücksichtigen war, daß Patty im Normalfall bei dieser Haltung die ordinären Postkarten eingefallen wären, die sie in Seebädern zu Gesicht bekommen hatte. Im Augenblick stand ihr Swithin jedoch gegenüber, und er sah wahrhaftig blendend aus.

»Durch den fünfzehnten Juli«, erwiderte Swithin, eine Spur kurz angebunden, »meinen Geburtstag.« Und nach einer kaum merklichen Pause fügte er hinzu: »M'lady.«

»Ach ja, natürlich. Wie dumm von mir.« Patty wollte nicht zugeben, daß sie eine berechtigte Abfuhr bekommen hatte. Sie war *wirklich* dämlich gewesen. Denn wegen seiner Bedeutung für das kommende Wetter ist Sankt Swithin ein Meilenstein in der Vorstellung des englischen Bauernvolks; daher war es Ammon Gore ganz natürlich und überdies noch erbaulich erschienen, sein Kind nach dem Heiligen zu benennen – genauso wie man einem Jungen den Namen Noel gibt, der zu Weihnachten geboren wird. Nachdem sie nun bereits eine gewisse Kühnheit gegenüber ihrem Assistenten bewiesen hatte, wagte sich Patty noch etwas weiter vor. »Und wie alt sind Sie jetzt, Swithin?«

»Zwanzig. Hatten Sie zwanzig Zentimeter gesagt?« Diese Frage, in munterem Ton gestellt, bezog sich auf die Abstände der Pflanzlöcher, die gerade mit dem Setzholz gemacht wurden.

»Ich glaube schon. Und nicht zu tief. Schließlich ist das hier kein Rübenfeld.«

»Es wäre auch eine seltsame Art, mit Rüben umzugehen«, erwiderte Swithin nüchtern und beugte sich wieder hinab zu seiner Arbeit. Er tat dies von der Taille abwärts, ohne in die Hocke zu gehen. Von der Muskelbelastung her war das am wirtschaftlichsten und auch am professionellsten. Und überdies wirkte es noch attraktiv. »Wie alt sind *Sie* denn?« fragte Swithin mit der Nase dicht am Boden.

Diese Rückkehr zum vorherigen Thema erfolgte unerwartet und für Patty irgendwie irritierend. Wenigstens fand sie die Tatsache irritierend, daß Swithins Echo auf ihre eigene Frage bei ihr als erstes eine kaum merkliche Reaktion des Mißfallens ausgelöst hatte. Aber wenn sie schon einen jungen Mann nach seinem Alter fragte, warum sollte er sich dann um Himmels willen nicht auch nach dem ihren erkundigen? Ihr Vater, das wußte sie, würde diese wechselseitige Wißbegier als vollkommen korrekt und legitim beurteilen. Genau betrachtet, war Swithins muntere Retourkutsche wesentlich netter gewesen als sein zurückweisendes »M'lady« am Anfang.

»Einundzwanzig«, antwortete sie, plötzlich froh gestimmt und lachend. »Wir kommen also beide in die Jahre. Gefällt es Ihnen hier, Swithin?«

»Ich habe ja noch nie woanders gelebt.« Wieder aufgerichtet, schien Swithin Gore keinerlei rätselhafte Bedeutung in seine Antwort hineinlegen zu wollen. Doch war dieser sehr direkte Blick nicht auch ein bißchen spöttisch? Aus unerfindlichen Gründen hoffte Lady Patience Wyndowe beinahe, hier richtig getippt zu haben.

»Ja, das ist natürlich wahr«, meinte sie. »Ich aber auch nicht – abgesehen von meiner Internatszeit. Und die hat mich nicht mal besonders begeistert.«

»Im Gegensatz zu Lady Lucy.« Lady Lucy, das war Pattys jüngere Schwester Boosie. »Wie sie mir erzählte, amüsiert sie sich oft großartig.«

»Tatsächlich?« Patty war überrascht von dieser Mitteilung – und ganz unvermutet auch eifersüchtig auf Boosie, der sie niemals eine Unterhaltung mit Swithin zugetraut hätte. Möglicherweise plante sie, Swithin zum Eurokommunismus zu bekehren oder zu sonst irgend etwas, an das sie im Augenblick gerade glaubte. »Meine Schwester führt in ihrer Schule das große Wort, Swithin, und deshalb gefällt es ihr dort. Waren Sie in Ihrer Schule auch tonangebend?«

»Ja, war ich.«

Wie aus der Pistole geschossen war Swithins überraschende Antwort erfolgt. Patty hegte zwar nur eine vage Vorstellung von der Art Schule, die ein Gärtnerjunge absolviert hatte, aber sie vermutete, daß sie als Knirpse mit rotzverschmierten Kitteln eintraten und als vierschrötige Lümmel und alberne Gänse entlassen wurden, deren man kaum mehr Herr werden konnte. Allein die Tatsache, daß Swithin ein aufgeweckter und kluger Junge war, mußte ihn bereits zum Außenseiter gemacht haben. Sollte er wahrhaftig alle überrundet haben, so mußte man unausweichlich zu dem Schluß kommen, daß etwas in ihm steckte. Und diesen Eindruck hatte Patty ohnedies gewonnen.

Swithin befaßte sich jedoch inzwischen wieder mit den zweijährigen Pflanzen; mit mathematischer Präzision setzte er Goldlack- und Primelpflänzchen, die auf diesem großen Beet in einem der kleinen Gärten außerhalb des Schloßgrabens von Mullion Castle gedeihen sollten. Patty überlegte gerade, daß es vernünftiger wäre, ihn nach dieser bemerkenswerten Offenbarung sich selbst zu überlassen, als Swithin wieder anfing zu sprechen.

»Des armen Mannes Blume«, sagte er.

»Welche, Swithin?«

»Die Primel. In einem Gedicht wird sie so genannt. ›Goldprimel, umkränzt mit güldenem Geflecht, des armen Mannes Blume.‹ So heißt es doch, oder?«

»Ja – sehr interessant.« Patty meinte damit allerdings Swithin. Und zudem fand sie ihn allmählich beunruhigend.

»Übrigens, haben Sie schon mal eine so treffende Beschreibung gelesen wie die vom Hund des Gärtners, der eine Primel im Maul trägt?« wollte Swithin wissen.

»Ich glaube kaum.«

»Das sollten Sie aber, M'lady. Sie kommt nämlich in den ›Wasserkindern‹ vor. Und ich möchte doch annehmen, daß Sie dieses Buch in Ihrem Kinderzimmer hatten.«

»Ich glaube schon. Das heißt, ganz bestimmt.« Patty stellte fest, daß sie Swithin wegen des vorwurfsvollen Tons seiner Bemerkung nicht gram war. Sie hatte ebenfalls bemerkt, daß Swithin nicht den Dialekt eines Gärtnerjungen sprach, obwohl er sich natürlich nicht so gewählt ausdrückte wie beispielsweise Savine, der Butler ihres Vaters. Merkwürdig, daß ihr Ohr diese völlig offenkundige Tatsache bisher nicht wahrgenommen hatte. Was die Ohren anbetraf, so mußten Swithins den ihren überlegen sein. Und er mußte sie stets offengehalten haben – bewußt oder unbewußt –, wenn er die Möglichkeit gehabt hatte, den Gesprächen geistig Überlegener zu lauschen, wie Großtante Camilla sich ausgedrückt haben würde. Vielleicht beabsichtigte er, sich weiterzubilden, was sehr vernünftig wäre. Glaubhafter schien allerdings, daß es sich einfach so ergeben hatte – nachdem das Ergebnis alles andere als unerfreulich war. Inzwischen hatte ihr Interesse jedoch neue Nahrung gefunden, und Patty, in ihrer freimütigen Art, verfolgte diese Linie weiter. »Lesen Sie viel?« fragte sie.

»Ja.« Hier war wieder der ziemlich kurz angebundene Swithin. Patty erinnerte sich daran, wie der Pfarrer von Mullion, ein alter Mann mit altmodischem Gehabe, bisweilen von sich berichtete, er sei »dörflern« gewesen – womit er ausdrücken wollte, daß er bei den Bauern die Runde gemacht hatte, um mit ihnen zu tratschen. Bei diesem zwanzigjährigen jungen Mann wäre er damit wohl kaum an die richtige Adresse geraten. Aber warum sollte sie jetzt die Flinte ins Korn werfen, nachdem sie sich nun einmal mit ihm eingelassen hatte – und zwar mit ihm in seiner Eigenschaft als Mensch, nicht als Landarbeiter? Patty ging wieder direkt auf ihr Ziel los. »Was haben Sie für Pläne?« fragte sie. »Wollen Sie hierbleiben? Vermutlich könnten Sie eines Tages bei meinem Bruder Obergärtner werden. Vorausgesetzt, daß es weiterhin solche Leute gibt. Möglicherweise läuft es allerdings wirklich auf Rüben hinaus, und Sie beide, mein Bruder und Sie, buddeln sie zusammen aus und raspeln sie auch gemeinsam. Das ist die Zukunftsvision meiner Schwester.«

»Sie könnte schlimmere haben.«

Diese Bemerkung brachte Patty hoch – als sei sie selbst eine der erwähnten Rüben.

»Dann hätten wir aber eine Menge auf den Müllhaufen zu schmeißen«, meinte sie.

»Ganz klar. Aber ich glaube nicht, daß es irgendwelchen

Grund zur Beunruhigung gibt. Lady Lucy ist ganz in Ordnung, nur ein bißchen doktrinär. Sie ist ja auch noch sehr jung.«

Es war ein Augenblick vollkommenster Übereinstimmung zwischen diesen beiden gereiften Menschen. Boosie (mit ihren achtzehn) war ganz offenkundig extrem jung. Was Swithin anging, so stürzte er Patty von einer Minute zur anderen in zunehmende Verwirrung. Von einer Minute zur anderen bewirkte er jedoch noch ein weiteres (wenngleich Patty nicht ganz klar war, wodurch). Ohne die geringste Verlegenheit hatte er im Interesse dieser substantiellen Unterhaltung von seiner Tätigkeit abgelassen. Er hatte hart gearbeitet, und auf seiner Stirn zeigten sich winzige Schweißperlen. Es ging ein angenehmer und leicht beunruhigender Geruch von ihm aus. Seine Hemdsärmel waren bis unter die Achseln zurückgerollt; auf der nun unverhüllten gebräunten Haut glänzten zarte goldene Härchen. Diese hätten bei Lady Patience Wyndowe keinerlei außergewöhnliche Empfindungen hervorrufen dürfen. Aber genau das taten sie. Hätte diese Begegnung auch nur wenige Augenblicke zuvor geendet, so wurde ihr unvermutet klar, dann wäre sie wahrscheinlich ins Schloß zurückgelaufen und hätte ihrer Mutter vergnügt verkündet, sie habe mit Swithin Gore geflirtet. Unter den gegebenen Umständen würde sie nichts dergleichen tun.

»Vielleicht gelingt es mir, am Polytechnikum einen Studienplatz zu bekommen«, erklärte Swithin prosaisch.

Pattys kühner Gedanke, daß sie möglicherweise im Begriff stand, sich in Swithin zu verlieben, wurde durch diese Ankündigung nicht gerade weniger bestürzend. Wenn sie Swithin in ihrer Vorstellung vom Gärtnerjungen zum jungen Gott erhob, so war das *eine* Sache; Swithin als hoffnungsvoller Postulant für irgendeine gräßliche Fortbildungsmaßnahme war dagegen ganz etwas anderes.

»Oh, Swithin«, rief Patty, »das wäre einfach großartig!«

Es folgte ein kurzes Schweigen. Auf Swithins Seite kennzeichnete es die unbarmherzige Feststellung, daß Patty zum erstenmal etwas Dummes und Gefühlloses von sich gegeben hatte; sie hatte sozusagen begonnen zu dörflern.

»Es wäre nicht gerade ein Honiglecken«, meinte Swithin trocken. »Aber vielleicht eine Grundlage.«

»So etwas Ähnliches wollte ich damit sagen. Und ich fließe auch nicht über vor Begeisterung.«

Swithin, der sich innerlich einen Moment lang verkrampft zurückgezogen hatte, entspannte sich wieder. Unbeabsichtigt erweckte er damit den Eindruck eines jungen olympischen Gottes in strahlendem Glanz. Sein Blick glich jedoch weniger dem, den eine Gottheit auf einen Sterblichen wirft, sondern eher umgekehrt. Es war ein fragender Blick, jedoch freimütiger akzentuiert als bisher.

»Das war sehr freundlich von Ihnen, Lady Patience«, sagte er.

»Wir müssen uns darum kümmern«, meinte Patty in nüchternem Ton. »Mein Vater würde es sicher befürworten, das weiß ich. Mag sein, daß er selbst über solche Sachen nicht besonders auf dem laufenden ist. Aber er kennt gewiß Leute, die darüber Bescheid wissen. Soll ich ...«

»Dann kann ich ja mit Seiner Lordschaft sprechen«, bemerkte Swithin ruhig. »Vorausgesetzt, Sie halten es für eine gute Idee.« Er machte eine Pause. »Und jetzt muß ich mich wieder dem Goldlack widmen. Vielleicht schauen Sie sich später mal um, damit Sie sehen, wie es wirkt.«

Einen Augenblick lang hatte Patty das Gefühl, sie habe unvermittelt eine Abfuhr bekommen. Doch dann erkannte sie, daß es sich keineswegs so verhielt. Trotz einer gewissen Verwirrung war ihr unzweifelhaft klar gewesen, daß es höchste Zeit wurde, die Begegnung zu beenden. Und Swithin Gore hatte dies verstanden – selbst wenn er anderer Ansicht war. Sie hatte keine Abfuhr erhalten. Er hatte sie freigegeben – jedenfalls für heute.

## IV

Swithin Gore befaßte sich wieder mit dem Aussetzen der zweijährigen Pflanzen. Ob ihm diese Tätigkeit Spaß machte oder ob er überhaupt an seiner landwirtschaftlichen Tätigkeit Gefallen fand, wissen wir bisher noch nicht. Nichts, was sich zwischen ihm und Lady Patience abgespielt hat, war geeignet, diese Frage eindeutig zu klären. Patty geht natürlich davon aus, daß ihm seine Arbeit Freude bereitet – sonst wäre er wohl kaum so tüchtig. Diese Schlußfolgerung steht auf wackeligen Füßen. Auch die Tatsache, daß Swithin die Hoffnung hegt, ein Polytechnikum zu besuchen, sagt uns herzlich wenig. Alles Erdenkliche wird (in gewisser Weise) an solchen Einrichtungen gelehrt – unter anderem eventuell auch, wie man es zu einem erstklassigen Stadtgärtner bringen kann. Aber Mr. Pring, Obergärtner und damit Swithins Chef, würde lieber in seiner jetzigen Stelle verbleiben, als ganz Bournemouth gärtnerisch zu gestalten. Allerdings hat Mr. Pring (genau wie Dr. Atlay, der Pfarrer) überholte Vorstellungen und glaubt, daß der Arbeit für Aristokraten auch etwas Aristokratisches anhaftet. Es besteht kein Grund zu der Annahme, daß Swithin Gore diese Ansicht teilt – wenngleich er gerade zum gegenwärtigen Zeitpunkt ein äußerst starkes Motiv haben mag, sich seine Tätigkeit in einem ganz bestimmten aristokratischen Haushalt zu erhalten.

Nicht, daß sein Arbeitsplatz gefährdet wäre. Mr. Pring hält viel von ihm, obschon er sich bisweilen des Gefühls nicht erwehren kann, daß der junge Mann eine leicht übertriebene Neigung dazu hat, seine eigenen Angelegenheiten und Absichten sorgsam für sich zu behalten. Auf jeden Fall hält Mr. Pring von ihm mehr als von seinen beiden anderen Assistenten, weil er nur bei Swithin darauf vertrauen kann, daß seine Anweisungen ohne absurde Mißverständnisse ausgeführt werden. Und selbst wenn Mr. Pring Swithin tadelnswert fände (weil er gemäß dem Vorwurf seiner beiden Kollegen zu sehr von sich eingenommen war), würde das Swithin vermutlich nicht zum Nachteil gereichen. Für den Haushalt der Mullions im weitesten Sinne galt er als das, was in Akademikerkreisen gemeinhin unter der Bezeichnung Gremiumsmitglied laufen würde: geboren innerhalb Mullionscher Ländereien, genährt in ihrem Schoß, aufgewachsen in ihrem Herrschaftsbereich und damit sicher unter ihrem Schutz und Schild. In der Tat liegen die Dinge so, zumindest in Lord Mullions Betrachtungsweise, daß Mr. Prings Status aufgrund der Tatsache, daß er erst in seiner Lebensmitte eingestellt worden ist, geringer bewertet wird als der von Swithin Gore und anderen Gefolgsleuten, denen ein gewisses Gewohnheitsrecht eingeräumt wird. Was nicht bedeutet, daß Lord Mullion häufiger als ein halbes dutzendmal im Jahr einen kurzen Gruß für Swithin übrig hat. Er ist sich jedoch der Anwesenheit des jungen Mannes bewußt und würde ihn vermissen, wenn er das Weite suchte – etwa in der Art, wie er ein plötzlich verschwundenes unwichtiges Möbelstück vermissen würde, das sich sehr lange Zeit im Schloß befunden hat.

Als kluger Kopf ist sich Swithin über all diese Dinge im klaren, aber er schlägt keinen Nutzen daraus. Er ist der Meinung, daß sich die Wyndowes innerhalb der Grenzen monströser sozialer Ungerechtigkeit, die von ihnen gebilligt werden, ihm gegenüber recht anständig verhalten und das sicherlich auch von jeher getan haben. Selbst ohne Lady Patiences Hinweis weiß er, daß ihn Lord Mullion sogleich empfangen und seine Vorstellungen über eine Änderung seines Lebensweges in Erwägung ziehen und beurteilen wird, wenn er sich ihm mit gebührendem Respekt nähert. Aber er weiß genausogut, daß er damit noch etwas warten wird. Auf irgendeine Weise ist ihm Mullion Castle sehr ans Herz gewachsen (was nicht unbedingt etwas mit Goldlack und anderen zweijährigen Pflanzen zu tun hat); und sogar wenn Lady Patience oder Patty, wie er sie insgeheim nennt, auf ewig nach Peru verbannt werden sollte, würde es ihm widerstreben, endgültig von hier wegzugehen. Er hegt die etwas nebelhafte Vorstellung, unter Umständen durch entsprechende Ausbildung sogar in die hervorragende Position eines Schloßverwalters aufzusteigen, wozu er sich nach Aneignung einschlägiger Kenntnisse auch durchaus befähigt fühlt. Der Haken bei diesem Wunschtraum ist Lord Wyndowe (er ist nicht geneigt, ihn als Cyprian zu betrachten). Lord Wyndowe trennt als Erbe seines Vaters nur ein einziger Herzschlag davon, Schloß Mullion und vieles andere in Besitz zu nehmen. Und Swithin hat für den jungen Lord Wyndowe rein gar nichts übrig.

Solche Gedanken und gewisse andere, gestaltlosere, gingen Swithin durch den Kopf, als er sich anschickte, seine Mittagspause anzutreten. Er mußte jedoch auch naheliegendere und handfestere Überlegungen anstellen. Im Westen ballten sich schwere Regenwolken zusammen, und es sah nach einem verregneten Sommernachmittag aus. Pring hatte verkündet, daß sich das Wetter hundertprozentig noch bis zum Einbruch der Nacht halten werde. Falls sich diese selbstsichere Behauptung als ein Irrtum herausstellte, wäre Pring schlechter Laune und somit geneigt, seinen Untergebenen die ödesten und unangenehmsten Arbeiten aufzutragen, die er sich nur denken konnte. Allerdings gab es eine Reihe von Möglichkeiten, sich hier zu drücken, und Swithin hatte im Einsatz dieser Möglichkeiten bereits eine beachtliche Geschicklichkeit entwikkelt. Er ließ seine Gedanken in diese Richtung schweifen, während er die Auffahrt zum Haupteingang hinunterging, hinter dem sich in einiger Entfernung die Behausung befand, in der er wohnte. Sein Weg führte ihn am Tennisplatz vorbei. Hier traf er auf etwas, das seine Aufmerksamkeit auf sich zog.

Am Nachmittag des vergangenen Tages hatte hier eine Tennisparty stattgefunden. Swithin hatte dort nichts zu suchen, aber während er mit der Schubkarre einen gigantischen Haufen Kompost von einer Stelle zur anderen transportierte, hatte er eine Menge Geschrei und Geschnatter und Gelächter zu Ohren bekommen, begleitet von dem regelmäßigen Aufschlagen der Bälle. Das Netz war jetzt heruntergelassen und der Platz aufgeräumt – bis auf eine Kleinigkeit. Auf einem Gartenstuhl lag ein Tennisschläger, der Spanner war achtlos daneben hingeworfen. Ebenfalls auf dem Rasen befanden sich ein Blazer, ein Pullover und ein langer Wollschal mit grellen Streifen. Das sah ganz nach Cyprian Wyndowe aus, und die zur Schau gestellten Farben verkörperten zweifellos eine Art Stammeszeichen, das entweder mit King's College in Cambridge zusammenhing oder aber mit einer früheren Bildungsstätte Seiner Lordschaft. Lord Wyndowe ließ seine Sachen nicht nur überall in der Gegend herumliegen, sondern erwartete zudem noch, daß man sie aufsammelte und schwanzwedelnd apportierte, so als bestünde die gesamte Dienerschaft des Schlosses aus lauter Spaniels, Retrievern und ähnlichen hündischen Sklaven.

Swithin betrachtete zunächst die Sachen und dann den Himmel. Bezüglich des Regens gab es nun keinen Zweifel mehr; jeden Moment konnte es anfangen zu gießen. Swithin hatte keinerlei Veranlassung, Lord Wyndowes diversen Krimskrams überhaupt zu bemerken, doch wie die Dinge lagen, erschien es ihm kleinkariert, wenn nicht sogar idiotisch, ihn einfach zu übersehen. Er beschloß, die Sachen aufzuheben und auf dem Rückweg zur Arbeit ins Schloß zu bringen. Er überquerte also den Platz (auf dem sich seine Aktivitäten in der Regel darauf beschränkten, den Rasen zu schneiden und zu rollen sowie mit peinlichster Genauigkeit Kreidelinien zu ziehen), schraubte den Schläger in den Spanner, sammelte die Kleidungsstücke auf und warf sie sich über die Schulter. Dann machte er sich auf den Weg.

Er kam an das Haupttor des Schloßgeländes und zum Pförtnerhaus. Das Pförtnerhaus war, abweichend vom Schloß, zu einer Zeit errichtet worden, in der die Symmetrie als einziges Merkmal für Eleganz herhalten mußte. Es bestand aus vier Zimmerchen, die in einer Art Mini-Gotik gestaltet waren und von denen sich jeweils zwei rechts und links der Auffahrt befanden. Diese Behausung (oder vielmehr Behausungen) waren unbewohnt, da es sich schon seit langem als unmöglich erwiesen hatte, menschliche Wesen zu finden – und seien sie auch noch so bescheiden und dem Namen Mullion noch so ergeben –, die bereit gewesen wären, zwischen Abendessen und Bettruhe regelmäßig einen Galopp über freies Feld in Kauf zu nehmen. Swithin hatte bereits beschlossen, die beiden Häuschen wie siamesische Zwillinge miteinander zu verbinden, sobald er die Verwaltung übernehmen würde – und zwar entweder durch eine Konstruktion ähnlich der Rialto-Brücke oder (weniger aufwendig) ähnlich der Seufzerbrücke.

Er wandte sich nun nach links und passierte die Pfarrkirche von Mullion (sie lag also nicht außerhalb, sondern innerhalb des Schloßgeländes). Dr. Atlay, der Pfarrer, stand unter der Tür und war damit beschäftigt, eine Datenliste anzubringen, auf der sämtliche Tage aufgeführt waren, an denen kein Gottesdienst stattfinden würde. Für Dr. Atlay zählte Swithin Gore nicht zu den Frommen, und aus diesem Grunde achtete er um so sorgsamer auf einen herzlichen und unbefangenen Gruß. Swithin hatte gegen herzliche und unbefangene Begrüßungen nichts einzuwenden, und er winkte zur Erwiderung mit Lord Wyndowes Schal. Es wäre unzweifelhaft passender gewesen, sich respektvoll an einer Stirnlocke zu zupfen – einem Etwas, das von einer gewissen Anzahl älterer männlicher Bürger Mullions augenscheinlich nur noch zu dem Zwecke herangezüchtet wurde, um diese besondere untertänige Geste ausführen zu können. Swithin wand sich den Schal um den Hals und ging weiter.

Ein Wanderer kam in sein Blickfeld. Er näherte sich in einer Gangart, die auf Resignation hindeutete, gemildert durch sanften Groll (falls so etwas überhaupt möglich war), und es handelte sich ganz ohne Frage um einen Gentleman. Er mochte im gleichen Alter sein wie Lord Mullion (den Swithin eindeutig als älteren Herrn einordnete), und er trug jene Art von sportlicher Kleidung, die ihn auf eine undefinierbare Weise als Stadtmenschen kennzeichnete. (Jedenfalls vertrat Swithin, der sich gesellschaftlichen Vorstellungen hingab, die nicht seinem Stande entsprachen, diese weise Ansicht.)

Der Fremde kam heran, zögerte und blieb dann stehen. Er sah Swithin forschend an. Das war zumindest Swithins Eindruck, wenngleich es sich tatsächlich nur um einen ganz kurzen Blick gehandelt hatte. Es schien – so konstatierte der junge Mann leicht irritiert –, als habe sein Gegenüber ein außergewöhnlich geübtes Auge.

»Guten Morgen«, ließ sich der Fremde vernehmen – und man konnte nicht umhin zu bemerken, daß ihn sein gemütlicher Fußmarsch ein klein wenig außer Atem gebracht hatte. »Spreche ich möglicherweise mit Lord Wyndowe?«

»Ich bin nicht Lord Wyndowe. Ich bin einer seiner Hilfsgärtner.« Swithin gelang es, diese Korrektur in vollkommen unbeteiligtem Tonfall anzubringen, wiewohl er die an ihn gerichtete Frage überaus merkwürdig fand. Dann kam ihm plötzlich zu Bewußtsein, wodurch sie provoziert sein mußte. Er wanderte hier herum, buchstäblich im Schatten von Mullion Castle, mit einem Tennisschläger in der Hand, und war mehr oder minder mit Kleidungsstücken behängt, die die verschiedensten heraldischen Verzierungen schmückten.

Er war sozusagen unter falscher Flagge gesegelt. Sein erster Impuls war, den Fremden darüber aufzuklären, wie er in diese Verlegenheit gekommen war. Doch er widerstand der Versuchung – vermutlich aus keinem anderen Grund, als daß es ihn amüsanter dünkte, dieses Geheimnis vorerst nicht zu lüften. »Kann ich Ihnen irgendwie behilflich sein?« fragte er.

Der Fremde trug diese neue Ungereimtheit mit bewundernswerter Fassung (die Ausdrucksweise entsprach weder der eines Hilfsgärtners noch der eines sonstwie gearteten Gärtners).

»Ich möchte Ihnen nicht lästig fallen«, erwiderte er, »aber Tatsache ist, daß mir etwas außerordentlich Dummes passiert ist: Mir ist mehr als einen Kilometer von hier entfernt das Benzin ausgegangen. Können Sie mir sagen, wie weit es noch ist bis Mullion Castle?«

»Nicht mehr so sehr weit, Sir. Das Einfahrtstor liegt nur wenige hundert Meter vor Ihnen. Dann kommt nur noch der Weg durch den Park von einem knappen Kilometer.«

»Nun, das ist nicht allzu schlimm.« Der Fremde schien es aber auch nicht übermäßig reizvoll zu finden. »Ich sagte, ich würde rechtzeitig zum Mittagessen eintreffen, und ich käme mir sehr unhöflich vor, wenn ich mich verspäten sollte.«

»Ich könnte es in der halben Zeit schaffen, Sir. Der Sprint würde mir sogar Spaß machen. Ich könnte inzwischen das Ganze erklären. Würden Sie mir vielleicht noch Ihren Namen nennen?«

»Charles Honeybath. Ich...«

»Ich heiße Swithin Gore.«

»How do you do?« Mr. Honeybath sagte das, ohne zu überlegen. »Aber nein – ich kann Sie keinesfalls in dieser Weise beanspruchen. Wenn hier irgendwo Benzin zu haben wäre, und jemand könnte mich damit zu meinem Wagen zurückfahren...«

»Steckt der Zündschlüssel?« Swithin hatte den Eindruck, daß der ältliche Mr. Honeybath nicht mehr ganz durchblickte.

»Ja.«

»Dann gehen Sie lieber direkt zum Schloß, Sir, und überlassen die Angelegenheit mir. Ich glaube, daß ich Benzin auftreiben und den Wagen bald nach Ihrer Ankunft zum Schloß bringen kann. Ich besitze einen Führerschein und fahre gelegentlich auch den Rolls Royce Seiner Lordschaft.« Swithin fügte dieses Detail mit einiger Genugtuung hinzu; er hatte manchmal eine naive Ader. »Außerdem sollten Sie sich gleich auf den Weg machen, Sir. Ich fürchte, es wird bald heftig zu regnen anfangen.«

»Sieht so aus.« Mr. Honeybath blickte besorgt gen Himmel. »Es ist ausgesprochen freundlich von Ihnen.« Mr. Honeybath' Hand bewegt sich auf eine seiner Taschen zu und fiel wieder zurück. Swithin hatte diese zweite Überlegung bemerkt und war damit einverstanden. Er gedachte nicht, von Mr. Honeybath irgendwelche Trinkgelder anzunehmen, weder jetzt noch später. Mit den Benzinkosten war das etwas anderes, die würde er sich schon ersetzen lassen. Aber es kam für ihn nicht in Frage, den Gegenwert von ein paar Drinks zu akzeptieren, nur weil er einem alten Knaben behilflich gewesen war. Und nun gemahnte er noch den alten Knaben zur Eile, bevor er selbst sich mit der Bergung des Wagens befaßte. Erst Lord Wyndowes Tennissachen, dann der streikende Schlitten des Besuchers. Er fand, in beiden Fällen das Rechte getan zu haben, so wie es sich eben für einen ordentlichen kleinen Lakaien schickte. Er fragte sich dunkel, ob Lord Mullions ältere Tochter ihn möglicherweise genauso einstufte.

## V

Hilfsbereiter junger Mann, dachte Charles Honeybath bei sich, als er seine Schritte auf Mullion Castle lenkte. Wenn er seinem Gastgeber und seiner Gastgeberin von der abenteuerlichen Ankunft berichtete, würde er nicht versäumen, diese seine Ansicht deutlich zum Ausdruck zu bringen. Denn gemeinhin war Ungefälligkeit landauf und landab gang und gäbe, so daß ein gegenteiliges Verhalten durchaus Beachtung verdiente. Natürlich war der Hilfsgärtner namens Swithin – ansprechender Name – nicht nur zuvorkommend, sondern auch belustigt gewesen. Doch stand ihm dies in gewisser Weise zu in Anbetracht seiner übereilten Schlußfolgerung, es habe sich um Henrys Sohn Cyprian gehandelt. Zudem wirkten liegengebliebene Autofahrer immer ein klein wenig lächerlich, aus dem gleichen unerfindlichen Grund wie vom Pferd gefallene Reiter. Honeybath konnte sich vorstellen, daß der junge Swithin bei passenden gesellschaftlichen Anlässen eine leicht satirische Ader entwickelte. Möglicherweise hatte er einen etwas zu wachen Geist für seinen Beruf.

Unvermittelt zeigte sich, daß der Junge zumindest ein guter Meteorologe war. Es regnete in Strömen. Leute mit literarischen Ambitionen hätten wohl eher die Wendung benutzt, daß sich die Schleusen des Himmels geöffnet hatten. Und kein Unterschlupf war in Sicht. An der Hecke entlang wuchs eine Anzahl stattlicher Ulmen. Nachdem diese jedoch sämtlich abgestorben waren, boten sie kaum ausreichenden Schutz.

Honeybath eilte voran. Das Dorf Mullion lag seiner vagen Vorstellung gemäß in einiger Entfernung vor ihm. Doch er mußte jetzt dem Tor zur Schloßauffahrt ziemlich nahe sein, und dort gab es vermutlich ein Pförtnerhaus, in dem er ein Weilchen Zuflucht suchen konnte. Sollte sich der Guß als Dauerregen entpuppen, so hatte er sogar die Möglichkeit, dort zu bleiben, bis Swithin mit dem Wagen vorbeikam. Es sah so aus, als hätte Swithins Hilfsbereitschaft ihm gleich zu Beginn ein unfreiwilliges Bad eingetragen.

Schließlich wurde Honeybath eines Gebäudes ansichtig. Es lag hinter einer hohen Mauer, die unvermutet zu seiner Rechten aufgetaucht war, so daß seine Bestimmung nicht sogleich erkennbar war. Honeybath machte sich noch darüber Gedanken, als ein Kopf über der Mauer erschien und er von einem ehrwürdigen Geistlichen angesprochen wurde.

»Mein werter Herr«, ließ sich der ehrwürdige Geistliche vernehmen, »könnte ich Sie wohl dazu ermuntern, Ihren Fuß in die Kirche zu setzen?«

»Vielen Dank. Sie sind sehr liebenswürdig.«

»Ganz und gar nicht. Ich bin es nur leider gewohnt, all jene in dieser Form einzuladen, die sich als meine rechtmäßigen Gemeindeglieder betrachten müßten. Und so stehe ich nun hier und lasse meinen Ruf in die Lande erschallen. Doch eilen Sie, bevor Sie bis auf die Haut durchnäßt sind! Nur wenige Meter entfernt ist ein Eingang oder vielmehr ein Durchlaß. Die Pforte für die Dorfbewohner ist eng. Der imposante

Haupteingang, der über den Friedhof führt, liegt natürlich auf der Schloßseite.«

Honeybath überhörte geflissentlich den plaudernden Unterton, eilte weiter und fand schließlich den Durchlaß. Sekunden danach betrat er das Innere der Kirche. Sie war dämmrig und winzig klein. Ihre mangelnde Größe wurde noch unterstrichen durch die reichliche Ausstattung mit wahrhaft monumentalen Skulpturen. Das Ganze erinnerte ihn in ungehöriger Weise an eine Puppenstube, vollgepfropft mit Möbelstücken, die eine Nummer zu groß dafür waren. Doch zumindest bot sie Schutz, und Honeybath beeilte sich, seiner Dankbarkeit Ausdruck zu verleihen und ein paar erklärende Worte hinzuzufügen.

»Fürchterlicher Platzregen«, bemerkte er dann. »Ein junger Mann, der sich jetzt freundlicherweise für mich auf Benzinsuche befindet, hat ihn vorausgesagt. Ich zog den übereilten Schluß, daß es sich um Lord Mullions Sohn handeln müsse. In Wirklichkeit stellte er sich jedoch als einer der Gärtner heraus, und er sagte mir, er heiße Gore.«

»Ach ja – Swithin Gore. Er ist mir selbst erst vor kurzer Zeit über den Weg gelaufen, und er hatte die Freundlichkeit, mir zuzuwinken.« Der Geistliche, der das als erheiternden Umstand anzusehen schien, bedachte Honeybath mit einem gedankenverlorenen Blick. »Sie befinden sich auf dem Weg zum Schloß, Sir?«

»Ja, das ist mein Ziel. Doch zunächst einmal hatte ich die Idee, bis zur Auffahrt zu gelangen und im Pförtnerhaus Zuflucht zu suchen.«

»Eine müßige Vorstellung, fürchte ich. Das Pförtnerhaus ist unbewohnt und verbarrikadiert. Der Reiche lebt zwar noch in seinem Schloß, worüber ich sehr froh bin. Jedoch bewacht kein Armer mehr sein Tor. *Tempora mutantur, et nos mutamur in illis.* Darf ich mich Ihnen vorstellen: Mein Name ist Atlay. Ich bin der Pfründeninhaber.«

»How do you do? Mein Name ist Honeybath.«

»Tatsächlich!« Dr. Atlays Gesicht wurde von einer Art herablassendem Wohlwollen überzogen. »Ich hätte es mir denken können, Mr. Honeybath. Lord Mullion hat Ihr Kommen mir gegenüber erwähnt. Und auch den Grund. Eine hervorragende Idee von Mullion – was ich ihm auch sogleich bestätigte. Niemand könnte seiner Frau besser gerecht werden als Sie, falls ich mir in dieser Hinsicht ein völlig unfachgemäßes Urteil erlauben darf.«

»Vielen Dank.« Es gelang Honeybath nicht, dies in besonders untertäniger Form zu äußern, da ihn förmliche Komplimente unweigerlich irritierten. »Ich kenne Lady Mullion nicht sehr gut, doch scheint sie mir eine bemerkenswerte Frau zu sein.«

»Das ist sie in der Tat – wenn auch, wie ich leider sagen muß, nicht ganz untadelig, was die erhabenen Prinzipien der Unterordnung angeht. Das ist ihrer Abstammung aus einem Herzogshaus zuzuschreiben. Herzöge sind sehr sonderbare Menschen, Mr. Honeybath, wie Sie sicherlich bei einer Menge von Anlässen feststellen konnten. Vor allem, wenn sie zu den Whigs gehören, was bei den meisten der Fall ist. Ja, Mullion ist schon eine waghalsige Ehe eingegangen, und ich bin geneigt, es als ganz besondere Fügung göttlicher Vorsehung zu betrachten, daß sie glücklich geworden ist. Sie haben zwei reizende Töchter.«

»Und natürlich einen Sohn.«

»Ja, und einen Sohn. Ich fürchte, daß der Regen eher noch schlimmer wird.« Dr. Atlay hatte eine Pause gemacht, um die südliche Kirchentür zu öffnen und hinauszuspähen. An der Tür war ein Zettel befestigt – vielleicht für die Gläubigen bestimmt, vielleicht auch für gelegentliche Neugierige –, auf dem zu lesen stand »Bitte aus Heizungsgründen geschlossen halten«, obwohl keinerlei Vorrichtung sichtbar war, die ebendiesem Zweck dienlich sein konnte. »Aber Sie und ich haben's doch im Augenblick ganz gemütlich«, fuhr Dr. Atlay fort. »Zugegebenermaßen macht die Kirche einen etwas düsteren und vielleicht sogar höhlenhaften Eindruck, was auf die geringe Lichtdurchlässigkeit der viktorianischen Buntglasfenster zurückzuführen ist – deren überaus reichliches Vorhandensein wir dem elften Grafen zu verdanken haben. Sein Nachfolger wiederum hat für die Dachreparaturen gesorgt, so daß es jetzt nicht mehr hereinregnet. Wenn nun das Licht ausgeschlossen ist, so gilt dies gleichermaßen für die wütenden Elemente. Sie und ich, mein lieber Herr, sind hier drinnen so wohlgeborgen wie Äneas und Dido in ihrer Höhle.«

»Ganz recht.« Honeybath war ein wenig erstaunt über diesen heidnischen – und irgendwie lästerlichen – Vergleich, der zweifellos der klassisch-orthodoxen Erziehung des Pfarrers zuzurechnen war. »Haben all diese Monumente und Abbilder Bezug zum Geschlecht der Wyndowes?«

»Ja, sicher – abgesehen von einigen meiner Vorgänger, die in passender Form auf unauffälligen Gedenktafeln an der Kanzel verewigt sind. Wie Sie wissen werden, waren die ersten Wyndowes nur schlichte Grafschaftsritter, und der erste, dessen Bestattung hier verzeichnet ist, war Sir Rufus Windy. Ihn stellt die Skulptur zu Ihrer Rechten dar, mit der abgebrochenen Nase.«

Honeybath ließ seinen Blick mit gebührendem Respekt über Sir Rufus gleiten; doch die Worte, zu denen er sich dann genötigt fühlte, entbehrten nicht einer gewissen Frivolität.

»Mir ist es schon von jeher absurd vorgekommen, Dr. Atlay, daß die herrschenden Klassen sich Gottes eisigen Segens erfreuen, wenn es um ein christliches Begräbnis geht, während ihre Untertanen in diesem Fall draußen in der warmen Sonne liegen dürfen.«

»Oh!« Falls die Äußerung Dr. Atlay aus dem Konzept gebracht haben sollte, erholte er sich sehr schnell wieder. »Ich entsinne mich nicht, daß Shakespeare von dem alten Spruch in dieser Weise Gebrauch machte. Aber natürlich haben Sie vollkommen recht. Die primitiven Dorfbewohner liegen draußen auf dem Friedhof und sind den Elementen ausgesetzt – ganz gleich ob Sonne, Wind oder Regen. Hier spielt jedoch wieder das erhabene Prinzip der Unterordnung mit. Kennen Sie die Predigten von William Gilpin, dessen ›Anmerkungen über die malerische Schönheit der Berge und Seen in Cumberland und Westmoreland‹ Ihnen zweifellos vertraut sind?«

»Ich kenne Gilpins Ansichten über das Malerische. Er nimmt einen herausragenden Platz in der Geschichte des englischen Geschmacks ein.« Honeybath fühlte sich durch Dr. Atlays gelehrten Ton veranlaßt, sich von seiner besten Seite zu zeigen. »Aber ich fürchte, seine Predigten sind mir entgangen.«

»Wenn ich mich recht erinnere, sind sie zwischen 1799 und 1804 in mehreren Bänden veröffentlicht worden. Und in einem dieser Bände führt er an, daß das Prinzip der Unterordnung in sämtlichen Werken Gottes vorherrscht. Es handelt sich um eine profunde Wahrheit, die von modernen Theologen nicht besonders geschätzt wird, wie ich zu meinem Leidwesen erkennen mußte.«

Honeybath fing an zu bedauern, daß er sich ein Heiligtum als Zuflucht erwählt hatte. Wäre er bis zum Pförtnerhaus weitergelaufen, so hätte er sich, selbst wenn es abgeschlossen gewesen wäre, wenigstens bis zu Swithins Ankunft mit dem Wagen unter einen Dachvorsprung kauern können. Da Swithin nun einfach an der Kirche vorbeifahren würde, sah es so aus, als ob er nicht umhin käme, Dr. Atlays Gesellschaft zu ertragen, bis sich das Unwetter verzog. Zudem behagte ihm auch das Gesprächsthema nicht besonders, das sie jetzt angeschnitten hatten. Auf der verzweifelten Suche nach einer Alternative sah er sich sorgsam in der düsteren kleinen Kirche um. Eine Anzahl der vorhandenen Grabstätten und Monumente konnte seinem Gefühl nach durchaus als Konversationsobjekte im gängigen Sinn herhalten. Daher reagierte er so gut es ihm möglich war auf die an ihn gerichteten Bemerkungen.

»Wie Sie sehen«, erklärte Dr. Atlay, »sind wir ganz besonders reich ausgestattet mit Monumentalwerken der elisabethanischen Epoche. Darf ich fragen, ob dies eines Ihrer bevorzugten Interessengebiete ist?«

»Das ist es in der Tat – allerdings fast ausschließlich auf die Malerei beschränkt, wie Sie sich vorstellen können. Ich freue mich übrigens auch sehr darauf, die Mullionschen Hilliards kennenzulernen. Aber was sehe ich da!« Honeybath verstummte und deutete auf ein ornamentales Kunstwerk im nördlichen Teil des Kirchenschiffs. »Das ist sicher von Nollekens. Es *kann* nur von ihm sein.«

»Ja, gewiß; und es zählt zu seinen berühmtesten Werken, wie mir gesagt wurde. Allerdings muß ich Ihnen hier ein professionelles Urteil überlassen, werter Herr. Die zurückgelehnte Gestalt im klassischen Gewand stellt selbstredend eine Gräfin von Mullion dar, und das Medaillon, auf das sie mit erhobenem Arm und ausgestrecktem Zeigefinger hinweist, ziert offensichtlich ein Abbild ihres Gemahls, des Grafen. Die weinenden Engelskinder werden von unseren Besuchern sehr bewundert. Beachten Sie, wie zart und doch deutlich sogar ihre Tränen auf dem Marmor zu erkennen sind.«

Gehorsam studierte Honeybath Nollekens' flennende Bälger. Er war ihnen schon haufenweise begegnet und hatte sie ganz liebgewonnen. Er las auch die langatmige Inschrift, in der die höchst erstaunlichen Tugenden des Edelmannes und seiner »leidgeprüften und verzweifelten« Gemahlin aufgelistet waren. Danach begab er sich, geführt von dem Pfarrer, auf einen mehr oder weniger systematischen Rundgang durch die Kirche. Ein Chinese, so fuhr es ihm durch den Kopf, der keinerlei Kenntnis hatte von den Prinzipien christlicher Religion oder dem Sinn und Zweck von Bauwerken wie dem, in dem er sich gerade befand, käme zu der Schlußfolgerung, daß es sich hier um ein Familienmausoleum handelte, bestimmt zur Aufnahme der Gebeine einer Reihe von Personen, denen nach ihrem Verdienst eine weitaus großartigere Ruhestätte zugestanden hätte – und zwar weniger aufgrund eines ererbten Ranges, sondern wegen ihrer unermeßlichen Bedeutung als Vorbilder und Leitsterne für die Gesellschaft als solche. Die Tudors in schwülstigen Versen, die Augustaner in wohlausgewogener, rhythmischer Prosa, und dazwischen die elisabethanischen Meister der Sprache und ihre verbohrten, selbstgefälligen Nachfolger zu Zeiten Jacobs I. – sie alle priesen die diversen Wyndowes durch Worte, in Marmor graviert, als wahre Leitbilder, Autoritäten und Glanzlichter ihrer Epoche. Sogar der Großvater des jetzigen Grafen, der noch bis ins Jahr 1906 gelebt hatte, wurde beschrieben als jemand, dem das Wohlergehen der seiner Fürsorge würdigen Armen am Herzen lag; und dessen Nachfolger, Sylvanus Wyndowe, Lord Mullion, war nicht nur als Vertreter des Königs in der Grafschaft und Ritter des Hosenbandordens verewigt, sondern zusätzlich noch als gewissenhafter Bezirkstagsabgeordneter für den Bereich Mullion und Klein-Lintel. Und nach all dieser rokokohaften Schwülstigkeit und dem verbalen Pomp bemerkte Honeybath eine kleine Tafel, die schlicht verkündete: RUPERT WYNDOWE LORD

WYNDOWE, gefolgt von zwei Daten, aus denen zu entnehmen war, daß Rupert Wyndowe Lord Wyndowes Dasein bereits mit seinem sechsunddreißigsten Lebensjahr geendet hatte. Es handelte sich hier um jenen Onkel Henrys, so erinnerte sich Honeybath, der den Grafentitel geerbt hätte, wäre er nicht vor seinem Vater gestorben.

»Ruperts Gedenktafel ist zweifelsohne ziemlich bescheiden«, sagte er zu Dr. Atlay.

»Ja, das stimmt. Es hätte genausogut der Gemeindepfarrer sein können.«

»Du lieber Himmel! Hat er tatsächlich priesterliche Weihe empfangen?«

»Nein. Es wäre Rupert Wyndowe wohl nicht einmal im Traum eingefallen, diese Richtung einzuschlagen. Und das war vielleicht ganz gut so. Mag sein, daß es von dem verstorbenen Grafen unbesonnen war, die Erinnerung an seinen älteren Bruder in so demonstrativ dürftiger Weise wachzuhalten – falls diese Bemerkung erlaubt ist. Aber ich bedaure, sagen zu müssen, daß Ruperts kurzes Leben alles andere als durchweg erbaulich war. Zu jenem Zeitpunkt hätte die Familie ihn sicher nicht als geeignetes Aushängeschild betrachtet – wenn ich das einmal so ausdrücken darf.« Dr. Atlay runzelte die Stirn, so als sei ihm bewußt geworden, daß der Reiz dieser etwas forcierten Witzelei (der nichts Klassisches anhaftete) ihn zu einer geringfügigen Ungehörigkeit verführt hatte. Rupert Wyndowe zählte schließlich zur engeren Verwandtschaft des jetzigen Grafen und sollte Uneingeweihten, deren Bekanntschaft man gerade erst gemacht hatte, nicht als schwarzes Schaf präsentiert werden. Gewiß, Lord Mullion hatte beim vorzeitigen Tod seines Onkels noch nicht einmal das Licht der Welt erblickt; und ferner stand fest, daß dieser bekannte Porträtmaler offenbar Anspruch darauf hatte, zu Lord Mullions intimsten Freunden gerechnet zu werden. Doch es war trotz allem eine Taktlosigkeit, sich der Familiengeschichte im Plauderstil zu widmen.

Leider schien Charles Honeybath kein hochentwickeltes Gespür dafür zu haben, was sich schickte oder nicht. Er fuhr fort, gedankenverloren auf Ruperts Gedenktafel zu starren.

»Möglicherweise ist sie nur als Zwischenlösung anzusehen

oder als Maßnahme der Bestandswahrung?« meinte er. »Schwarze Schafe erringen in vielen Fällen bereits nach wenigen Generationen wieder die Wertschätzung ihrer Familien; ihre miesen Tricks nehmen dann die Patina liebenswerter Schwächen an. Bei völlig verkommenen Subjekten ist das etwas anderes. Hier können Jahrhunderte ins Land gehen, bevor ihre Nachfahren langsam stolz auf sie werden. Und ich nehme doch an, dieser Rupert Wyndowe ist der ersten Kategorie zuzuordnen.«

»Ja, natürlich.« Der Pfarrer wollte sich offenbar nicht zu weiteren Enthüllungen über den geheimnisvoll unzulänglichen Onkel des jetzigen Grafen von Mullion hinreißen lassen. »Ich kann doch davon ausgehen, daß Sie mit den bestehenden Familienverhältnissen wohl vertraut sind?«

»Nichts dergleichen. Mullion und ich haben einander gewohnheitsmäßig von Zeit zu Zeit getroffen, jedoch mehr im Hinblick auf frühere Beziehungen, die äußerst angenehmer Art waren, als wegen heutiger gemeinsamer Interessen. Seine Frau habe ich selbstverständlich kennengelernt. Aber alle übrigen hier sind mir vollkommen fremd.«

»Wenigstens sind sie nicht so zahlreich, daß man sie leicht durcheinanderbringt. Schade, daß keine jüngeren Söhne vorhanden sind. In meiner Vorstellung gehören zu jeder bedeutenden Familie auch immer jüngere Söhne.«

»Zweifellos. Doch kann ich mir denken, daß die Probleme mit jüngeren Söhnen proportional zu der Bedeutung steigen, die man sich selbst beimißt. Man kann sie nicht hinter einen Pflug spannen, selbst wenn dies ihrer natürlichen Begabung entsprechen sollte.« Schon während Honeybath diese ein wenig verbitterte Bemerkung von sich gab, schämte er sich ihrer. Seine Frau war vor vielen Jahren kinderlos gestorben, und er hatte seitdem nichts getan, um zu Kindern zu kommen. Er hätte jedoch gern einen Sohn gehabt, und wäre dieser Wunsch in Erfüllung gegangen, so hätte er den Jungen zumindest zu der Einstellung erzogen, sich keine Bedeutung anzumaßen, die er nicht selbst errungen hatte. Aber, so schalt er sich, er durfte sich nicht von Dr. Atlay verdrießen lassen, der in gewisser Weise sein Barmherziger Samariter gewesen war und dessen Ergebenheit der sogenannten besitzenden Klasse gegenüber wenigstens keine unangenehmen Auswüchse zeigte. Überdies bezog Honeybath den größten Teil seines Lebensunterhalts von bedeutenden Leuten. Er hatte also keinen Grund, die herkömmliche Gliederung der englischen Gesellschaft zu bemängeln – und wenn es hart auf hart ging, nicht einmal das, was Atlay als erhabenes Prinzip der Unterordnung bezeichnete. »Soweit mir bekannt ist«, sagte er, »macht Mullion nur ein jüngerer Bruder zu schaffen, der Sylvanus der jetzigen Generation.« Beim Gespräch mit dem Gottesmann, der sich unzweifelhaft und vorrangig als eine Art Hauskaplan der Wyndowes sah, schien sich Honeybath für »Mullion« entschieden zu haben; es klang weniger förmlich als »Lord Mullion«, aber nicht so intim wie »Henry«. Nichts, so kam es ihm in den Sinn, nichts ist auf banale Art kniffliger als dieser ganz spezielle Bereich der Titulierung. Zum Beispiel würde er voraussichtlich einer Dame vorgestellt werden, die Henry ganz zwanglos »meine Großtante Camilla« nennen würde. Aber war sie dann »Lady Camilla Wyndowe« oder die »Ehrenwerte Camilla Wyndowe« (was man schließlich wissen mußte, wenn man einen Brief an sie adressieren wollte), oder schlicht und einfach »Miss«? So eine Frage war erst dann zu beantworten, wenn man analysiert hatte, daß sie die Tochter des nachgeborenen Sohnes eines Grafen war, und selbst dann wäre nicht auszuschließen, daß ihr aufgrund irgendwelcher Verwicklungen doch noch ein Titel zustand. Honeybath war gerade im Begriff, sich über Camilla zu erkundigen, als er sich daran erinnerte, von Lord Mullion etwas in der Richtung gehört zu haben, daß jene betagte Verwandte nicht ganz richtig im Kopf sei. Er hielt sich statt dessen lieber an Sylvanus. »Soweit ich informiert bin, wohnt der Bruder Mullions im Witwenhaus. Ist er verheiratet?«

»Gewiß; er hat drei Töchter. Sylvanus verließ vor einigen Jahren die Armee. Er ist unser hiesiger Jagdleiter für Fuchsjagden. Ein uriger Bursche. Man kann ihn kaum ansehen, ohne sogleich an Rinderbraten und Bier zu denken.«

»Du lieber Himmel!«

»›Rotbackig‹ wäre das erste Wort, das mir bei dem Versuch einfallen würde, sein Äußeres zu beschreiben. Und er brüllt gern.«

»Er brüllt?«

»Genau. Ein typischer Landjunker der alten Schule. Man würde ihn bestimmt nicht mit dem Hochadel in Verbindung bringen. Mag sein, daß auch ein wenig Affektiertheit mit im Spiel ist. Er ist jedoch ein überaus angenehmer Mensch, und Sie werden sich in seiner Gesellschaft wohlfühlen.«

Honeybath wünschte, er wäre sich, was das anbelangte, ganz sicher. Schätzungsweise würde er allergisch reagieren, wenn man ihn anbrüllte. Doch während ihm noch dieser Gedanke durch den Kopf ging, wurde daraus bereits fast Wirklichkeit; etwas, das er als Hupe seines eigenen Wagens erkannte, rief ihn laut dröhnend herbei.

»Zum Kuckuck!« meinte er überrascht, »das muß der junge Mann sein.« Ohne weitere Umstände eilte er zur Kirchentür und stieß sie auf. Es regnete noch immer – doch dort drüben, in nur zehn Meter Entfernung, stand Swithin Gore mit Honeybath' Wagen. Swithin, vermutlich in Hochstimmung wegen seiner Position hinter dem Lenkrad, schien sich nicht bewußt zu sein, daß seinem Verhalten etwas Gebieterisches anhaftete.

»Na also, Sir!« rief er nun. »Ich hatte gleich vermutet, daß Sie hier untergeschlüpft sind. Wenn Sie sich beeilen, könnten Sie es noch rechtzeitig zur Suppe schaffen!«

Honeybath war weit davon entfernt, an diesem kessen Verhalten Anstoß zu nehmen; er signalisierte sein Einverständnis, drückte Dr. Atlay erneut seine Dankbarkeit aus und rannte dann zum Auto. Es war ein neues Fahrzeug, bei dessen Kauf er sich aus irgendwelchen Gründen ein Modell gegönnt hatte, das sichtlich zur gehobenen Kategorie zählte. Offenbar hatte Swithin sehr großen Gefallen daran gefunden, so daß Honeybath darauf bestand, daß Swithin chauffierte.

Swithin fuhr alles andere als forsch, doch sie hatten bereits das Tor hinter sich gelassen und befanden sich schon im Park, bevor er wieder so gelassen war, daß er sprechen konnte.

»Wußten Sie denn nicht, daß Sie einen Reservetank haben?« fragte er verwundert.

»Einen Reservetank?«

»Ja, haben Sie nicht das kleine rote Lämpchen gesehen? Jetzt ist es wieder erloschen, aber es muß eine ganze Weile aufgeleuchtet haben. Es sagt Ihnen, daß das Benzin langsam zur Neige geht.«

»Ich fürchte, ich war sehr unaufmerksam.« Honeybath hätte bestürzt oder sogar beleidigt sein können wegen dieser gnadenlosen Enthüllung seiner Unfähigkeit. Doch Swithins schlecht verhohlene Freude über seine eigenen überlegenen Kenntnisse wirkte eher ansteckend als irritierend.

»Sie müssen nur diesen Hebel nach unten drücken.« Swithin nahm kurz eine Hand vom Lenkrad, um des Rätsels Lösung noch klarer zu verdeutlichen.

»Dann erlischt das rote Lämpchen, und das grüne darüber leuchtet auf, so wie im Augenblick. Es soll Sie ständig daran erinnern, daß Sie jetzt auf Reserve fahren. Das bedeutet, Sie verfügen noch über etwa sieben Liter Sprit.«

»Ach, so ist das. Vielen Dank.«

»Und Sie werden es nicht vergessen?« fragte Swithin in ernsthaftem Ton.

»Nein, ich verspreche, daran zu denken.«

»Diese raffinierten Kinkerlitzchen nützen einem gar nichts, Sir, wenn man nicht mit ihnen umgehen kann.«

»Da haben Sie völlig recht.«

So geschah es, daß Charles Honeybath geläutert und mit Chauffeur auf Mullion Castle anrollte.

## VI

Swithins Hoffnung erfüllte sich – Honeybath traf noch rechtzeitig zur Suppe ein. Er hegte jedoch den Verdacht, daß man den Beginn der Mahlzeit in steter Erwartung seiner Ankunft um eine halbe Stunde verschoben hatte. Vielmehr als die Suppe hatte man allerdings nicht verschieben müssen, da das Mittagessen der Mullions – obgleich von mehreren Bediensteten serviert – lediglich aus einer gewöhnlichen *potage du jour* bestand, abgerundet durch Brot und Käse.

»Ich nehme an, es macht Ihnen nichts aus, Charles, sich mit unseren Gewohnheiten zu befreunden«, lautete Lord Mullions Kommentar. »Zumindest in rein häuslichen Dingen. Ich finde, wenn man in die Jahre kommt, fängt man langsam an, ein einziges komplettes Mahl pro Tag als der Weisheit letzten Schluß zu erachten.«

»Ganz meiner Meinung«, sagte Honeybath. »Wenn sich weniger Perspektiven eröffnen, hat man keine Lust, seine Nachmittage im Halbschlaf zuzubringen.«

»Nein, keineswegs«, erwiderte Lady Mullion in munterem Ton. Und der Blick, den sie dabei ihrem Gast und zukünftigen Porträtisten zuwarf, ließ zum erstenmal eindeutige Zustimmung erkennen.

»Daher findet unser Abendessen auch in beinahe formellem Rahmen statt«, bekannte Lord Mullion eine Spur entschuldigend. »Mit Smoking, Charles, falls Ihnen das nicht zu lästig ist.«

»Keineswegs. Jeder vernünftige Mensch hat so etwas heutzutage doch im Koffer.«

»Da ist was verdammt Ulkiges passiert«, mischte sich Cyprian Wyndowe an dieser Stelle ein. »So ein Typ im King's College – ein vielversprechender Proletarier – erhielt eine Einladung von der Frau des Rektors oder so jemandem, auf der es hieß ›Schwarze Fliege‹. Er hatte keine Ahnung, daß damit ein Smoking gemeint war.«

»Woher auch?« unterbrach Boosie Wyndowe. »Es ist eine vollkommen idiotische Bezeichnung.«

»Und aller Wahrscheinlichkeit nach hat er sowieso nicht so ein Ding besessen. Er tauchte also in einem Pseudo-Maßanzug auf, mit einer enormen schwarzen Fliege, so als wäre die Abendgesellschaft der bedauernswerten Frau ein Leichenschmaus.«

»Und jetzt müssen wir alle lachen«, meinte Boosie. »O Gott! O Montreal!«

Lord und Lady Mullion, beide nicht vertraut mit der Poesie von Samuel Butler II, blickten verständnislos drein. Es konnte ihnen zudem auch nicht entgangen sein, so vermutete Honeybath, daß ihr Sohn und Erbe eine etwas einfältige Vorstellung von einer unterhaltsamen Anekdote haben mußte. Lord Mullion verfolgte jedoch sein Thema unbeirrt weiter.

»Waschen muß man sich schließlich sowieso«, sagte er. »Und wenn man schon dabei ist, kann man sich genausogut auch umziehen. Demgemäß ist mir der Smoking kein Dorn im Auge. Außerdem kommt Camilla gewöhnlich zum Abendessen herunter, und ihr gefällt es. Obwohl ich mir da nicht so ganz sicher bin. Große Abendtoilette, und das jeden Abend, würde ihr mehr entsprechen. Gott sei Dank ist es damit vorbei – außer zu diesen großen vulgären Veranstaltungen. Großtante Camilla ist eben von Grund auf viktorianisch eingestellt.«

»Wobei man ihr wahrscheinlich zugute halten muß, daß sie, wie ich annehme, unter dieser Regentschaft geboren wurde«, bemerkte Honeybath.

»Nicht ganz, meines Wissens. Mary, stimmt es oder nicht?«

»Das zu sagen ist nahezu unmöglich – vorausgesetzt, man glaubt, was sie darüber erzählt.« Lady Mullion sprach mit einem liebevollen, belustigten Unterton. »Sie gibt vor, am Todestag der alten Königin geboren zu sein. Aber ich habe diese Behauptung nicht nachgeprüft – wie ich es im Gegensatz dazu bei vielen von euch Wyndowes tun mußte.«

»Vielleicht hält sich das steinalte Mädchen für die unmittelbare Reinkarnation der zähen alten Teutonin«, bemerkte Cyprian und ließ eine Pause folgen, so als heische er Bewunderung für seinen Geistesblitz. Nachdem sich nichts dergleichen tat, fügte er hinzu: »Ich hätte sie sogar ein gutes Stück älter geschätzt.«

»Sie ist eigentlich wunderbar alterslos«, meinte Lady Patience Wyndowe. »Trotzdem gehört sie für mich zu einer längst vergangenen Zeit.«

»In deinem Alter, meine liebe Patty, steht dir diese Ansicht auch zu.« Lord Mullion schwieg, während er den Löffel energisch in seinen Stilton senkte. »Selbst wenn es sich ganz anders verhält. Ich denke, daß ihr unser werter Pfarrer zum Beispiel gut und gern zehn Jahre voraus ist. Hat Martin Atlay Sie mit irgendwelchen Familiengeschichten unterhalten, Charles?«

»Nur in begrenztem Maße. Wir haben bei den Wyndowe-Denkmälern ein wenig die Runde gemacht.«

»Er weiß über alle Bescheid. Und über uns weiß er ebenfalls alles. Wenn Ihnen irgend etwas komisch vorkommen sollte, Charles, so fragen Sie einfach Atlay. Er hat eine historische Ader.«

»Ich hätte sicher mehr erfahren, wenn der junge Mann nicht so geschwind mit meinem Wagen aufgetaucht wäre.« Honeybath erinnerte sich an seinen Vorsatz, sich in betont lobenswerter Weise über den jungen Mann zu verbreiten. »Er war ganz außergewöhnlich tüchtig und hilfsbereit.«

»Freut mich, das zu hören, Charles. Sie sagen, es war Gore? Ein vielversprechender Junge, meiner Meinung nach, und nicht so mürrisch wie die meisten. Sehr willig, aber nicht besonders intelligent, wie ich mir vorstellen kann.«

»Swithin Gore ist sogar sehr intelligent, Papa.« Ohne langes Überlegen war Patty diese Bemerkung entschlüpft – und Honeybath schien es, als sei sie selbst davon überrascht, vielleicht sogar verärgert darüber.

»Stimmt«, sagte Boosie. »Ich habe wie verrückt mit Swithin geflirtet, aber sein Herz ist auf wundervolle Weise hart wie Stein. Es amüsiert ihn, aber er weiß ganz genau, was er sich erlauben darf und was nicht. Und das kann man nur schwerlich von allen Eaton- und King's-College-Studenten behaupten – wenigstens nach meiner Erfahrung.«

Der junge Lord Wyndowe war nicht begeistert von diesem Überschwang, und er sagte etwas Ungehobeltes über bezopfte Gören, die versuchten, sich mit Bauerntölpeln zu amüsieren. Honeybath hegte den Verdacht, daß auch Patty nicht begeistert war. Daß *sie* nicht begeistert war, bewies ihre Mutter, indem sie das Thema wechselte.

»Mr. Honeybath, ich bin so froh, daß Sie heute gekommen sind statt morgen. Die Mittwoche sind voller Unrast, ebenso die Samstage.«

»Ach, richtig, Charles!« mischte sich Lord Mullion ein. »Ich wollte es Ihnen doch erzählen. Das Schloß ist an diesen beiden Tagen zur Besichtigung freigegeben, und zur jetzigen Jahreszeit strömen sie herein wie die Wilden. Es ist ein ziemliches Problem. Wir können uns nicht im Dachgeschoß verstecken, weil Prinz Rupert dort seine Offiziere unterzubringen pflegte und Kriegsrat hielt. Es sind Landkarten an den Wänden und Kanonenkugeln im Kamin, und auf den Kleiderhaken hängen sogar noch Federhüte. Das muß also alles gezeigt werden, und wir müssen zusehen, wo wir bleiben.«

»Oder uns ebenfalls vorführen lassen«, meinte Boosie.

»Ganz recht, meine Liebe. Ich wünsche mir manchmal, wir wären länger Papisten geblieben und hätten das Schloß mit einer Reihe von Mönchszellen ausgestattet. Die könnten wir jetzt gut gebrauchen.« Ganz offensichtlich handelte es sich hierbei um einen von Lord Mullions abgegriffenen Scherzen. »Aber ich glaube, Charles, wir können Sie schon irgendwo verbergen.«

Cyprian sagte: »Kann doch sein, daß Mr. Honeybath gern am Drehkreuz Eintritt bezahlen und sich herumführen lassen möchte.«

Zum erstenmal seit seiner Ankunft konnte Honeybath Lord Mullion die Stirn runzeln sehen. Ob zu Recht oder zu Unrecht – er betrachtete diese Witzelei seines Sohnes jedenfalls als anzügliche Unverschämtheit.

»Erzähl keinen Unsinn, Cyprian. Und im übrigen wäre ich dir dankbar, wenn du selbst das in Zukunft ebenfalls unterlassen würdest. Ein- oder zweimal mochte es als Jux ja noch angehen, aber wenn du damit nicht aufhörst, beweist du nur dein fehlendes Verständnis für jene Leute, die so freundlich sind, zum Unterhalt des Ganzen hier beizutragen.«

»Sehr wohl, Sir.« Wenngleich ihm diese Zurechtweisung in aller Öffentlichkeit nicht gefiel, sah Cyprian seinen Vater doch ohne jeglichen Unmut an. Honeybath sagte sich, daß er hier in einen Haushalt geraten war, in dem alles mit einem Mindestmaß an Reibereien ablief. Die einzige Angriffslustige war vermutlich Boosie. Und genau das demonstrierte sie im Augenblick.

»Cyprian zahlte am Eingang und mischte sich in eine Gruppe«, erklärte sie Honeybath, »und er stellte dauernd blöde Fragen. Diese bestimmte Gruppe wurde von einer Freundin unserer Familie, einer Miss Kinder-Scout, geführt, und sie kannte Cyprian natürlich. Es muß sie ziemlich aufgeregt haben.«

»Zumindest muß es sie etwas erstaunt haben.«

»Aber er hat noch etwas Blöderes angestellt.« Lady Lucy Wyndowe (um sie bei ihrem richtigen Namen zu nennen) schien kein überaus taktvolles Kind zu sein; außerdem mußte sie ihre schwesterliche Anklage gegen ihn loswerden. »Er hatte bewußt sein silbernes Zigarettenetui auf einem Tisch in der Bibliothek liegenlassen, und als er sicher war, daß Miss Kinder-Scout nicht zu ihm hinsah – im Gegensatz zu einigen anderen aus der Gruppe –, streckte er verstohlen die Hand danach aus und steckte es in die Tasche. Es könnte einem angst werden bei der Vorstellung, wie es im Kopf von jemandem aussieht, der sich so idiotisch aufführt.«

»Es handelte sich um ein psychologisches Experiment zur Erforschung des Massenverhaltens«, erklärte Cyprian ruhig. »Du weißt selbst, was man alles darüber liest. Ein halbes Dutzend Leute sieht zu, wie ein weißhaariger alter Mann beraubt wird oder ein blinder Bettler zusammengeschlagen, oder ein Mädchen vergewaltigt...«

»Cyprian, bitte«, unterbrach Lady Mullion.

»Na ja, irgendwas in dieser Richtung. Und ein halbes Dutzend Leute schaut zu und niemand greift ein, weil eine unüberwindliche psychische Hemmung vorliegt. Das war auch in meinem Fall so.«

»Allerdings nicht sehr lange, wie du sehr wohl weißt«, sagte Boosie. »Denn Miss Kinder-Scout hatte dich trotzdem beobachtet, und sie hatte die Nase voll. Deshalb rief sie auch mit ihrer ziemlich lauten Stimme: ›Lord Wyndowe, ich freue mich, daß Sie Ihr Zigarettenetui wiedergefunden haben, das Sie verlegt hatten.‹ Und wie ich mir vorstellen kann, hielten dich die Besucher daraufhin für einen harmlosen Familientrottel.«

»Von dieser Sorte haben wir doch wahrhaftig schon genug, oder?« fragte Cyprian. Dann wandte er sich seinem Vater zu. »Übrigens, Sir, Mr. Honeybath wird wohl ein Atelier brauchen. Ist schon etwas Bestimmtes dafür vorgesehen?«

»Eine ausgezeichnete Frage.« Lord Mullion war sichtlich erleichtert, daß der gegen Ende etwas unergiebige Schlagabtausch überstanden war. »Wir dürfen jedoch Honeybath im Hinblick auf eine solche Entscheidung nicht zur Eile drängen. Charles, sicherlich möchten Sie das Schloß zunächst erst einmal kennenlernen?«

»Unbedingt, Henry. Und Sie, Lady Mullion...«

»Bitte nennen Sie mich Mary.«

»Und Sie, Mary, haben gewiß noch eigene Anweisungen. Mir scheint, als hätte Henry erwähnt, daß Ihr Porträt den

Platz auf der anderen Seite des Kamins ausfüllen sollte. Vermutlich machte er aber nur einen Witz.«

»Ja, natürlich«, erwiderte Lord Mullion. »Wollen wir's mal als *une façon de parler* bezeichnen, Charles. Wissen Sie, ich hatte nur einfach das Gefühl, wir sollten beide porträtiert werden.«

»In Ordnung. Wenn nun die beiden Porträts unabhängig voneinander sind, dann hat Mary die Wahl zwischen diversen Möglichkeiten. Einem neutralen Hintergrund beispielsweise oder einem förmlichen und traditionellen...«

»Marmorsäulen«, unterbrach Boosie, »unmöglich drapiert mit Samtvorhängen und Goldkordeln? Das wird ihr kaum gefallen.«

»Oder ihrem Lieblingsplatz in einem Zimmer oder im Freien«, schloß Honeybath.

»Unter des Schlosses Kastanienbaum steht des Schlosses Schöne«, sagte Patty. »Ich stimme dafür. Oder ich würde vielmehr dafür stimmen, wenn wir einen Kastanienbaum hätten – was meines Wissens nicht der Fall ist. Und was ist mit dem Kleid, Mr. Honeybath? Kann sich meine Mutter eines aussuchen?«

»Oh, das bringt uns auf ein heikles Thema.« Honeybath war mit solchem Geschwätz wohlvertraut und besaß nach seinem Dafürhalten einiges Geschick darin, es nicht zu ernst zu nehmen. »Aber mit Frauen kann man sich oft viel besser arrangieren als mit Männern. Männer tragen all jene absurden und steifen Karnevalskostüme, über die sich Virginia Woolf so lustig machte. Uniformen und Amtsroben und Doktorhüte. Das alles wäre gar nicht so schlimm, wenn sie zusätzlich nicht noch einen Teint hätten – sehr oft sogar einen bestürzend ausgeprägten Teint. Mogelt man mit dem Farbton der Uniform, so wird man behandelt, als sei man ein unfähiger Uniformschneider. Versucht man, das Problem über den Teint zu lösen, so beklagen sie sich, daß man sie entweder als Quartalssäufer oder als Scheintote darstelle. Macht man auf beiden Seiten Zugeständnisse, so wird man von den Kritikern verlacht – und nicht zuwenig. Den Malern geht's wie den Polizisten. Sie haben beide kein glückliches Los.«

Dieser kleine Exkurs in die Mysterien der Künste wurde

sehr beifällig aufgenommen und regte den jungen Wyndowe zu diversen scherzhaften Vorschlägen an. Cyprian gab der Hoffnung Ausdruck, daß Honeybath nicht darauf bestehen werde, seine Mutter im Glanze sämtlicher Mullionscher Juwelen zur Schau zu stellen, weil sein Vater sich in diesem Fall peinlicherweise dazu bekennen müßte, sie klammheimlich ins Pfandhaus gebracht zu haben. Boosie, die solche exotischen Gedankenflüge nicht schätzte, kam mit ihrer eigenen Idee, die darauf hinauslief, ihre Mutter beim Unterschreiben eines Schecks zu porträtieren, mit dem ganz andere Peinlichkeiten ihres Bruders in Cambridge oder sonstwo aus der Welt geschafft werden sollten. Lady Mullion sah die Unterhaltung erneut in Richtung unergiebiger familiärer Artigkeiten abdriften und erhob sich mit den entschiedenen Worten, der Kaffee werde auf der Terrasse genommen.

Normalerweise sind Schlösser nicht mit ordnungsgemäßen Terrassen ausgestattet, jedenfalls nicht mit den herkömmlichen, von einer Mauer umgrenzten. Schloß Mullion war jedoch mit dieser Annehmlichkeit durch das Auffüllen eines Teils des südlichen Schloßgrabens bereichert worden. Lord Mullion tat seine persönliche Version darüber kund. Er erklärte, der Schloßgraben sei sowieso nur Attrappe. Er war zu einem Zeitpunkt ausgehoben worden, als die Wyndowes die Erlaubnis zum Zinnenbau erhalten hatten, und selbst diese Genehmigung war erst erteilt worden, als es mit den Schlössern schon bergab ging. Sogar Prinz Rupert war nicht so töricht gewesen anzunehmen, daß er Mullion halten konnte; er hatte den sechsten Grafen dahingehend beeinflußt, es freiwillig aufzugeben, und um diesem Wunsch Nachdruck zu verleihen, hatte er selbst hurtig einige unbedeutendere Scharmützel in der Nachbarschaft gewonnen. Boosie erklärte, das alles sei keine besondere Leistung gewesen, und sie sei durch umfangreiche Lektüre zu dem Schluß gekommen, daß die Royalisten ein ziemlich beschränkter Haufen waren. Einige durchtriebene Adelige hatten sich der Gegenseite angeschlossen, wie beispielsweise die Leute von Broughton Castle in der nächsten Grafschaft. Patty war der Meinung, eine Familie müsse zu ihren Grundsätzen stehen, worauf sich eine lebhafte Diskussion entwickelte – diesmal gottlob auf unpersönlicher

Ebene. Honeybath begann sich darüber Gedanken zu machen, ob der zur Schaffung künstlerischer Werke so notwendige Friede auf Mullion Castle leicht zu finden sein würde. Doch zu seinem Bekanntenkreis zählten nur wenige temperamentvolle junge Leute, und demzufolge entschloß er sich, mit seinem Aufenthalt bislang sehr zufrieden zu sein.

## VII

Am frühen Nachmittag zeigte Lady Mullion Honeybath das Schloß. Der kleine Rundgang wurde mit einem Minimum an historischer Weitschweifigkeit absolviert und wäre höchstwahrscheinlich von den einsatzfreudigen Damen, die diese Aufgabe mittwochs und samstags erfüllten, als unzulänglich betrachtet worden. Andererseits unterscheiden sich Freunde von zahlenden Besuchern auch dadurch, daß sie nicht so darauf erpicht sind, für ihr gutes Geld auch mit entsprechenden Informationen gefüttert zu werden. Aus Lady Mullions Gebaren war überdies andeutungsweise zu erkennen, daß nach ihrem Dafürhalten schließlich auch nicht viel da war, womit man besonders protzen könnte. Mullion Castle war als historisches Bauwerk ganz interessant, und als Konsequenz geziemender ehelicher Loyalität hatte sie es ungemein liebgewonnen. Doch trotz einer elisabethanisch aufpolierten Fassade und einigen zusätzlich angebrachten Schnörkeln aus der Zeit Jakobs I. war und blieb ein mittelalterliches Schloß doch eine etwas eigentümliche Wohnstätte. Diese Einstellung fand Honeybath ein wenig rätselhaft, bis er sich Lady Mullions familiären Hintergrund ins Gedächtnis rief. Was den Stammbaum anging, so hatten die Wyndowes nicht besonders viel vorzuweisen, denn selbst der altehrwürdige Sir Rufus Windy hatte sich erst nach der normannischen Eroberung etabliert. Trotzdem war ihre Ahnenreihe wesentlich länger als die von Lady Mullions eigener Familie, deren Stern erst unter Queen Anne aufgegangen war. Dafür war er allerdings sehr rasch und sehr strahlend aufgegangen und leuchtete nun in einer göttlichen Glorie, die in England ihresgleichen suchte. Tief in Lady Mullions Innerem war der Gedanke verwurzelt, Mullion

Castle sei eine Art *cottage ornée*, in der es sich auf bewußt bescheidene Art ganz lustig leben ließ.

Honeybath war sich natürlich darüber im klaren, daß der kleine Erkundungsgang, ohne die übrigen Familienmitglieder unternommen, in erster Linie nicht dazu dienen sollte, dem Gast die Umgebung zu zeigen, sondern zu intensiverer Fühlungnahme mit Lady Mullion bestimmt war. Im Hinblick auf seine Mission beziehungsweise seinen Auftrag war das ein völlig vernünftiger Gesichtspunkt, der von einem gesunden Instinkt der Dame in bezug auf das Wesen der Porträtmalerei zeugte. Sie fühlte sich wohl nicht gerade dazu herausgefordert, ihre Persönlichkeit zur Schau stellen zu müssen, sondern wußte nur zu gut, daß Honeybath' eigene Persönlichkeit ein genauso wichtiger Faktor in dem geplanten Unterfangen war wie die ihre. Es war erforderlich, eine Beziehung herzustellen, und es gab keinen Grund, weshalb man es nicht auf diese angenehme Weise tun sollte.

»Zu jener Zeit muß es hier ganz lebhaft zugegangen sein«, bemerkte Lady Mullion, während sie einige Zeugnisse der kurzfristigen Schloßherrschaft des Rheinischen Pfalzgrafen Prinz Rupert betrachteten. »Ich persönlich verlasse Mullion nur sehr selten, und wir führen ein sehr ruhiges Leben. Ich kann froh sein, nicht zu denen zu zählen, die sich nach einem sogenannten Betätigungsfeld sehnen.«

»Ich nehme doch an, daß Sie genug zu tun haben, Mary.«

»Auf gewisse Weise schon. In der Vorstellung mancher Leute besteht unser Leben aus genießerischem Müßiggang. Ich finde diese Meinung gelegentlich im Gesichtsausdruck unserer zahlenden Besucher wieder. Aber es erfordert wirklich Tatkraft, das alles bloß in Gang zu halten. Henry würde dafür eine Menge in Kauf nehmen. Vielleicht ist das etwas, was Frauen meines Schlags gleichgültiger läßt als die Mehrzahl der Männer; der Grund ist meines Erachtens, daß Frauen bei der Eheschließung ihr Bündel schnüren und es huckepack in ein neues Zuhause verfrachten müssen. Soll ich Ihnen etwas verraten, Charles? Ich habe einen wiederkehrenden Traum, in dem ich das Schloß in Flammen stehen sehe. Natürlich berührt mich das enorm. Doch wir rennen alle durcheinander, mit Eimern und Schläuchen, und es macht unglaublichen Spaß. So eine Art Happening, wie man das heute nennt.«

»Ich bezweifle sehr, ob Sie an so etwas wirklich Spaß hätten.« Honeybath fühlte sich ein wenig alarmiert durch dieses harmlose Geständnis. »Im übrigen hat so ein gelegentliches Happening schon seine guten Seiten.«

»Ich glaube, ein Schloßgespenst würde mir genügen. Unser Pfarrer Dr. Atlay, den Sie schon kennengelernt haben, meint, es gäbe ein Gespenst. Es scheint nur nichts übrig zu haben für das zwanzigste Jahrhundert, und deshalb zeigt es sich nicht. Ein- oder zweimal habe ich mir eingebildet, ihm begegnet zu sein: einer großen dahingleitenden Gestalt in Weiß. Doch es stellte sich schließlich heraus, daß es Tante Camilla in einem Anflug von Wanderlust war.«

»Hoffentlich haben Sie Ihrer Enttäuschung ihr gegenüber nicht Luft gemacht.« Honeybath zog diese leicht witzelnde Bemerkung einem Schweigen vor und hielt sie für geeignet, das Thema der ungeselligen Miss Wyndowe weiterzuverfolgen. Er hatte sogar den Eindruck, daß Lady Mullion das Gespenst absichtlich in die Unterhaltung eingeschleust hatte, um weiter über ihre betagte Verwandte reden zu können. Er sollte über ihre Person informiert werden.

»Es mag gewiß nicht allzu ermunternd sein, wenn man gesagt bekommt, man sei mit einem Gespenst verwechselt worden. Doch Camilla ist selbst zu ihren besten Zeiten ein wenig unberechenbar, und sie wäre möglicherweise sogar erfreut darüber. Sie könnte sich eventuell auch zu der Schlußfolgerung veranlaßt sehen, tatsächlich ein Gespenst zu sein. Ich glaube, Sie werden sie interessant finden, Charles. Sollte sie jedoch jemals etwas Beleidigendes von sich geben, dann wollen Sie bitte daran denken, daß sie ein bißchen sonderbar ist.«

»Das ist mir bekannt. Henry hat mir außerdem erzählt, daß sich Miss Wyndowe einst der Malerei verschrieben hatte.«

»Das ist richtig; sie hat sich allerdings schon seit vielen Jahren nicht mehr damit beschäftigt. Ich glaube, sie hat als junges Mädchen ernsthaft mit dem Gedanken gespielt, einen Beruf daraus zu machen. Sie ging zum Studium nach Paris – was zu jener Zeit etwas ziemlich Verwegenes war – und verbrachte danach einige Monate in der Provence als Schülerin eines

Künstlers, den sie ganz besonders bewunderte. Er gab ihr den Rat, ihre Reisen fortzusetzen und sich längere Zeit in Italien aufzuhalten. Entweder erschien ihm ihr Talent wahrhaft vielversprechend, oder sie war ihm lästig geworden, und er wollte sie sich vom Halse schaffen. Keine dieser beiden Möglichkeiten würde mich überraschen.«

»Und ist sie nach Italien gegangen?«

»Offenbar nicht. Sie lehnte diesen Gedanken aus religiösen Gründen rundweg ab.«

»Das ist ja überaus seltsam!«

»Großtante Camilla war in jenen Tagen eine überzeugte Protestantin. Der Katholizismus in Frankreich war nach ihrer Ansicht noch zu ertragen, weil er dort in unabhängiger und nicht direkt papistischer Form vertreten war. Doch sie wollte ihren Fuß niemals in ein Land setzen, das vollkommen beherrscht wurde von jemandem, den sie als sogenannten Bischof von Rom titulierte.«

»Das hört sich ganz so an, als habe sie ihren eigenen Kopf. Ich finde es jedoch sehr bedauerlich, daß sie sich aufgrund derartig strenger doktrinärer Auffassungen um die Uffizien und die Sixtinische Kapelle gebracht hat.«

»Sicher hätte sie die Uffizien hingenommen, wenn sie auf einem fliegenden Teppich dorthin transportiert worden wäre. Was aber die Sixtinische Kapelle betrifft, so hätte sie sich diese bestimmt mit einem Gewimmel von Kardinälen vorgestellt, in deren Mitte der Papst thront.«

»Du lieber Gott!« Honeybath fand den Einfall sehr belustigend. »Ich frage mich, wie sie wohl über ein kleines *tête-à-tête* zwischen dem Erzbischof von Canterbury und Seiner Heiligkeit vor dem Jüngsten Gericht dächte!«

»Sie müssen sie einmal danach fragen.«

»Wäre es nicht unvernünftig, religiöse Themen anzuschneiden, wenn man sich mit ihr unterhält?«

»Mein lieber Charles, es ist ganz und gar unmöglich, sich Camilla Wyndowe gegenüber entweder vernünftig oder unvernünftig zu verhalten. Man weiß nämlich nie, woran man bei ihr ist.« Lady Mullion machte eine Pause in ihrem munteren Wortgeplänkel. Dann fügte sie unvermittelt hinzu: »Sie ist mysteriös.«

»Sie machen mich neugierig. Mysteriös in welcher Beziehung?«

»Ich habe mich nicht besonders klar ausgedrückt. Sie ist nicht etwa Anhängerin irgendeines Mysterienkults. Ich habe bei ihr einfach das Gefühl, als umgäbe sie etwas Geheimnisvolles. Sie verschweigt etwas. Oder jemand verschweigt *sie*. Etwas in dieser Richtung.«

»Ich würde mir gern ein paar Bilder dieser bemerkenswerten Dame ansehen.«

»Eventuell läßt sie sich dazu überreden, eine Mappe davon hervorzuholen. Wir haben übrigens zwei oder drei rahmen lassen und aufgehängt. Ich glaube kaum, daß sie mit den Hilliards konkurrieren können. Sie dürften in einem der Gänge im Wirtschaftstrakt hängen, mitten unter den Konterfeis der Pferde- und Hundelieblinge und solchen Sachen. Sie werden sowieso feststellen, daß das gesamte Schloß mit Krempel vollgepfropft ist. Wenn Cyprian seinen dämlichen Witz über den versetzten Familienschmuck zum besten gibt, fügt er manchmal noch hinzu, daß wir durch das Auffinden einiger ungeheuer wertvoller chinesischer Vasen in einem Geräteschuppen wieder zu Ansehen und Wohlstand gelangen könnten. Auf daß dieser Tag bald kommen möge – obgleich ich es für unwahrscheinlich halte.« Lady Mullion warf einen Blick auf ihre Uhr. »Es ist Teezeit, Charles. Vorausgesetzt, daß Sie die Teestunde nicht lästig finden, so wie Henry.«

»Keineswegs. Ich freue mich den ganzen Tag darauf. Und heute wird sie mir frische Kräfte geben für einen kleinen Spaziergang im Freien. Das Regenwetter scheint sich endgültig verzogen zu haben.« Honeybath hatte eine gewisse Erfahrung als einzelner Gast in Landhäusern und kannte die diversen gängigen Möglichkeiten, sich zu den passenden Zeiten rar zu machen. Man ließ vernehmen, daß man Korrespondenz zu erledigen habe oder den Drang verspüre, einen Rundgang durch den Park zu machen oder das Dorf auszukundschaften.

»Um halb acht ertönt der Gong«, erklärte Lady Mullion voller Verständnis. »Damit jeder noch Zeit hat, sich umzuziehen. Und wenn Camilla danach zumute ist, kommt sie gegen acht in ihrem Lift herunter, sozusagen als eine Art *dea ex machina*.«

»Um die Wahrheit aller Dinge zu enthüllen und ganz allgemein Licht ins Dunkel zu bringen?«

»Kann schon sein. Nur ist das bis jetzt noch nicht vorgekommen.«

## VIII

Honeybath' Rundgang durch den Park, der Mullion Castle umgab, dauerte länger als zunächst beabsichtigt, doch der Maler war der Meinung, mit seiner Zeit anfangen zu können, was ihm beliebte, bis zu dem Augenblick, in dem es Zeit wurde für den Smoking. Der Spätnachmittag nach dem Regen war vollkommen; der vorangegangene Guß hatte durch das Tröpfchengefunkel überall in der Landschaft noch zu seinem Zauber beigetragen. Francis Kilvert, dieser großartige verhinderte Landschaftsmaler, wäre es wohl möglich gewesen, die Stimmung in seinem unvergleichlichen Tagebuch einzufangen. Kilverts bevorzugte Effekte waren weitgehend zu bewundern: in der Ferne blauschimmernde Hügel; in der näheren Umgebung die langgestreckten Schatten hoher Bäume auf dem Rasen; zahlreiche zufriedene Kühe; weniger zahlreiche Landbewohner, nach des Tages Mühen auf ihrem beschaulichen Heimweg; das Glitzern und Plätschern eines halb verborgenen Flusses. Gar bald bräche der stille Abend herein, und der ach so graue Dämmerschein würde alles einhüllen in sein unauffällig' Gewand. Wenn man es recht betrachtete, war die Szenerie sehr friedvoll und hervorragend geeignet für leicht literarische Betrachtungen dieser Art.

Honeybath blieb stehen, um eine imposante Scheune zu bewundern. Sie stand in einigen hundert Metern Entfernung an einer Stelle, an der der Park ohne sichtbare Umfriedung in Ackerland überging. Die Scheune hatte ein beträchtliches Alter; sie suggerierte den klösterlichen Reichtum längst vergangener Zeiten. Heute gehörte sie ohne Zweifel zu Lord Mullions Ländereien. Honeybath setzte sich wieder in Marsch mit dem Vorsatz, sich dieses ehrwürdige Bauwerk in seiner weiträumigen und friedlichen Umgebung einmal näher anzusehen. Dann kam er abrupt wieder zum Stillstand, denn die allgemeine Ordnung der Szene war völlig unvermutet und auf die entsetzlichste Weise gestört worden. Nur Augenblicke zuvor war nichts als eine feierliche Stille zu vernehmen gewesen, die durch das leise Säuseln des Windes in den Bäumen abgerundet wurde. Jetzt drang aus dem Innern der Scheune ein Geheul und Gejammer, als müßte ein menschliches Wesen die fürchterlichsten Schmerzen erleiden. Und das Ganze wurde begleitet von einem regelmäßigen, monotonen Geräusch, das in Honeybath mit aller Macht die schlimmsten Erinnerungen an drakonische Maßnahmen seines Präfekten während der ersten Schuljahre wachrief. Kurzum, in der Scheune wurde jemand ungewöhnlich heftig verdroschen.

Charles Honeybath war nicht der Typ, der sich unüberlegt in eine Demonstration ungebührlicher Gewalt einmischte. Wenn sich ein wütender Bauer an einem Bengel vergriff, den er beim Rübenklauen ertappt hatte, so war das nicht seine Angelegenheit – so betrüblich und dem liberalen und humanitären Zeitgeist widersprechend die Sache auch sein mochte. Hier handelte es sich jedoch eindeutig um keinen Bengel. Das entsetzliche Gekreische und Gebrüll – möglicherweise etwas lautstärker als unbedingt erforderlich, wie oft in solchen Fällen – drang unzweifelhaft aus einer weiblichen Kehle. Honeybath' ritterliche Gefühle waren erweckt, und er eilte in die Scheune. Dort bot sich seinen Augen ein schockierender Anblick. Auf einem Heuballen saß ein kräftiger Kerl, der ganz offensichtlich den unteren Schichten des bäuerlichen Standes angehörte. Über seinen Knien lag, von ihm festgehalten, ein junges weibliches Wesen, das man wohl kaum mehr als Kind bezeichnen konnte. Der Mann bearbeitete einen bestimmten zu diesem Zweck entblößten Teil ihres Körpers in gleichmäßigem Takt, und zwar nicht mit einem wie auch immer gearteten Züchtigungsmittel, sondern mit seiner bloßen Hand, die so groß und schwer war wie eine Speckseite.

»Sie Schuft, hören Sie sofort damit auf!« Trotz seines heftigen Schocks war Honeybath umgehend in der Lage, sich deutlich auszudrücken. »Lassen Sie von ihr ab!« fügte er noch hinzu, als müsse er dem Sinn seiner Worte mehr Klarheit verleihen.

Auf solche Weise zurechtgewiesen, hob der bäuerliche Peiniger erneut seinen Arm – und hielt ihn dann einen Augenblick lang bewegungslos, wie hin- und hergerissen zwischen Erstaunen und wachsender Wut. Sein Opfer machte sich diese kurzfristige Unentschlossenheit geschickt zunutze, strampelte sich los und schoß an Honeybath vorbei in die Freiheit, wobei es während der Flucht noch den knappen Rock zu den Knien hinunterzog. Obwohl er nur einen raschen Blick auf die Flüchtende werfen konnte, erkannte Honeybath in ihr eine tolpatschige Göre von knapp zwanzig, vielleicht sogar etwas darüber. Auch wenn dieser Umstand die absolute Ungehörigkeit des Vorgefallenen möglicherweise noch unterstrich, fühlte sich Honeybath dadurch ein wenig erleichtert. Im selben Moment, in dem der Mann auf die Füße sprang und sich mit einem Wutschrei an die Verfolgung der jungen Frau machte, kam er zu der jähen Erkenntnis, daß es sich hier um eine Familienangelegenheit handelte. Ein Vater hatte auf solch vehemente Weise sein Kind gestraft. Vermutlich war er sogar rechtmäßig befugt zu dieser drastischen Maßnahme: Sie mußte wohl mit dem gegenwärtigen Alter seiner Tochter zusammenhängen. Beide hatten nun das nächstgelegene Feld halb hinter sich gelassen, und der Mann schwenkte seine Arme in einer Manier, die weniger auf weitere Züchtigung hindeutete, sondern eher den Eindruck eines Hüters erweckte, der eine ausgebrochene Färse in die gewünschte Richtung trieb. Vater und Tochter befanden sich sozusagen auf dem Heimweg.

Da er zumindest vom Hörensagen mit den Sitten der ländlichen Bevölkerung vertraut war, hegte Honeybath kaum Zweifel an dem Beweggrund für das Geschehen, das er unterbrochen hatte. Er war sich seiner Sache so sicher, daß er sich nach einem zweiten und mutmaßlich jüngeren Mann umsah. Während er noch damit beschäftigt war, hörte er hinter sich ein Geräusch, worauf er sich umdrehte und Swithin Gore gegenüberstand. Er wußte zwar nicht, woher Swithin so plötzlich aufgetaucht war, doch lag die logische Schlußfolgerung nahe, daß er sich in einem hastig aufgesuchten Versteck unter dem Heu am anderen Ende der Scheune befunden hatte. Honeybath – vielleicht auch der aufgebrachte Vater – war gewissermaßen in etwas hineingeraten, was an eine Episode jugendlicher Zügellosigkeit im Stil von »Tom Jones« erinnerte.

»Was haben Sie denn hier zu suchen?« fragte Honeybath. Da er äußerst ungehalten war, lag in seinem Ton eine Strenge, die in Anbetracht seiner Rolle in dieser Angelegenheit völlig ungerechtfertigt war. Schließlich hatte er keinerlei Recht dazu, sich zum Zensor der moralischen Einstellung dieses jungen Mannes zu erheben, auch wenn sie sich als höchst verwerflich erwiesen haben sollte. Sein überaus sachkundiger Retter hatte jedoch zu einem früheren Zeitpunkt des Tages seine Sympathie erweckt, und nun war er aufgrund des Urteils, das er sich gebildet hatte, seltsam enttäuscht.

»Zu suchen?« wiederholte Swithin kühl. »Ich bin hier vorbeigelaufen. Ich kann nicht sagen, daß ich nicht mitbekommen habe, was hier drin vorging, und mir mißfiel auch, was dann folgte. Aber es steht mir nicht zu, da einzugreifen.«

»Ich glaube Ihnen kein Wort.« Honeybath muß sehr erregt gewesen sein, um diese voreilige Bemerkung von sich zu geben. Auch Swithin war sehr erregt; um es genauer zu sagen, er war verärgert, verwirrt und gedemütigt. Und nun sagte er kein weiteres Wort. Er bedachte Honeybath mit einem einzigen kurzen eisigen Blick, an den sich der Maler noch erinnern sollte. Und dann schritt er davon.

In diesem unangenehmen Augenblick wurde sich Honeybath erneut bewußt, daß er nicht allein war. Ähnlich überraschend, wie Swithin aus dem Nichts aufgetaucht war, stand nun ein Mann mittleren Alters unmittelbar neben dem Scheunentor. Er hatte eine frische Gesichtsfarbe – seine Bakken zeigten ein so blühendes Rot, daß Honeybath in seiner ersten Verwirrung den Eindruck gewann, hinter ihm in der Scheune drohe eine Feuersbrunst. Einen winzigen Augenblick lang schien der Fremde irritiert und aus dem Konzept gebracht. Als er die Lage überblickte, veränderte er seine Gesichtszüge rasch und auf theatralischste Weise, bis sie einen betont grimmigen Ausdruck zeigten.

»Wer zum Teufel sind Sie?« dröhnte er.

Es war nicht verwunderlich, daß Honeybath nun seinerseits irritiert war – und nicht zum geringsten Teil deswegen, weil er zu der blitzartigen Überzeugung kam, einen weiteren

Wyndowe vor sich zu haben. Zwar war die Ähnlichkeit mit den Mitgliedern der Familie Wyndowe, die er bereits kannte, nicht sehr ausgeprägt, sondern nur angedeutet, beinahe flüchtig. Doch auf dem Gebiet hatte Honeybath den Blick des Fachmanns, und er hegte diesbezüglich keinerlei Zweifel. Gleichzeitig drang flüchtig ein verschwommenes Gefühl von *déjà vu* in sein Bewußtsein, das er sicherlich ergründet hätte, hätte sich nicht beharrlich ein anderer Gedanke in ihm festgesetzt. Der angriffslustige Typ hatte ihn angeschrien. Er hatte sogar gebrüllt. Es mußte sich um Henrys jüngeren Bruder Sylvanus Wyndowe handeln.

»Es treiben sich verdammt viele Leute unbefugt hier herum«, fuhr Mr. Wyndowe in einem Ton fort, der immer noch so geartet war, als stünde er auf dem Kasernenhof. »Und zu viele Schnüffler. Kerle, die überall ihre Nase hineinstecken müssen. Es geht Sie einen Dreck an, was Einheimische hier zu suchen haben!«

Honeybath hätte etwas Ernüchterndes erwidern können wie zum Beispiel »ich bin zufällig Lord Mullions Gast, Sir«. Doch im Moment sagte er überhaupt nichts, weil er voll und ganz damit beschäftigt war, eine Erklärung für Sylvanus Wyndowes Auftreten und Betragen zu finden. Man hätte Sylvanus als großmäulig bezeichnen können – aber er machte beileibe nicht den Eindruck, als litte er an mangelndem Selbstvertrauen, was ja im allgemeinen Auslöser für ein derartiges Verhalten ist. Während er Honeybath diese Serie von Grobheiten an den Kopf geworfen hatte, war er konstant und mit völliger Gelassenheit bemüht gewesen, seinen abgetragenen Tweedanzug abzuklopfen und Grashalme aus seinem Haar zu entfernen. Nicht zu fassen! Und das, was er von seiner Kleidung aus der Savile Row hinunterschnippte, war ganz schlicht und einfach Grassamen! Hieraus konnte sich nur eine einzige logische Schlußfolgerung ergeben: Nicht der Gärtnerjunge seines Bruders, sondern Sylvanus Wyndowe selbst hatte sich gezwungen gesehen, sich schändlich zu verbergen, als er durch den aufgebrachten Vater bei der Befriedigung seiner primitiven Gelüste gestört worden war. Honeybath war sich im klaren, daß er eigentlich durch diese Entdeckung äußerst betroffen sein müßte. Die Sachlage war jedoch so absurd, daß es ihm im Moment schwerfiel, die entsprechende Gefühlsreaktion heraufzubeschwören. Er war hauptsächlich bestürzt, weil er Swithin Gore unrecht getan hatte.

»Sir«, vermochte er noch würdevoll zu sagen, »es mag wohl sein, daß ich mich in etwas eingemischt habe. Ich bin jedoch froh, sagen zu können, daß meine Intervention zumindest die barbarische Behandlung unterbrochen hat, die eine junge Frau von einem Ihrer sogenannten Einheimischen erdulden mußte.«

»Er hat sie ganz schön vertrimmt, die kleine Schlampe, was?« Mit verwirrender Plötzlichkeit war Sylvanus von Zorn zu Belustigung umgeschwenkt. Das Ergebnis war wildes Gelächter, das scheinbar von einem Lautsprechersystem aufgegriffen und verstärkt wurde. »Herrgott noch mal, Mann! So was kann man doch nicht unterbinden! Unter den Bauersleuten gibt's das schon seit undenklichen Zeiten. Du kannst so einen Kerl vor eine ganze Reihe von Friedensrichtern bringen, darunter deine besten Nachbarn, und kannst ihn bezichtigen, seine Brut wie ein Verrückter verdroschen zu haben, und das in Hörweite deiner unverheirateten Tante. Sie werden dieses brutale Subjekt nur verwarnen, sonst nichts; und für deine Mühe wirst du noch in einem halben Dutzend Dörfer der Umgebung schief angesehen. Haben Sie schon mal Kilverts ›Tagebuch‹ gelesen?«

»Bestimmt öfter als einmal.« Honeybath stutzte bei der beinahe telepathischen Erwähnung eines Werks, mit dem er sich in Gedanken vor kurzem selbst befaßt hatte.

»Ein saft- und kraftloser Pfaffe, aber auf seine Art verdammt sympathisch. Für ihn ist es ganz selbstverständlich, daß seine Pfarrkinder wie die Irren auf ihre Bälger einprügeln. Wenn ich mich recht entsinne, bietet er an einer Stelle sogar seine Unterstützung an.«

»Kilvert hatte zweifellos einen leicht morbiden Zug.« Obwohl er die losen Reden einer so lasterhaften Kreatur, wie sie Sylvanus Wyndowe seiner Meinung nach war, stark mißbilligte, mußte Honeybath jedoch anerkennen, daß er ein gebildeter Mann war. »Der allgemeine Anstand erfordert jedoch«, so fügte er grimmig hinzu, »daß wir ein solches Verhalten nicht noch herbeiführen.«

»Ich weiß gar nicht, wovon Sie reden.« Ohne Frage wußte er es. Man hätte sogar annehmen können, daß ihm die Röte ins Gesicht gestiegen war, wäre dies bei seiner üblichen Gesichtsfarbe nicht nahezu ausgeschlossen gewesen. »Und verdammt sei Ihre Unverschämtheit«, fügte Sylvanus im Ton seiner vorherigen Anwürfe hinzu.

»Verdammt sei die Ihre, Sir!« Honeybath kam diese passende Retourkutsche mit nicht unbilliger Wärme über die Lippen. Doch er rief sich ins Gedächtnis, daß er den Bruder seines Gastgebers vor sich hatte, dem er aller Wahrscheinlichkeit nach im Familienkreis wiederbegegnen würde. Es schien daher klüger zu versuchen, diese unglückselige Begegnung einigermaßen höflich zu beenden. »Aber – wenn Sie gestatten«, meinte er, »Ihre eigenen Kinder würden Sie doch wohl nicht auf diese Weise behandeln, oder?«

»Verflixt noch mal, Sir, ich würde meinen eigenen Jungen bei entsprechendem Anlaß schon gelegentlich vertrimmen – vorausgesetzt, ich hätte einen Jungen. Nur Weibervolk bei mir zu Hause, verdammt! Meine Frau und drei Töchter, Sir. Und allesamt bewundernswert. Entzückend in jeder Beziehung. Trotzdem fühle ich mich in dem vermaledeiten Haus wie in einem Mädchenpensionat!«

Honeybath war sich nicht ganz sicher, wie er diese außergewöhnliche Mitteilung auffassen sollte. Sie zeugte von einer Morbidität, die – wie er fand – in ihrer Art das krasse Gegenteil von der Kilvert nachgesagten war, der nämlich von Weibervolk gar nicht genug bekommen konnte, und je jünger desto besser. Auf etwas sonderbare Weise fand er Sylvanus Wyndowe, den Brüller von Mullion, allmählich ein wenig sympathischer. Wenn er die Neigung verspürte, mit Bauernmädchen in der Scheune verbotene Spielchen zu treiben, so war dies vielleicht mit dem törichten Wunsch verknüpft, für verspätete männliche Nachkommenschaft zu sorgen – wenn es sein mußte, sogar auf der falschen Seite des Bettuchs – oder des Heuballens. Auf seine Art war das ganz menschlich – wenn auch unbestreitbar verwerflich. Sylvanus, als Nachgeborener, hatte mutmaßlich keine riesigen Ländereien zu vererben. Trotzdem war sein Gefühl der Bitterkeit darüber, daß ihm der Sohn und Erbe verwehrt wurde, allem Anschein nach echt und bedrückend. Honeybath hatte in der Tat Mitleid mit ihm und wünschte, ihr erstes Zusammentreffen hätte nicht unter einem so unglücklichen Stern gestanden.

»Ich nehme an, Sie sind Mr. Sylvanus Wyndowe?« sagte er. »In diesem Fall möchte ich mich Ihnen gern vorstellen; ich bin zur Zeit bei Ihrem Bruder zu Gast. Henry und ich waren Schulkameraden, und mein Name ist Charles Honeybath.«

»Mein lieber Sir Charles, ich bin außerordentlich erfreut, Sie kennenzulernen!« Sylvanus brüllte es lautstark hinaus und schüttelte ihm sogleich mit solchem Enthusiasmus die Hand, als sei es ihm gelungen, endlich den Zechkumpan zu finden, nach dem er bereits seit langem Ausschau gehalten hatte.

»Nicht Sir Charles, Mr. Wyndowe. Einfach Mr. Honeybath.«

»Mein Gott!« Sylvanus schien entgeistert zu sein. »Ununterbrochen werden Schnulzensänger und Fußballspieler und minderwertige Komödianten geehrt, und herausragende Leute aus Literatur und Kunst und so weiter werden übergangen. Für die Königin muß das sehr schmerzlich sein. Aber was kann die Bedauernswerte tun? Sie hat da überhaupt nichts mitzureden, wie man hört. Traurige Zeiten, Mr. Honeybath. Ganz verflucht traurige Zeiten sogar.«

Wenn er auch einige der vorgebrachten Behauptungen anzweifelte, so bereitete Honeybath ein solcher Enthusiasmus von unerwarteter Seite doch eine gewisse Genugtuung. Er war auch angetan – wenngleich nicht gerade erbaut – von der Art und Weise, in der jegliche Spur von Peinlichkeit, die der Eingangsphase ihrer Begegnung angehaftet hatte, bei seinem neuen Bekannten absolut in Vergessenheit geraten war. Nun ergab sich die Möglichkeit, ein artiges kleines Gespräch über Lady Mullions geplantes Porträt zu beginnen, in dessen Verlauf Sylvanus Wyndowe nicht verhehlte, daß er von Anbeginn ein starker Befürworter des Projekts gewesen war und die Überzeugung vertreten hatte, Honeybath sei der ideale Mann für diese Aufgabe. Er war ungemein beeindruckt gewesen von Honeybath' künstlerischer Auffassung – besonders im Hinblick auf das Pferd –, die er kürzlich in einem Werk zum Gedenken an einen Jagdleiter-Kollegen aus der nächsten Grafschaft und dessen langjährige Verdienste bei der Fuchsjagd demonstriert hatte. Besäße er selbst nur einen Taler, so erklärte er, oder zumindest eine entsprechende Anzahl von guten Freunden, die etwas herausrückten, so stünde er selbst sofort an Honeybath' Schwelle – und zwar mit einem seiner Gäule am Zügel, darauf könne er Gift nehmen.

Nachdem er diesen liebenswerten Gedanken artikuliert hatte, sah sich Mr. Wyndowe genötigt, auf die Uhr zu blicken und zu verkünden (mit dem ersten erkennbaren Anflug von Beunruhigung während dieser merkwürdigen Begegnung), daß er sich in Trab setzen müsse, wenn er nicht zu spät am Trog erscheinen wolle, etwas, das seine Frau und seine Töchter ganz besonders mißbilligten. Doch zumindest würde er ja das Vergnügen haben, Honeybath bald wiederzusehen; er habe nämlich die Absicht, in den nächsten Tagen mit seiner Familie im Schloß vorbeizuschauen.

Nach dieser ermutigenden Ankündigung schüttelte ihm Sylvanus erneut heftig die Hand und ging dann eilends davon in die Richtung, in der anscheinend das Mullionsche Witwenhaus lag. Honeybath dachte an den Smoking und beeilte sich gleichermaßen.

## IX

Entsprechend den Gepflogenheiten auf dem Schloß hatte Lord Wyndowe, der designierte Graf Mullion, Großtante Camilla zu den jeweiligen Anlässen aus ihrem Lift zu hieven, wenn sie geruhte, mit der Familie zu speisen. »Hieven« war der von Cyprian gebrauchte Ausdruck, und er kennzeichnete die Tatsache, daß er die Angelegenheit nicht in besonders rosigem Licht sah: Das lag hauptsächlich zunächst einmal daran, daß Miss Wyndowe sämtliche offiziellen und sanktionierten Ausschweifungen in Form alkoholischer Genüsse vor den Mahlzeiten in keinem allzu rosigen Licht sah. Ihrer Meinung nach handelte es sich bei der Sitte, zu dieser Stunde in einem Salon Cocktails oder auch nur ein Glas Sherry zu reichen, um einen verabscheuungswürdigen Brauch, der in letzter Zeit unter Kaufleuten in Mode gekommen war. Was die Herren in geeigneteren Räumlichkeiten in dieser Richtung unternahmen, war allein deren Sache, und Cyprian konnte sich ohne weiteres aus Savines Vorratskammer seinen Gin holen, genauso wie er früher seine Schokoladenkekse und sein Ingwerbier aus dem Wirtschaftsraum der Haushälterin geholt hatte. Sie neigte nicht dazu, in solchen Sachen kleinlich zu sein. Karaffen auf einem Salontisch zeugten dagegen von einem überaus gewöhnlichen Stil.

Cyprian, mit einer etwas zwiespältigen Natur gesegnet, sah sich außerstande, sein Verhalten bei solchen Anlässen mit seinen allseits bekannten Reden in Einklang zu bringen. Er empfing seine Großtante Camilla (die sie eigentlich gar nicht war) mit stets gleichbleibender Feierlichkeit, und das »Heraushieven« bestand darin, ihr so formvollendet den Arm zu reichen, daß es selbst den Ansprüchen strengster viktorianischer Lebensart Genüge getan hätte.

Ob der Arm nun eine reine Förmlichkeit war oder noch aus weiteren Gründen erforderlich, vermochte Honeybath, der das Ritual zum erstenmal beobachtete, nicht zu bestimmen. Miss Wyndowe war eine alte Frau und sah zudem noch älter aus, als sie war – eine Tatsache, die man vielleicht auf die Belastungen und Strapazen ihrer periodisch auftretenden nervösen Störungen zurückführen konnte. Ganz gewiß war sie in der Lage, sich gezielt und aus eigener Kraft fortzubewegen, lediglich unterstützt von einem kräftigen, jedoch eleganten Spazierstock aus Silber und Ebenholz. Für ehrgeizigere Unternehmungen stand allerdings in einer Ecke des Lifts jene vielfüßige Vorrichtung in Reserve, die, von älteren Personen umständlich vor sich hergeschoben, die überlieferte aphoristische Feststellung verfälscht, der Mensch beginne sein Leben auf vier Füßen und müsse es auf nur dreien beschließen. Der Lift war eindeutig für ihre Bedürfnisse installiert worden, da ihre Räumlichkeiten beinahe so hoch lagen wie des Schlosses höchster Turm – der Prinz Rupert dem Vernehmen nach zur Beobachtung und Leitung verschiedener Scharmützel gedient haben sollte. Miss Wyndowe erweckte den Anschein, als sei sie zu ähnlichen Dingen in der Lage; als einst sehr gutaussehende Frau war sie immer noch eine dominierende Erscheinung. Was es im einzelnen mit ihren abgeschiedenen Räumlichkeiten auf sich hatte, konnte Honeybath nicht herausfinden. Er vermutete jedoch, daß man sie guten Gewissens nicht lange sich selbst überlassen konnte. Von seiten der Mullions schien es durchaus liebenswürdig, diese nicht sehr enge Verwandte in ihren Haushalt zu integrieren – wenn auch nur auf einer Basis, die allgemein mit der Bezeichnung »Oma-Prinzip« umschrieben wird.

Lord Wyndowe setzte seine Fürsorglichkeit der alten Dame gegenüber auf dem Weg zum Speisezimmer fort. Auf Anweisung seiner Mutter führte er sie dort zu einem Stuhl, der sich rechts neben Honeybath' späterem Platz befand. Da ihr angestammter Sitzplatz im familiären Rahmen vermutlich neben Lord Mullion war, schien diese Sitzordnung die Vermutung nahezulegen, Honeybath solle tatsächlich ohne Verzug ins kalte Wasser geworfen werden, um sich mit all den kleinen oder auch nicht so kleinen Verschrobenheiten auseinanderzusetzen, die Miss Wyndowe gewöhnlich zur Schau zu stellen beliebte. Honeybath war ihr natürlich bereits vorgestellt worden; nachdem ihre einzige Reaktion auf diese Zeremonie aber nur in einer ernsten Verbeugung bestanden hatte, war ihm vollkommen schleierhaft, inwieweit seine Identität und der Zweck seiner Anwesenheit auf dem Schloß in ihr Bewußtsein gedrungen waren.

Als sie auf diese Weise ihren Platz bei Tisch eingenommen hatte, in Honeybath' Augen besonders fürsorglich und förmlich unterstützt von Savine, verharrte Miss Wyndowe einige Minuten lang tief in Gedanken versunken. Obwohl Lady Mullion sogleich eine angeregte Unterhaltung mit Patty zu ihrer Linken begonnen hatte, machte Honeybath keinen unmittelbaren Versuch, nun seinerseits ein Gespräch mit seiner Nachbarin in Gang zu bringen. Sie zählte zur Familie, während er zum erstenmal hier zu Gast war; er fand, daß es eigentlich ihr zustand, die Initiative zu ergreifen. Und tatsächlich wandte sie schließlich den Kopf und sah ihn an. Ihr Blick war zunächst ruhig und abwägend, wie bei einer an gute Gesellschaft gewöhnten Frau, die sich über die vermeintlichen Interessen und das Potential eines Fremden Klarheit verschafft, mit dem sie sich unterhalten soll. Dann veränderte sich ihr Gesichtsausdruck. Es war, als habe sie Honeybath dabei ertappt, wie er ein paar silberne Löffel der Mullions in seine Tasche gleiten ließ, oder als sei sie ihm auf die Schliche gekommen und habe in ihm den Einbrecher wiedererkannt, der sie in der Nacht zuvor überfallen hatte – oder möglicherweise sogar den entsprungenen schizophrenen Mörder, über den die Lokalpresse berichtet hatte. Die Wirkung auf ihn war ohne Frage gleichfalls schizophrener Natur. Miss Camilla Wyndowe machte ganz plötzlich einen ziemlich verstörten Eindruck. Honeybath gefiel das ganz und gar nicht. Er fühlte sich sogar erheblich aus dem Konzept gebracht. Seine Gastgeber, so fand er, hätten ihm wenigstens diese allzu krasse Konfrontation mit einer derartigen Absonderlichkeit ersparen können.

»Gibt es hier einen guten Pfarrer?« fragte Miss Wyndowe. Ihr Ton war so höflich und ausgeglichen, wie es ihre Züge noch eine Minute zuvor gewesen waren. Die Frage war allerdings in diesem Moment außergewöhnlich schwer zu beantworten. Honeybath hätte mit beruhigender Miene etwas Ähnliches äußern können wie »Werte Dame, Sie sind nicht ganz bei Troste«. Aber das wäre zugegebenermaßen etwas unpassend erschienen.

»O ja«, erwiderte er, »ich glaube wohl. Dr. Atlay. Ich hatte das Vergnügen, ihn heute früh kennenzulernen.«

Miss Wyndowe runzelte die Stirn. Sie erachtete diese Erwiderung als weitgehend unzulänglich. Und in der kurzen Stille, die darauf folgte, wandte sich Lady Mullion (die über alle Maßen aufmerksam gewesen sein mußte) ohne jegliche Hast der Verwandten ihres Mannes zu und sagte: »Meine liebe Camilla, du vergißt, daß du nicht zu Besuch bist. Du bist zu Hause. Und dort drüben, am anderen Ende des Tisches, sitzt Henry.«

»Zu Hause? Ich bin nicht Gast in diesem Hause? Wie doch der Schein trügen kann. Ich bin wirklich durcheinander.«

Dieser höchst ungewöhnliche Kommentar hätte nach Honeybath' Meinung jener Art von Roman entstammen können (dereinst in Mode gebracht durch Miss Ivy Compton-Burnett, der seine ganze Bewunderung galt), in der die zahlreichen Mitglieder ungemein hochstehender Familien sich in ungemein verblümter Weise ungemein bösartig zueinander verhalten. Doch Miss Wyndowes Worten haftete nichts dergleichen an. Sie waren träumerisch und ohne jeglichen Hintergedanken geäußert worden. Und nun wandte sie sich unverzüglich wieder Honeybath zu, mit einem Gesichtsausdruck, der von wiedergewonnener Ruhe zeugte.

»Haben Sie in letzter Zeit gutes Theater gesehen?« erkundigte sie sich. »Wie ich hörte, gibt es etwas ganz Amüsantes von Sir Arthur Wing Pinero. Was für ein eigenartiger Name! Ich glaube, das Stück heißt ›Der heitere Lord Quex‹. Es klingt so, als handele es von Enten. Natürlich ist Sir Arthur nicht so witzig wie Mr. Wilde. Doch soweit man hört, sind seine moralischen Vorstellungen unangreifbar.«

»Das ist nicht von der Hand zu weisen.« Honeybath hatte den Eindruck, nun zu wissen, wie er Miss Wyndowe nehmen mußte. Sie lebte in der Vergangenheit – allerdings nicht ihrer eigenen, falls ihn seine Geschichtskenntnisse nicht trogen. Er brauchte diese Marotte – oder Geistesschwäche – nur mit entsprechendem Ernst und entsprechender Weltgewandtheit zu tolerieren. »Ich komme nur noch selten ins Theater«, sagte er. »Die Schauspieler sind nicht mehr das, was sie einmal waren. Spielt denn heute einer so bewegend wie Beerbohm Tree oder so ergötzlich wie Charles Hawtrey?«

»Oder Little Titch«, warf Miss Wyndowe mit unvermuteter Lebhaftigkeit ein. »Ich bin begeistert von Little Titch.«

»In der Tat.« Honeybath' Zustimmung klang nicht besonders überzeugend, da er sich nunmehr zu fragen begann, ob die beängstigende alte Dame ihn nicht auf den Arm nahm. Seine Verlegenheit mußte Patty aufgefallen sein, weil sie sich nun prompt über den Tisch hinweg einschaltete.

»Du weißt doch, Tante«, sagte sie, »daß Mr. Honeybath während seines Aufenthalts hier auf dem Schloß meine Mutter porträtieren soll. Mr. Honeybath ist Mitglied der Royal Academy, und seine Porträts erfreuen sich großer Wertschätzung.« Patty machte eine Pause; dabei mußte ihr eine von Miss Wyndowes ausgeprägteren Eigenheiten eingefallen sein. »Er steht mit Mr. Sargent und Sir John Lavery auf einer Stufe«, fügte sie hinzu.

»Ich bin sehr erfreut, das zu hören.« Miss Wyndowe äußerte dies mit absoluter Folgerichtigkeit und Unbefangenheit. »Obgleich ich selbst Mr. Sargents Werke nicht besonders schätze. In den meisten Fällen malt er Leute, die überaus gewöhnlich sind – wenn nicht schlimmer. Man könnte ihn als eine Art Velazquez *de la boue* bezeichnen. Auch glaube ich kaum, Patty, daß wir von den Amerikanern im allgemeinen viel zu lernen haben. Es ist wirklich zu bedauern, daß durch das Unterseekabel die Kommunikation mit ihnen so vorangetrieben wurde. Ich bin sicher, daß Sie mit mir einer Meinung sind, Mr. Honeybath.«

Honeybath gab irgendein Gemurmel von sich. Großtante Camilla, so schien es ihm, war nicht auf die gleiche Weise verrückt wie die meisten Verrückten. Sie besaß ganz ohne Zweifel ein scharfes Urteilsvermögen und konnte ihm sarkastisch Ausdruck verleihen. Er stellte die Überlegung an, ob es ihm wohl gelänge, ihr irgendwie näherzukommen, wenn er sie im Verlauf von mehr als einem Dutzend Sitzungen voll im Visier hätte. Der bloße Gedanke an ein solches Unterfangen war bereits beängstigend. Dabei hätte es durchaus so kommen können. Henry hätte ihn nur hierherzubitten brauchen, um das Porträt eines verdienten älteren Familienmitglieds zu malen, dem er damit eine besondere Ehre erweisen wollte. Diese Überlegung veranlaßte Honeybath, erneut über die Unwägbarkeiten seines Gewerbes nachzudenken.

Doch inzwischen nahm Miss Wyndowe (die sich nur selten unterbrach, um einen Happen zu essen) vollen Anteil an den Tischgesprächen, wobei sie sich zumeist innerhalb des weiten Feldes der Künste und ihrer eigenen Pilgerschaft in diesem Bereich bewegte. Sie war in Giverny von Monet höchstpersönlich empfangen und häufig von ihm ermutigt worden. (Hierzu hätte nach Honeybath' Meinung rein zeitlich gesehen eine Möglichkeit bestanden, wenn auch nur aufgrund der Tatsache, daß Monet weit über achtzig Jahre alt geworden war.) Sie war überdies einige Monate lang durch die Provence gezogen, das Sammelbecken für jüngere Maler, und auch dort war ihrem knospenden Talent reichliche Anerkennung zuteil geworden. Sie besaß immer noch zahlreiche Erinnerungsstücke aus jener Zeit, und als sie sich auf Mullion Castle häuslich einrichtete, hatte ihr Cousin Sylvanus (Henrys Vater – nicht zu verwechseln mit dem Bewohner des Witwenhauses) die Freundlichkeit besessen, einige ihrer Werke im Schloß aufzuhängen. Und dort hingen sie immer noch, wenngleich sie im Augenblick nicht genau sagen konnte, an welcher Stelle. Sie würde jedoch veranlassen, daß man Honeybath nach dem Essen hinführte.

Honeybath, dem nicht selten zugemutet wurde, die Schöpfungen begabter Amateure zu bewundern, gab seiner Vorfreude auf dieses besondere Vergnügen Ausdruck, hütete sich aber peinlichst davor, zu beklagen, daß Miss Wyndowe offensichtlich der Knechtschaft künstlerischer Betätigung während vier oder fünf aufeinanderfolgender Jahrzehnte entsagt hatte. Miss Wyndowes Reminiszenzen, die vielleicht nicht ganz frei waren von Phantastereien und unzweifelhaft etwas egozentrisch wirkten, vermittelten auf ihre Art durchaus den Eindruck geistiger Gesundheit. Trotz allem war sie fraglos nicht ganz richtig im Kopf, und es war nicht auszuschließen, daß ihr kreativer Quell durch den frühen Ausbruch ihres unglückseligen Leidens zum Versiegen gebracht worden war. Honeybath kannte noch andere Künstler, denen dies widerfahren war: Erben eines unerfüllten Ruhms, sozusagen.

»Und Sie haben nie daran gedacht, nach Italien zu gehen?« Diese Frage war ihm in den Sinn gekommen, als er sich an Lady Mullions Darstellung der Sachlage erinnerte.

»Unter keinen Umständen!« Dies wurde von Miss Wyndowe mit solcher Vehemenz hervorgebracht, daß es Honeybath beinahe erschreckte. Er war hier wohl unüberlegt in den gefährlichen Bereich des religiösen Fanatismus der alten Dame vorgestoßen.

Hastig fuhr er fort: »Und Sie haben auch nie mit dem Gedanken gespielt, den Fernen Osten zu bereisen? Ich persönlich habe stets bedauert, nie in Japan gewesen zu sein.«

»Japan? Ganz bestimmt nicht! Die sanitären Verhältnisse sind sicher erbärmlich. Und mit Italien war es das gleiche – wenigstens zu jener Zeit. Pipton, mein Mädchen, das mich nach Frankreich begleitete, machte damals mit meiner Cousine Parthenope Wyndowe einen kurzen Abstecher nach Italien. Die Verhältnisse, so sagte Pipton, waren grauenvoll, und zwar dergestalt, daß wir nicht einmal daran denken konnten, uns darauf einzulassen. Und dies, Mr. Honeybath, war dann auch der Anlaß, weshalb ich mich nur bis in die Provence wagte.«

»Das war unbestreitbar sehr vernünftig.« Diese bizarren Erwägungen, so schoß es ihm durch den Kopf, schienen nur wenig zu tun zu haben mit einer krankhaften Abneigung gegen den sogenannten Bischof von Rom. Aber Miss Wyndowe war in der Tat eine verschrobene alte Seele, obgleich man sie in mancher Hinsicht als ganz schön scharfsinnig bezeichnen mußte. Es würde bestimmt zu nichts führen, sie auf einige kleinere Ungereimtheiten in ihren sprunghaften autobiographischen Betrachtungen aufmerksam zu machen. Also sann er auf einen völligen Themawechsel, der sein Gespräch mit Großtante Camilla nach Möglichkeit beenden sollte. Die Aufmerksamkeit seiner Gastgeberin, in etwas konzentrierterer Form, schien ihm bereits überfällig zu sein. Womöglich ging sie von der Annahme aus, daß ihre betagte Verwandte besonderen Gefallen an einem längeren Erfahrungsaustausch mit einem Künstlerkollegen finden würde.

»Dieser Landstrich«, so sagte er, »kommt mir zur jetzigen Jahreszeit immer besonders reizvoll vor. Ich hatte heute früh eine wundervolle Fahrt hierher, zumeist auf Nebenstraßen. Auf diese Weise sieht man viel mehr von der Umgebung.«

»Sind Sie deshalb zu spät zum Mittagessen gekommen?«

»Nein.« Honeybath war leicht befremdet von der Tatsache, daß man Miss Wyndowe über seine winzige Pflichtvergessenheit als perfekter Gast unterrichtet hatte, und sein Verdacht fiel auf Cyprian als Informanten, der seine Geschichte vermutlich noch mit kleinen fiktiven Verzierungen skurriler Art ausgeschmückt haben mochte.

»Mir war das Benzin ausgegangen. Oder zumindest war ich in dem Glauben.«

»Sie waren in dem Glauben? Das ist ja sehr eigenartig!«

»Es klingt absurd, ja.« Honeybath erwog eine detaillierte Beschreibung roter und grüner Lämpchen, erinnerte sich aber rechtzeitig, daß es solche technischen Raffinessen zu Miss Wyndowes Zeit noch nicht gegeben hatte. »Aber einer von Henrys Gärtnern, ein zuvorkommender junger Mann namens Swithin Gore, hat mir aus der Klemme geholfen.« Swithin spukte noch immer in Honeybath' Kopf herum, weil er ihn ungerechtfertigterweise mit Schmähungen überhäuft hatte.

»Gore? Ich glaube nicht, daß ich ihn kenne.« Miss Wyndowe gab sich den Anschein, als denke sie über diese Bemerkung gründlich nach. »Doch es kann sich um den Jungen handeln, der sich um meinen Eselskarren gekümmert hat und der inzwischen vorangekommen ist. Benutzen Sie einen Eselskarren, Mr. Honeybath? Wie Sie wissen, fährt die Königin gern damit. Nur, daß sie ihn als Eselskutsche bezeichnet.«

»Tatsächlich?« Diese Eröffnung dünkte ihn sehr unwahrscheinlich, bis ihm einfiel, daß die Herrscherin, die hier in erlauchter Weise bemüht wurde, sich dieses Beförderungsmittels allenfalls vor ziemlich langer Zeit in Osborne oder Balmoral bedient haben dürfte.

»Und wie mir jetzt einfällt, hat es die Gores auf dem Gut schon über Generationen hinweg gegeben. Mir scheint, ich erinnere mich an einen Abel Gore. Man könnte sich unter diesem Namen gut einen Bullen vorstellen.«

»Der junge Mann, der sich mit meinem Wagen befaßt hat, kam mir keineswegs wie ein Bulle vor.« Honeybath hatte einen Augenblick gebraucht, um den Sinn von Miss Wyndowes Bemerkung zu erfassen, die den absonderlichsten Gedankengang enthüllte, den er bislang bei ihr entdeckt hatte. Er hätte gern gewußt, ob sie wohl Meisterin im Lösen komplizierter Kreuzworträtsel war. »Als ich ihn zum erstenmal erblickte, nahm ich eigentlich an, es könne sich um Cyprian handeln. Das stand allerdings im Zusammenhang mit den Sachen, die er zufällig in der Hand trug.«

»Und es gab auch einen Ammon Gore.« Miss Wyndowe folgte ihren eigenen Gedanken. »Oder hieß er Mammon? Die unteren Klassen hatten früher die Neigung, unkundigen Gebrauch von biblischen Namen zu machen. Doch ich glaube, es war Ammon. Die Ammoniter waren die Kinder Lots. Seine Frau hatte eine retrospektive Tendenz, wie Sie sich entsinnen werden, und wurde aus diesem Grunde in eine Salzsäule verwandelt. Von einer Salzsäule hat man nur eine flüchtige Vorstellung, doch könnte eine Art Stalagmit bei diesem Sinnbild Pate gestanden haben. Können Sie mir sagen, Mr. Honeybath, ob es im Heiligen Land Stalagmiten gibt?

Nach der Überlieferung fließt darin Milch und Honig – aber meines Wissens kein Kalziumkarbonat.«

Honeybath fühlte sich allmählich überfordert. Er fragte sich, ob er Zeuge einer originellen Unterhaltungsform wurde, wie sie in der Jugend dieser betagten Person als Tischgespräch in Mode gewesen sein mochte. Oder hatte er es hier mit einer Familienposse zu tun, für die man ihm eine Erklärung schuldig geblieben war? Die letztere Mutmaßung, an sich wenig glaubhaft, bestätigte die Tatsache, daß er eine heftige Regung verspürte, sich von Großtante Camilla verblüffen zu lassen. Er dachte daran, wie Lady Mullion aus einem Impuls heraus geäußert hatte, für sie vermittle die Verwandte ihres Mannes den Eindruck, als ranke sich um sie ein Geheimnis; als habe sie etwas zu verheimlichen. Konnte es sein, daß sie zumindest eine Vergangenheit hatte – was zwar nicht völlig auf der gleichen Linie lag, doch in etwa in derselben Richtung? Die Eigentümlichkeit ihrer Konversation beruhte nicht ausschließlich auf Senilität oder geistigem Verfall. Dafür ergab das, was sie sagte, zeitweilig zuviel Sinn. War es denkbar, daß es sich hier zum Teil um einen Abwehrmechanismus handelte, ein Relikt aus einer Zeit, in der ihr weitschweifige Belanglosigkeiten dienlich waren? Entbehrte diese Vorstellung auch nicht einer gewissen Finesse, so war sie doch gleichzeitig wenig überzeugend, so daß Honeybath derart müßige Spekulationen aufgab. Bis zum Ende der Mahlzeit unterhielt er sich vorwiegend mit Lady Mullion. Doch bei mehreren Anlässen, wenn das Gespräch in der kleinen Gesellschaft sich allgemeinen Themen zuwandte und sich Miss Wyndowe in einer Art wechselhafter Aufgeschlossenheit daran beteiligte, kam ihm zu Bewußtsein, daß die Wirkung, die sie erzielte, zum größten Teil auf nichts weiter als einem außergewöhnlich lückenhaften Erinnerungsvermögen beruhte. Das bezog sich anscheinend gleichermaßen auf die gerade zurückliegende und die entferntere Vergangenheit. Betrachtete man ihr Gedächtnis als Landkarte des weiten Feldes ihrer Erlebnisse, das sie in ihren achtzig Jahren (oder wieviel es genau sein mochten) durchschritten hatte, so waren darauf in zufälliger Anordnung überall leere Flächen verteilt. Natürlich war das, gemessen an der kurzen Zeit seiner Bekanntschaft mit dem greisen

Geschöpf, eine sehr rasche Schlußfolgerung, die er hier mit einiger Berechtigung treffen zu können glaubte. Bei näherem Kennenlernen mochte sich ihm ihr Innerstes womöglich in weitaus extravaganteren Umrissen enthüllen. Eigentlich hatte man ihn ja bereits auf eine solche Wahrscheinlichkeit vorbereitet. Sie war jedenfalls alles andere als langweilig. Honeybath ertappte sich dabei, daß er schließlich beinahe bedauerte, nicht hergebeten worden zu sein, um seine Staffelei vor ihr aufzubauen.

## X

Die vier Damen hatten sich zurückgezogen, und die drei Herren waren bei ihrem zweiten Glas Portwein, als die Tür des Speisezimmers aufging und Dr. Atlay in Erscheinung trat. Lord Mullion begrüßte ihn herzlich, jedoch in ganz alltäglicher Manier, die offenkundig machte, daß der Pfarrer buchstäblich als Mitglied der Familie behandelt wurde und kommen und gehen konnte, wann immer es ihm beliebte. Lady Mullion hatte Honeybath gegenüber sogar erwähnt, daß er zeitweilig gewisse Nachforschungen im Zusammenhang mit seiner Vorliebe für Antiquarisches auch in der Schloßbibliothek anstellte. Möglicherweise hatte er das jetzt getan, oder vielleicht war er nur vorbeigekommen, um die Pfarrzeitung abzuliefern. Daß er diese bestimmte Richtung eingeschlagen hatte, ließ allerdings auf eindeutige Hintergedanken in bezug auf körperliche Stärkung schließen, und nach einem Glas Portwein akzeptierte er auch eine Zigarre. Zweifellos hatte er sich den lieben langen Tag seinen seelsorgerischen Pflichten gewidmet und war nun froh, zu dieser späten Abendstunde seine Freizeit zu genießen.

»Ich habe im Salon meine Aufwartung gemacht«, sagte er, »und erfahren, daß Sie, Mr. Honeybath, schon eine Schloßbesichtigung hinter sich haben.«

»Lady Mullion war so freundlich, mir eine Art persönliche Führung angedeihen zu lassen.«

»Ich freue mich, das zu hören. Es gibt so vieles, das Beachtung verdient, nicht wahr?«

»Rostige Rüstungen in den Räumen lassen von blutigen Schlachten träumen«, zitierte Cyprian und griff nach der Karaffe. Da er sich in Cambridge regelmäßig zwei bis drei Stunden wöchentlich dem Studium der englischen Literatur hingab, glänzte er gern mit Anmerkungen dieser Art. »Nicht, daß das Zeug rosten würde. Zweimal pro Jahr kommt so ein Typ von London herüber und poliert und lackiert alles, daß man meinen könnte, wir hielten einen Troß von Waffenknechten im Burgverlies gefangen. Gehört alles zur Show.«

»Ich kann mir vorstellen«, wandte Dr. Atlay ein, »daß euer Gast sich mehr für die weniger martialischen Schaustücke interessiert. Mir fallen dazu die Zoffanys ein. Haben Sie sie gesehen, Mr. Honeybath?«

»Noch nicht. Es gibt ja eine solche Menge zu besichtigen, wie Sie bereits erwähnten.«

»Einige Wyndowes waren indische Statthalter, und Zoffany hat sie in Indien porträtiert. Und dann sind da noch die Hilliards. Ich entsinne mich, daß Sie bemerkten, Sie würden sie gerne sehen.«

»Ja, gewiß. Lady Mullion hat sie mir im Vorübergehen gezeigt, aber wir haben uns keine Zeit dafür genommen.«

»Wollen Sie jetzt mal ein Auge darauf werfen?« fragte Lord Mullion, wobei er sich erhob. »Ich fand sie immer ganz putzig, diese kleinen Dinger; und sie sind ungewöhnlich kostbar, wie man mir erklärte. Ich muß sie jetzt in der Bibliothek aufbewahren, hinter Schloß und Riegel und so weiter. Also, machen wir uns auf!«

»Ausgezeichnet!« sagte Dr. Atlay. »Es ist schon einige Zeit her, seit ich sie zum letzten Mal betrachtet habe. Und bei Wyndowe vermutlich noch länger. Es wird dir guttun, Wyndowe. Man kann nämlich nicht behaupten, daß du über deine Vorfahren allzu gut informiert bist.«

Cyprian stand stirnrunzelnd auf; vielleicht war ihm der Gedanke lästig, oder vielleicht schätzte er es nicht besonders, von dem Pfarrer in dieser halbformellen Weise angeredet zu werden.

Die Herren machten sich also einträchtig auf ihren Weg durch das Schloß – Honeybath durchaus bereitwillig, wenngleich er es unter Umständen vorgezogen hätte, die Bekanntschaft dreier unbekannter Hilliards (und dahingeschiedener Wyndowes) in sachkundigerer Gesellschaft zu machen. An der Tür zur Bibliothek trafen sie auf Savine, der sie mit vorwurfsvollem Blick ansah. Im Schloß pflegte man den Kaffee im Salon zu nehmen. Vielleicht befürchtete Savine, daß es dort zu kalt werden könnte – oder die Anstandszeit, nach deren Ablauf die Damen nicht mehr sich selbst überlassen bleiben durften, war bereits verstrichen.

»Verläßlicher Mann, dieser Savine«, sagte Lord Mullion zu Honeybath, als die Tür sich hinter ihm geschlossen hatte. »Achtet sehr auf die Sicherheitsvorschriften und hält das Heft fest in der Hand. Er ist uns allen eine wirkliche Stütze – stimmt's, Cyprian?«

»Ein wahres Kindermädchen«, erwiderte Cyprian mürrisch. »Seine verdammte Aufpasserei geht mir auf die Nerven, wenn du mich fragst. Wenn ich mir etwas aus dem Vorratsraum holen möchte, habe ich immer das blöde Gefühl, als müßte ich bei ihm dafür unterschreiben, wie in einem miesen Club!«

Da Lord Wyndowe mit »etwas« vermutlich Whisky oder Weinbrand meinte, ermangelte diese kleine Protestbekundung ein wenig der Erbauung. Sein Vater blieb jedoch – wie üblich – unbeeindruckt von dem, was er wohl immer noch als rein pubertäre Ungezogenheit betrachtete. Honeybath überlegte, daß man als Erbe an einem solchen Ort auch besonderen Reizen ausgesetzt sein müsse, was wiederum zu gewissen Spannungen führen konnte. Die rebellierende Boosie war jedenfalls sympathischer als ihr Bruder.

Die Bibliothek bestand aus einem hohen, riesigen Raum, der niemals ausreichend beleuchtet und die längste Zeit des Jahres bestimmt ungewöhnlich kühl war. Trotzdem blickte Lord Mullion selbstgefällig um sich.

»Martin wühlt häufig hier herum«, informierte er Honeybath. »Martin« war der ehrwürdige Dr. Atlay. »Haben Sie in letzter Zeit eine Menge Schmutz zutage gefördert, Martin – einschließlich aller dunklen Flecke auf der weißen Familienweste?« Lord Mullion rief mit dieser Witzelei harmloses Gelächter hervor; der Pfarrer machte jedoch einen leicht irritierten Eindruck.

»Ich bin einer Sache auf der Spur, mein lieber Mullion«, sagte er. »So würde es zumindest ein Wissenschaftler ausdrücken. Und bei dieser Unzahl von Familiendokumenten weiß man nie, was man als nächstes in die Hände bekommen wird. Aber ich werde es mir zweimal überlegen, bevor ich zu tief nach alten Skeletten grabe. Das ist selbst auf dem Friedhof ein äußerst widerwärtiges Unterfangen, und ich hege nicht die Absicht, diese Unbesonnenheit in einer Bibliothek zu begehen.«

»Und was halten Sie davon, Tote zum Leben zu erwecken, hm?« Lord Mullion schien mit dieser biblischen Anspielung eine weitere humorige Absicht zu verfolgen. »Jede Menge Theologie«, fuhr er fort, als entwickle er seinen eigenen weiterführenden Gedankengang. »Aber sie hat mich nie besonders interessiert. Ich überlasse das Cyprian, sobald er sich dazu entschließt, Pfarrer zu werden. Es ist schon lange her, seit ein Graf von Mullion Bischofsweihen empfangen hat. Er könnte doch bei Ihnen als Hilfsgeistlicher beginnen, Martin. Auf der untersten Sprosse der Leiter sozusagen, um den Beruf von der Pike auf zu lernen – wie die Burschen, die diese Geschäftsleute auf hochbeinigen Hockern in ihren Kontoren arbeiten lassen. Laß es dir mal durch den Kopf gehen, Cyprian.«

Cyprian runzelte erneut die Stirn, was Honeybath ihm keineswegs verübeln konnte. Der künftige Herr von Mullion Castle im Purpurkleid mit Spitzen war eine ebenso bizarre Vorstellung wie jenes veraltete Bild von jungen Männern weniger bedeutender Abstammung, die angeblich vor ihren Akten hockten. Henry war ein Mann von maßvollem Charakter (im Gegensatz zu seinem Bruder Sylvanus vermutlich), doch schien er nach einigen Gläsern Portwein zur Ausgelassenheit zu neigen. Er war nun auch ein wenig unkonzentriert und hatte scheinbar sogar einen Augenblick lang in seiner eigenen Bibliothek die Orientierung verloren.

»Moment mal«, sagte er, »ich glaube...«

»In der Fensterlaibung, mein lieber Mullion.« Dr. Atlay hatte seinen Gastgeber untergefaßt. »Die Vitrine mit dem Samtüberzug. Der Überzug soll vor direkter Sonnenbestrahlung schützen.«

»Ja, sicher – und hier sind sie ja schon, die Winzlinge.« Lord Mullion hatte die erwähnte Abdeckung zur Seite geschoben. »Wundervolle Werke, auf ihre Art; ich kann mir nicht denken, wie der Bursche so etwas zuwege gebracht hat. Er muß ja nadelfeine Pinsel benutzt haben. Mit einem Resultat, das ohne Zweifel dem raffiniertesten Farbfoto in nichts nachsteht. Künstlerisch natürlich eine völlig andere Kategorie.«

»Weswegen sie auch einiges mehr abwerfen würden als das Familienalbum«, warf Cyprian ein, »oder sogar das gesamte Œuvre von Großtante Camilla.«

»Ganz richtig, mein lieber Junge.« Lord Mullion gab sich den Anschein, als hielte er dies für eine scharfsinnige Bemerkung. »Und noch etwas: Sie sind auf Hühnerhaut gemalt. Eigentümlicher Verwendungszweck.«

»Diese hier nicht«, meinte Dr. Atlay. »Wie uns Honeybath sicher darlegen könnte, wurde Hühnerhaut später benutzt. Dünn wie Pergament, auf Karton aufgezogen, wenn mich nicht alles täuscht. Eine Abhandlung über die Technik ist sicherlich in Hilliards ›Kunst der Malerei‹ enthalten, verfaßt um 1600. Liege ich damit richtig, Honeybath?«

»Das Datum ist mir nicht geläufig, aber er läßt sich in wunderbaren Passagen über die Psychologie des Porträtierens aus.« Honeybath studierte eingehend die Miniaturen, die an ihrem Aufbewahrungsort nur ungenügend zur Geltung kamen. »Hat man sie alle identifizieren können?«

»Die Dame links«, erklärte Dr. Atlay, »ist Lady Lucy Wyndowe, die zu den großen Schönheiten ihrer Epoche zählte. In der Mitte befindet sich der dritte Graf. Den jungen Mann zur Rechten konnten wir bisher nicht einordnen. Ich war stets der Meinung, er habe ziemliche Ähnlichkeit mit dem ›Jungen Mann in tiefer Trauer‹ in der Portland-Sammlung, einem Gemälde, das den sehr späten Werken Hilliards zuzurechnen ist. Beachten Sie den meisterlichen Effekt der Flüchtigkeit im Lächeln des jungen Mannes, so als wäre er kurzfristig aus düsteren Gedanken gerissen worden.«

Diese einfühlsame Bemerkung wurde respektvoll aufgenommen, und Honeybath sah noch genauer hin, was Lord Mullion nicht entging.

»Sollen wir sie rausholen?« fragte er. »Warten Sie. Der Schlüssel ist mit allem Drum und Dran in Savines Safe.«

»Honeybath sollte sich die Miniaturen vielleicht lieber ein andermal bei Tageslicht genauer ansehen«, meinte Dr. Atlay. »Im übrigen fällt mir ein, daß es im Salon Anzeichen von Ungeduld geben könnte, zumindest auf seiten von Miss Wyndowe. Sie ist zwar nicht gerade erpicht darauf, das zur Schau zu stellen, was Wyndowe als ihr Œuvre bezeichnet, doch es scheint so, als hingen einige ihrer Aquarelle im Schloß verstreut, und sie hat es sich in den Kopf gesetzt, daß Sie, mein lieber Honeybath, zu den Bildern geführt werden, zweifellos, um Ihr Werturteil abzugeben. Wir sind uns sicher, daß Sie in solchen Dingen Routine haben.«

»Ja, gewiß.« Honeybath mußte sich zum Zuhören zwingen, denn in Gedanken war er ganz woanders. Außerdem schätzte er den Ton liebenswürdiger Herablassung in der letzten Bemerkung des Pfarrers nicht übermäßig. »Miss Wyndowe hat mir gegenüber etwas Derartiges erwähnt.«

»Dann sollten wir uns jetzt lieber beeilen«, sagte Lord Mullion. Man hatte den Eindruck, als sei es im Schloß oberstes Gebot, stets prompt auf Großtante Camillas Launen einzugehen, wenn sie in Erscheinung trat. »Wir können uns ein andermal mit den kleinen Dingelchen befassen. Ach, die Sache mit dem Pergament ist mir gerade wieder eingefallen. Auf Spielkarten wurde es geklebt, sagt man. Anscheinend auf gebrauchte, aus wirtschaftlichen Erwägungen.«

Mit dieser nüchternen Überlegung geleitete sie Lord Mullion aus der Bibliothek. Honeybath schwieg – und zwar aus dem sehr plausiblen Grund, daß er sich seit einigen Minuten nicht schlüssig werden konnte, ob er reden sollte oder nicht. Die überraschende Tatsache bestand darin, daß er sich unvermutet in einer überaus heiklen Lage befand. Mit Lady Lucy Wyndowe hatte alles seine Ordnung. Mit dem dritten Grafen hatte alles seine Ordnung. Doch mit dem »Jungen Mann in tiefer Trauer« stimmte etwas ganz und gar nicht. Honeybath war zwar nur ein Blick darauf vergönnt gewesen; sein sechster Sinn in solchen Dingen war aber aufgrund natürlicher Veranlagung und jahrelanger Übung beinahe beängstigend gut entwickelt. Er hatte sofort erkannt, daß das, was in dem kleinen Rahmen präsentiert wurde, die ausgezeichnete Reproduktion einer Miniatur aus der Zeit Jakobs I. war, aber kein Original. Es handelte sich nicht einmal um eine Replik, sondern war jener Kunst der Farbfotografie zuzuordnen, die Lord Mullion erst kürzlich so lobend erwähnt hatte.

Auf dem Weg zu den Damen sann Honeybath leicht verzweifelt über seine Entdeckung nach. Cyprians witzelnde Bemerkung im Zusammenhang mit den Mullionschen Juwelen und dem Leihhaus kam ihm in den Sinn. War er hier etwa auf ähnliche Vorgänge gestoßen? Er erinnerte sich an einen berühmten Fall, in dem professionelle Diebe einen solchen Trick mit Erfolg angewandt hatten – und das bei einem bedeutenden Ölgemälde. Der untergeschobene Druck hatte unentdeckt wochen- oder sogar monatelang in einem herrschaftlichen Haus gehangen, dessen Eigentümer in künstlerischen Belangen noch unerfahrener waren als die Wyndowes, und als schließlich ein kundiges Auge den Betrug bemerkte, war das Original bereits sicher in die Hände eines skrupellosen Sammlers gelangt. Etwas in dieser Richtung konnte auch hier geschehen sein, und bei einem so winzigen Objekt wie dieser ungewöhnlich wertvollen Miniatur war die Entdeckungsgefahr noch bedeutend geringer. Andererseits bestand die peinliche Möglichkeit, daß der Diebstahl (anders konnte man es kaum nennen) sozusagen eine Familienangelegenheit war. Honeybath befand sich moralisch in einer schwierigen Situation.

Sicher war es seine Pflicht, Henry sofort über seine prekäre Entdeckung zu unterrichten – oder beinahe sofort, denn es bestand unzweifelhaft Anlaß zu strengster Vertraulichkeit. Was aber, wenn Henry selbst der Schuldige war? Dieser umwerfende Gedanke ließ Honeybath fast zur Salzsäule erstarren. Hatte Henry klammheimlich Geld auftreiben müssen – vielleicht um irgendwelchen Verpflichtungen nachzukommen, die er seiner Familie nicht enthüllen wollte? Sollte dies der Fall gewesen sein – und vorausgesetzt, Henry war der unbestrittene Eigentümer der Hilliards, was noch keineswegs erwiesen war –, so hätte er sich schließlich nicht in kriminellem Rahmen bewegt, und es wäre nicht Honeybath' Angelegenheit, ungefragt das Geheimnis seines Freundes zu lüften.

Aber der Gedanke war natürlich ungeheuerlich. Lord Mullions Unschuld – und zwar in jeder Beziehung – konnte einfach nicht in Frage gestellt werden. Im übrigen war er kein so guter Schauspieler, um während der letzten Viertelstunde eine derartig betrügerische Vorstellung zu geben.

Und wie stand es mit Cyprian, der genau zu jener Sorte junger Männer gehörte, denen man zutrauen konnte, schon sehr frühzeitig zum Schuldenmachen fähig zu sein? Honeybath hatte keine Ahnung, ob der Junge intelligent war oder nicht. Er zählte wahrscheinlich zu den typischen Nieten auf der intellektuellen Ebene des akademischen Lebens von Cambridge. Das hatte jedoch nichts zu sagen; Honeybath war bekannt, daß unüberwindlich faule Studenten oft eine Menge Befähigungen hinter einer täuschenden Fassade verbergen. Es wäre äußerst traurig, wenn sich erweisen sollte, daß sich Cyprian in seinem Elternhaus auf skandalöse Weise unehrenhaft betragen hatte.

Dann war da noch Dr. Atlay, der sich in künstlerischen Dingen ziemlich gut auskannte und diese Tatsache auch gern unterstrich. Atlay schien sich im Schloß frei bewegen zu können, vor allem in der Bibliothek. Und war er nicht ein wenig darauf bedacht gewesen, die Besichtigung der Hilliards abzukürzen? Gewiß, er war es gewesen, der zunächst auf Honeybath' vermeintliches Interesse an den Miniaturen hingewiesen hatte. Aber hatte er dadurch nicht gleichzeitig sichergestellt, selbst anwesend zu sein und somit in der Lage, die Dinge unter Kontrolle zu halten, was ihm auch gelungen war?

Daß die Damen des Hauses mit der Sache etwas zu tun hatten, so sagte sich Honeybath, war zu absurd, um einen Verdacht in dieser Richtung weiterzuverfolgen. Trotz allem fühlte er sich ein wenig genötigt, sich über Lady Patience Wyndowe Gedanken zu machen – über Patty, wie er sie für sich nannte. Patty sagte zwar nicht viel, aber Honeybath hatte den Eindruck, daß sie über etwas nachgrübelte und daß der Gegenstand ihrer Grübelei – was immer es auch sein mochte – auf irgendeine mysteriöse Weise vor der übrigen Familie geheimgehalten werden sollte. War Patty diejenige, die eine Schuld zu verheimlichen suchte? Honeybath beschäftigte sich noch ernsthaft mit dieser verschwommenen Vorstellung, als ihm etwas völlig anderes durch den Kopf ging. *Was war mit Savine?* Obwohl er es aufgrund seiner eigenen Familienverhältnisse damals durchaus natürlich fand, sich von dem jungen Henry Wyndowe bedienen zu lassen, hatte niemals ein Butler in seinen Diensten gestanden; das gleiche galt auch für seinen Vater. Ihm selbst war diese obere Kategorie männlicher Dienerschaft stets etwas unheimlich vorgekommen. Ganz ohne Zweifel war es üblich, seinem Butler in aller Förmlichkeit die Verantwortung für das Familiensilber zu übertragen, doch es erschien ihm leicht hirnverbrannt, ihn mit der Verantwortung für drei Miniaturen von Nicholas Hilliard zu betrauen. Es hatte einstmals eine Epoche gegeben, in der solche Dinge kaum als bedeutende Kunstwerke erachtet worden wären. Doch inzwischen mußten sie außerordentlich wertvoll sein.

Beinahe wie ein Detektiv in der Endphase eines Krimis wandte Honeybath seinen unsteten Geist (wie Homer sagt) hierhin und dorthin, während er eine Schar von Verdächtigen an sich vorüberziehen ließ. Man wird bemerken, daß er Lady Mullion für diesen Part ausgesondert hatte und daß auch ihre jüngere Tochter Boosie, das Schulmädchen, für ihn nicht in Betracht kam. Nachdem jedoch die vorliegende Chronik auf tatsächlichen Begebenheiten beruht und damit der Unvorhersehbarkeit aller geschichtlichen Ereignisse unterworfen ist, wäre es voreilig, diesen Umstand zur Basis irgendwelcher Hypothesen zu machen.

Sie hatten sich wieder zu den Damen gesellt, deren anspruchslose Beschäftigung in dem ausgesprochen grandiosen Salon von Mullion Castle darin bestand, sich die Neun-Uhr-Nachrichten anzusehen. Der Fernsehapparat lugte schüchtern aus einem Schrank hervor und konnte hinter einer Tür mit elegant gefälteltem Leinenbezug verborgen werden; man hatte Lord Mullion davon in Kenntnis gesetzt, daß die Zurschaustellung eines solchen Objekts gegen die Überzeugung der Mittwochs- und Samstagsbesucher verstoßen würde, sie begegneten hier nur der allerhöchsten Form kultiviertester Lebensart. Lady Mullion schaltete das Gerät sofort aus.

»Nichts als kleine Unglücksfälle«, meinte sie munter.

»Omnibusse stürzen in gähnende Schluchten. Gottlob haben wir so etwas nicht bei uns im Park, sonst kämen wir bald in Schwierigkeiten. Und in Nottingham wurde ein Hund übel von seinem geisteskranken Herrchen gebissen. Der junge Mann mit dem Pickelgesicht ist an den Tatort geeilt, ›um zu berichten‹, wie man das nennt. Doch der Hund war bereits beim Tierarzt. Charles, schenken Sie sich doch Kaffee ein.«

Honeybath gehorchte, allerdings mit dem stillen Gefühl, daß ihm ein Cognac jetzt auch nicht geschadet hätte – ein Gelüste, das sich anscheinend in Gegenwart der immer noch anwesenden Miss Wyndowe verbat. Doch vielleicht würde es vor dem Schlafengehen noch Whisky geben, nachdem man sie wieder in ihren Lift gehievt hatte.

Das Œuvre kam sogleich ins Gespräch, doch glücklicherweise machte niemand den Vorschlag, es umgehend *in toto* zu präsentieren. Miss Wyndowe hatte in ihren eigenen Räumen verschiedene Mappen mit ihren Zeichnungen und Aquarellen aufbewahrt, und Mr. Honeybath würde das Privileg haben, sie bei passender Gelegenheit durchzusehen, wenn er einmal mit ihr gemeinsam Tee tränke. Zum gegenwärtigen Zeitpunkt bestand das Problem darin, jene Arbeiten zu lokalisieren, die irgendwo im Schloß aufgehängt worden waren. Keiner wußte etwas Genaues – was kaum auf ein besonders lebhaftes Interesse an Großtante Camillas Künsten schließen ließ. Es war anzunehmen, daß eine der beiden Schloßdamen (womit die von Lord Mullion am Ort angeheuerten Führerinnen gemeint waren) Bescheid wußte, höchstwahrscheinlich Miss Kinder-Scout, die sich besonders eingehend mit den Bildern befaßt hatte. Doch dann gab Cyprian der Vermutung Ausdruck, daß sich die vermißten Werke eventuell »unter den Fischen und dem übrigen Zeug in diesem Küchengang« befinden könnten. Das war vielleicht etwas unglücklich formuliert, doch schien es niemandem peinlich zu sein; selbst Miss Wyndowe zeigte sich von dieser Vorstellung nicht unangenehm berührt. Honeybath geriet wegen der Fische etwas ins Schwimmen (was die armen Tiere wohl inzwischen von sich selbst nicht mehr behaupten konnten), und er fragte sich, ob zur Mullionschen Küche jene makabren aquariumähnlichen Behälter zählten, die man manchmal in Restaurants sehen konnte, bestückt mit dem zweiten Gang des morgigen Abendessens, der dort in seliger Unkenntnis seines Schicksals herumschwamm.

Es stellte sich heraus, daß die Fische einzeln in Glasbehältern untergebracht und ausgestopft waren. Konnte man Fische überhaupt ausstopfen? War Taxidermie in dieser Richtung möglich? Honeybath hatte schon häufig darüber nachgedacht und war zu keinem Ergebnis gelangt. Möglicherweise befanden sich in den Glasbehältern naturgetreue Gips- oder Wachsnachbildungen von echten Fischen, die einst dem Anglerglück der Wyndowes zum Opfer gefallen waren. Es war durchaus denkbar, daß sich ein bestimmter Zweig der Bildhauerei derartigen Kreationen widmete; es konnte sich aber auch einfach um einen profitablen Nebenerwerb der sachkundigen Assistenten von Madame Tussaud handeln.

Derartig absurde Mutmaßungen hätten Honeybath allerdings nicht von weiterer Grübelei über seine bestehenden Befürchtungen sowie von der höflichen Demonstration eines gewissen Eifers bei der Suche nach Großtante Camillas Bildern ablenken dürfen. Seine Gefährten vermeinten indes, der Sache auf der Spur zu sein. Der Küchengang war ein breiter gefliester Korridor, der mit seiner leichten Biegung anscheinend den Außenmauern des Schlosses folgte. Auf einer Seite hingen die Fische. Auf der anderen, Rahmen an Rahmen, so wie es die Sammler früherer Zeiten liebten, hingen eher Hunderte als Dutzende kleiner Bilder der verschiedensten Art. Sportmotive überwogen, doch schlossen sich Unmengen von Porträts, architektonische und topographische Skizzen, sturmgepeitschte Landschaften und anaphrodisische Akte an, desgleichen Gaben fleißiger Schulkinder in Form von mühselig »schattierten« Zylindern und Würfeln, wollige Alphabete und Stickarbeiten, die nebulöse biblische Szenen darstellten und von Persönchen in der gleichen wehrlosen Phase ihres Lebens angefertigt worden waren, leuchtend bunte Zeugnisse von Respekt und Wertschätzung wohlgesonnener Pächter und ihrer bedauernswerten Tagelöhner, königliche Verfügungen und Ernennungsurkunden, die diesen oder jenen getreuen Untertanen (dieses eine besondere Mal mit »Cousin« betitelt) beauftragten, im Königreich dies oder jenes zu tun, sowie Pachtverträge und Aufzeichnungen aus

Molkerei und Keller, denen ein früherer Lord Mullion offenbar teilweise hohen antiquarischen und geschichtlichen Wert beigemessen hatte. Die Liste der Objekte hätte noch beliebig verlängert werden können, und der einzige gemeinsame Nenner, auf den das Ganze gebracht werden konnte, war der ihrer völligen oder doch beinahe völligen Bedeutungslosigkeit. Hier und da mag die Möglichkeit bestanden haben, den Gegenwert von Cyprians im Geschirrschrank versteckter chinesischer Vase aus einem Objekt zu ziehen. Honeybath war zum Beispiel der Meinung, einen kurzen Blick auf die Darstellung eines eigenwillig bewegungslosen Pferderennens, ausgeführt in Öl, erhascht zu haben, das John oder John F. oder John N. Sartorius zugeschrieben werden könnte und das man unter Umständen wohl für ein paar hundert (oder auch ein paar tausend) Pfund an einen kunstbeflissenen Emir oder Scheich verkaufen konnte. Der Gesamteindruck war jedoch keineswegs erhebend; es war kaum anzunehmen, daß Miss Wyndowe allzu begeistert sein dürfte, die Mühen ihres Pinsels oder Stifts in dieses Sammelsurium integriert zu sehen.

Genau den gleichen Gedanken schien auch Lord Mullion zu hegen. »Faszinierend hier«, sagte er munter. »Sie kommen alle hier vorbei, müssen Sie wissen – die Besucherströme, meine ich –, auf ihrem Weg zur Küche. Die Küche wird als wichtiger Bestandteil des Schlosses betrachtet, weil sie so ungemein mittelalterlich anmutet mit all diesen Bratspießen und Herden und den Tischen, die aus ganzen Eichen gezimmert wurden, und solchen Dingen. Bloß kann man unsere Kunden kaum mehr aus dem Gang herauskriegen. Bella Kinder-Scout hat mir das erst neulich erzählt.«

Großtante Camilla schien weder davon noch von irgend etwas anderem beeindruckt. Sie hatte den Weg durch den Korridor mit Cyprians Unterstützung und mit ihrer vielfüßigen Gehhilfe gemeistert. Sie sah entsetzlich müde aus (oder vermittelte zumindest diesen Eindruck), und es bestand die Gefahr, daß in diesem Zustand ihre leicht wirre Komponente die Oberhand gewann. Man mußte damit rechnen, daß sie in einer solchen Verfassung alles Menschenmögliche von sich gab. Honeybath kam zu dem Schluß, daß die unternommene Expedition ein trauriger Fehlschlag war. Er richtete sein eigenes Augenmerk nochmals auf die ausgestopften oder sonstwie gestalteten Fische, die immerhin noch einen gewissen Bezug zur Natur erkennen ließen. Ihm fiel die interessante Tatsache auf, daß sie beinahe alle in der gleichen Weise angeordnet waren, nämlich mit dem Kopf nach rechts, vom Betrachter aus gesehen. Seit urdenklichen Zeiten hat der Künstler damit die Möglichkeit, seine Geschöpfe in den Zug der Zeit einzubetten: Blicken sie nach rechts, so streben sie in die Zukunft; wenden sie den Kopf, so suggerieren sie eine Rückschau in die Vergangenheit. Psychologisch gesehen war dieser Symbolismus zwar nicht faßbar, aber trotz allem sehr eindrucksvoll; Honeybath war gerade in professionelle Betrachtungen darüber versunken, als ihn ein unvermittelter Schrei Lord Wyndowes aufschreckte. Obgleich er sich der Tatsache nicht bewußt war, hatte dieser Augenblick entscheidende Bedeutung für die Zukunft der Familie Wyndowe.

»Hier sind sie ja!«

Cyprians Stimme dröhnte durch den Gang. Genauso einen Brüller hätte auch sein Onkel, Sylvanus Wyndowe, mit den Worten »auf und davon!« oder etwas in der Richtung im Jagdrevier ausstoßen können, und es wäre durchaus angemessen gewesen, wenn sich die ganze kleine Gesellschaft daraufhin munter in Trab gesetzt hätte. Wie Honeybath bei späterer Überlegung feststellen sollte, erwies sich der Ruf in der Tat als eine Art Auslöser für eine rasche Folge von Ereignissen, die von einem ersten Erkennen zum morgendlichen Finale führten.

Die eigentliche Ausbeute war jedoch alles andere als aufregend. Zwischen einer dilettantisch in Öl gemalten Schale mit welkem Obst und einer Kohlezeichnung, die den Kopf irgendeines Hundelieblings darstellte, hingen zwei kleine Aquarelle, die beide von dem kühnen, aber vergeblichen Versuch zeugten, ziemlich komplizierte Landschaftsszenen aufs Papier zu bringen. Miss Wyndowe war herbeigehumpelt und deutete dramatisch auf das erste.

»Ach«, rief sie aus, »das herrliche, herrliche Azay-le-Rideau! Wenn ich daran denke, wie ich mich mit dem Springbrunnen geplagt habe! Doch es hat sich gelohnt. Ich bekam ein Lob von Monet persönlich.«

Honeybath streifte das Bild mit einem Blick. Den Brunnen streifte er nicht nur. Und dann – vorsichtig – ließ er seinen Blick rasch zu Lord und Lady Mullion schweifen, zu den Mädchen, zu Cyprian und zu Dr. Atlay. Vielleicht freuten sie sich über die plötzliche Lebhaftigkeit der alten Dame, vielleicht langweilten sie sich. Doch bei allen war ganz deutlich jene eigentümliche Form von Unaufmerksamkeit zu erkennen, die man so oft bei Leuten bemerkt, die überwältigende öffentliche Galerien »durchmachen«. Den Küchengang konnte man zwar damit nicht gerade vergleichen; doch gab hier allein schon die Vielfalt Anlaß zum Überdruß.

»Aber sicherlich...« begann Honeybath und brach sogleich wieder ab, als ihm bewußt wurde, daß seine Stimme einen leicht irritierten Tonfall hatte. »Aber sicherlich«, brachte er schließlich heraus, »sicherlich stellte Sie das zweite Bild auf eine noch härtere Probe, Miss Wyndowe. Allein schon das Glitzern des Wassers unter...«

»Ach ja, gewiß! Jene Seine-Brücke bei Argenteuil! Es war entmutigend, sich sozusagen in den Fußstapfen des Meisters an solch einem Objekt zu versuchen. Sie erinnern sich an sein Bild, Mr. Honeybath?«

Selbstredend erinnerte sich Honeybath an Monets Bild: Er sah die Kühnheit des Brückenbogens vor sich, noch betont durch die Himmelssichel darunter, abgeschwächt durch das darüberwehende Flaggentuch. Doch Großtante Camilla hatte ihn zum erstenmal aus dem Konzept gebracht und zudem beängstigt. Sie war wirklich total verrückt. Keine geistig normale Frau brachte es fertig, Berninis »Fontana del Bicchierone« irgendwo an der Loire anzusiedeln oder ein Gebilde mit Stahlträgern mit Ammanatis »Ponte a S. Trinità« zu verwechseln.

Verschiedene höfliche Bemerkungen machten die Runde – einige davon aus dem Munde von Honeybath, so gut er es vermochte. Das merkwürdige Gefühl seiner Verwirrung hielt noch an. Soeben war etwas völlig Unerklärliches und Absurdes geschehen, und es war auf etwas gefolgt, das vielleicht nicht absurd, jedoch in höchstem Maße unerklärlich war. Er hatte das verschwommene Gefühl, daß diese beiden Ungereimtheiten miteinander in Verbindung standen, wenngleich ihm schleierhaft war, auf welche Weise. Dieses Problem beschäftigte ihn derart, daß er von den wenigen noch verbleibenden Ereignissen des Abends, die hauptsächlich darin bestanden, Miss Wyndowe zu ihrem Lift zu geleiten, kaum etwas mitbekam. Schließlich fand er sich einige Minuten allein mit Lord Wyndowe und (Gott sei's gedankt) einer Karaffe Whisky. Nach seinem Dafürhalten kam nur eines für ihn in Betracht: die Dinge beim Namen zu nennen.

»Wissen Sie, Henry«, begann er mit sorgsam gewählten Worten, »ich glaube, Miss Wyndowe muß sich täuschen in ihrer Annahme, Italien nie bereist zu haben.«

»Mein lieber Charles, was in aller Welt wollen Sie damit sagen?« Lord Mullion hatte sein Glas ziemlich abrupt hingestellt und starrte nun seinen alten Schulkameraden verständnislos an.

»Die beiden Aquarelle haben absolut nichts mit den von ihr erwähnten Orten zu tun – die sich natürlich beide in Frankreich befinden. Das eine stellt einen berühmten Brunnen im Tivoli dar, das andere eine ebenso berühmte Brücke in Florenz.«

»Gott im Himmel! Das ist ja sehr merkwürdig. Aber Großtante Camilla bildet sich natürlich gewisse Dinge ein. Daran besteht kein Zweifel.«

»Ja, aber wenn ich recht informiert bin, gehört es bereits seit geraumer Zeit zur fest verankerten Familiengeschichte – oder zur familiären Überzeugung –, daß sie sich auf ihren Erkundungsreisen als junge Frau, wie man die Sache vermutlich bezeichnen könnte, strikt weigerte, die italienische Grenze zu überschreiten. Vielleicht weil sie den Papst ablehnte, vielleicht auch weil sie dem Abwassersystem nicht recht traute. Sollten die beiden Aquarellzeichnungen tatsächlich von ihr sein, dann sind ihre Berichte allerdings Unsinn.«

»Ja, stimmt.« Lord Mullion nahm Zuflucht zu seinem Glas und schien darin Weisheit zu finden. »Die Bilder müssen von jemand anders stammen, und sie hat sie verwechselt.«

»Das wäre sicher eine Möglichkeit.«

»Ich würde sagen, die Wahrscheinlichkeit. Denken Sie an ihren Geisteszustand.«

»Ich denke daran. Aber sie ist so ungewöhnlich sicher, daß

sie die Bilder selbst gemalt hat, finden Sie nicht? Außerdem glaube ich, dieser Punkt ließe sich auf die eine oder andere Weise klären durch eine kleine exakte Vergleichsstudie der beiden fraglichen Werke mit anderen, die ganz unzweifelhaft von ihr stammen.«

»Tatsächlich?« Lord Mullion war beeindruckt. »Aber – warten Sie mal! Sie hat sie vermutlich von Postkarten abgemalt oder so. Als Kind habe ich das auch gemacht.«

»Das wäre eine weitere Möglichkeit.« Honeybath gönnte sich eine Pause, um seinen Whisky auszutrinken. Es lag ihm auf der Zunge, zu sagen: Und dann ist mir noch etwas aufgefallen. Er hätte Henry daraufhin von der Tatsache in Kenntnis gesetzt, daß er im Augenblick nur zwei statt drei Miniaturen von Nicholas Hilliard sein eigen nennen konnte. Aber er nahm davon Abstand. Er nahm aufgrund eines überaus merkwürdigen Gedankens davon Abstand, der sich in seinem Kopf einzunisten begann. Es handelte sich hier um einen jener Gedanken, die man unbedingt überschlafen und aller Wahrscheinlichkeit nach anschließend begraben mußte.

»Zweifelsohne«, kam es leicht von Lords Mullions Lippen. »Eigentlich weiß man bei der guten alten Dame nie, wie man dran ist. Wissen Sie, wir haben uns daran gewöhnt und machen uns über ihre kleinen Ungereimtheiten keine Gedanken mehr. Phantastisch, wie Sie dahintergekommen sind. Wäre mir nie gelungen. Mag sein, daß Martin Atlay draufgekommen wäre, nachdem er sich für solche Sachen interessiert. Camilla selbst sollten wir auf diesen Punkt lieber nicht ansprechen. Es könnte sie aufregen. Sie kann dann nämlich äußerst unangenehm werden.«

»Mein lieber Henry, ich würde es nur nebenbei erwähnen, wenn ich mit ihr spräche. Trotzdem lohnt es sich, darüber nachzudenken.«

»Ja, natürlich. Ich bin ganz Ihrer Meinung.« Lord Mullion nickte weise und vieldeutig mit dem Kopf, und man hätte ohne weiteres zu dem Schluß kommen können, daß damit die Angelegenheit für ihn endgültig erledigt war. »Das Bett ruft«, sagte er, als er sich erhob. »Ich hoffe, Sie schlafen gut, Charles. Es ist ziemlich ruhig hier – falls die Eulen Sie nicht stören.«

# XI

Möglicherweise hatte eine Eule Honeybath zu nächtlicher Stunde aus dem Schlummer gerissen, doch die Gestalt, mit der er sich nach dem Erwachen konfrontiert sah, war ein Geist. Der Geist – der, wie viele seiner Art, auch nur eine wandelnde Vogelscheuche mit einem Bettuch sein konnte – stand schweigend in einer Ecke des Schlafzimmers, die nur von schwachem Mondlicht erhellt wurde. Nichts ließ darauf schließen, daß der Geist gesprochen, gestöhnt oder mit Ketten gerasselt hatte; er stand dort wie jemand, der in aller Bescheidenheit darauf wartet, daß von ihm Kenntnis genommen wird. Honeybath war weder verängstigt noch im geringsten überrascht, und man mußte zugeben, daß seine Reaktion – im Gegensatz zu fiktiven Varianten – nicht mit dem üblichen Verhalten von Leuten übereinstimmte, die wahrhaftigen Geistererscheinungen gegenüberstanden. Honeybath stieg nämlich ganz munter aus dem Bett.

»Kann ich etwas für Sie tun?« fragte er höflich.

Bei diesen Worten regte sich der Geist und gab einen Laut von sich. Er wandte sich um und bewegte sich langsam zur Tür, begleitet von einem leisen Tappen auf dem gewachsten Boden. Er öffnete die Tür (was für einen Geist ein viel komplizierteres Unterfangen ist, als einfach durch eine dicke Mauer zu verschwinden), verließ das Zimmer und zog die Tür hinter sich zu. Dann entfernte sich das tappende Geräusch im Gang.

Honeybath war einen Moment lang unentschlossen. Wenn auch seine Privatsphäre verletzt worden war und seine wohlverdiente Ruhe gestört, so ging ihn doch die Sache im Grunde nichts an. In seinem Innern hegte er keinen Zweifel darüber, daß er lediglich Zeuge eines Vorgangs gewesen war, den man ihm bereits beschrieben hatte, nämlich der eigenwilligen nächtlichen Eskapaden von Miss Camilla Wyndowe. Ob schlafwandelnd oder auch nicht, die alte Dame neigte zu derartigen Wanderungen in den Mauern von Mullion Castle – und ganz offenbar mit einer Beweglichkeit, die sie zu anderen Anlässen vermissen ließ. Er konnte sich nicht entsinnen, ob bei einem ähnlichen Vorfall, von dem ihm Lady Mullion berichtet hatte, von irgendwelchen Reaktionen ihrerseits die Rede gewesen war, so daß er keinen Anhaltspunkt hatte, was oder was nicht in einer solchen Lage zu tun sei. Es war kaum anzunehmen, daß diese greise und wirre Person nach ihrem Gutdünken herumstreifen durfte; wahrscheinlich war es ihr nur aus dem Grunde möglich, weil es ihr gelungen war, sich mitten in der Nacht der Beaufsichtigung ihrer Pflegerin oder irgendeines anderen Verantwortlichen zu entziehen. Sie war weder mit einer Taschenlampe, noch mit einer Kerze ausgerüstet, und wenngleich sie das Schloß vermutlich gut kannte, konnte man das Unterfangen, in solcher Manier darin herumzugeistern, nur als äußerst gefährlich bezeichnen. Es wäre unverantwortlich, sich nicht sogleich an ihre Fersen zu heften und sie im Auge zu behalten, bis irgendwie Hilfe herbeigerufen werden konnte.

Honeybath hatte leider ebenfalls keine Taschenlampe oder Kerze zur Verfügung – nicht einmal eine Schachtel Streichhölzer. Im Gegensatz zu Miss Wyndowe war er mit der Anordnung der Räumlichkeiten im Schloß ganz und gar nicht vertraut, er war unschlüssig, welche Richtung er nach Verlassen seines Zimmers einschlagen sollte, und er hatte keine Ahnung, wo die anderen schliefen. Er mußte die alte Dame demnach einholen, bevor sie aus seinem Blickfeld verschwand, und ihr auf der Spur bleiben, bis er einen Weg gefunden hatte, das eine oder andere Familienmitglied auf den Plan zu rufen, ohne allzu großes Aufsehen zu erregen.

Von solchen Gedanken getrieben, war er aus seinem Zimmer in den Korridor gelangt. Zum Glück schimmerte auch hier das Mondlicht herein, doch nach Miss Wyndowe hielt er vergeblich Ausschau. Es sah so aus, als bliebe ihm nur die Möglichkeit, an irgendwelche Türen zu klopfen, bis sich jemand meldete und er über die Sachlage Bericht erstatten konnte. Doch nun öffnete sich auf halber Höhe des Ganges eine weitere Tür, und Miss Wyndowe trat heraus. Sie zog die Tür sanft hinter sich zu, überquerte den Gang, schien einen Augenblick lang intensiv zu lauschen und verschwand dann im nächsten Zimmer. Honeybath fuhr es durch den Kopf, daß er sie bei einem bizarren Ritual beobachtete, in dessen Verlauf sie einen Rundgang durch das Schloß machte, um festzustellen, ob alle seine Bewohner sich unversehrt und schlafend im Bett befänden. Vielleicht vollzog sie auf sonderbare Weise etwas nach, was einst in veränderter Form zu ihren Aufgaben gezählt hatte.

Sie befand sich nun erneut im Korridor und schloß wiederum eine Tür hinter sich. Dann machte sie sich wieder auf den Weg – mühselig und auf ihren Stock gestützt, doch so zielstrebig, als wäre sie noch lange nicht fertig. So ging es auf verwirrende Weise noch eine ganze Weile weiter, diverse Gänge entlang. Honeybath hatte das Gefühl, nun zu wissen, worin seine Aufgabe bestand. Er mußte sich selbst mit Miss Wyndowe befassen und sie in ruhigem Ton darauf hinweisen, daß sie wohl im Bett besser aufgehoben wäre. Mit diesem Vorsatz ging er direkt auf sie zu. Doch noch während er auf sie zuschritt, drehte sie sich um und sah ihn an. Oder vielmehr führte sie die erste dieser beiden Handlungen aus, nicht aber die zweite. Ihre Augen waren geschlossen, als befände sie sich in tiefstem Schlaf.

Im selben Moment, in dem Honeybath mit diesem verblüffenden Phänomen konfrontiert wurde, passierte etwas mit dem Mondlicht. Zeuge dieser Ereignisse mußte der Vollmond gewesen sein, allerdings hinter einem Wolkenschleier verborgen. Nun hatten sich die Wolken verzogen, so daß man viel besser sehen konnte. Am fernen Ende des Korridors trat vollkommen stilecht ein mittelalterliches Bild in Erscheinung: eine gewölbte Decke mit Spitzbogenfenstern und die untersten Stufen einer Wendeltreppe, die anscheinend zu einer Kammer oder einem Turm hinaufführten. Und davor stand Miss Wyndowe, die sich in eine Art Dame in Weiß verwandelt hatte – oder zumindest in eine rätselhafte Gestalt, die jener Figur in den frühgotischen Romanzen entsprach. Die unbedeutende Verwandlung hatte etwas Entnervendes an sich, doch war das nicht der einzige Grund, der Honeybath innehalten ließ. Er ging davon aus, daß Miss Wyndowe im wahrsten Sinne des Wortes schlafwandelte, und er erinnerte sich, irgendwo gehört oder gelesen zu haben, daß es äußerst gefährlich sei, einen Menschen abrupt aus diesem Zustand herauszureißen. Und nachdem es um Miss Wyndowes Nerven sowieso schon nicht zum besten bestellt war, konnte es für sie ganz verheerende Folgen haben. Honeybath zögerte also erneut. Und während seines Zögerns verschwand Miss Wyndowe.

Gleichzeitig mit Miss Wyndowe verschwand auch das Mondlicht, als hätte die alte Dame persönlich es ausgeschaltet. Es mußte sich eine viel dickere Wolke davorgeschoben haben. Honeybath blieb nichts anderes übrig, als zu lauschen – was er auch tat. Einige Augenblicke war noch das Tapp-Tapp des Spazierstocks zu vernehmen, dann verlor sich auch dieses. Statt dessen hörte man jedoch ein anderes Geräusch: ein leises Summen, das er sogleich wiedererkannte, obwohl er es nur zweimal zuvor vernommen hatte. Miss Wyndowes Lift hatte sich in Bewegung gesetzt. Vermutlich hatte sich ihr Unterbewußtsein davon überzeugt, daß auf Mullion Castle alles in bester Ordnung war, und nun kehrte sie zu ihrem eigenen alles überragenden Standort zurück, zweifellos um sich ganz einfach wieder ins Bett zu legen. Und das bedeutete, Honeybath konnte das gleiche tun – vorausgesetzt, er hatte unterdessen nicht schon in dem Maße die Orientierung verloren, daß wenig Hoffnung bestand, seine eigene Zimmertür wiederzufinden. Dieser Gedanke war beängstigend und dazu angetan, in seiner Vorstellung eine Unzahl peinlicher Verwicklungen heraufzubeschwören.

Doch halt! War die Schlußfolgerung, zu der er gerade gekommen war, wirklich zwangsläufig? Aufzüge können genausogut nach unten fahren wie nach oben, und er war sich einigermaßen sicher, daß er sich jetzt im zweiten Stockwerk des Schlosses aufhielt. Könnte Miss Wyndowe nicht die Absicht haben, ihre Fürsorglichkeit auch auf die unten liegenden ziemlich luxuriösen Zimmerfluchten auszudehnen – auf die »Herrschaftszimmer«, wie sie zweifellos von den Schloßführerinnen genannt wurden? Und was war, wenn sie anschließend wieder nach oben schwebte, vielleicht noch ein Stockwerk über ihren eigenen Adlerhorst hinaus, und auf den Zinnen herumzuwandern begann, die die in den Adelsstand erhobenen Abkömmlinge von Sir Rufus Windy ziemlich spät in der Tudorzeit zur Verschönerung ihrer Residenz hatten anbringen dürfen? Das war ein entsetzlicher Gedanke, und in hohem Maße gotisch überdies. Honeybath fühlte sich zu weiteren Aktivitäten verpflichtet und bewegte sich hastig, aber vollkommen blindlings durch den Korridor. Wie viele unüberlegte Handlungen führte auch diese zu einem glücklosen Ende. Er stolperte über einen unsichtbaren, Schmerzen bereitenden, harten Gegenstand (es handelte sich um einen Löscheimer), fiel der Länge nach mit – wie es ihm schien – überwältigendem Getöse zu Boden und rappelte sich in hellem Lichtschein wieder auf. Eine weitere Zimmertür war aufgegangen, jemand hatte auf einen Schalter gedrückt, und er stand, nur mit seinem bescheidenen Schlafanzug bekleidet, Lady Patience Wyndowe gegenüber.

Patty trug noch weniger als er – was für eine junge Frau, die in einer warmen Sommernacht gerade überstürzt ihr Bett verlassen hatte, kein ungebührlicher Aufzug war. Honeybath war sich sogleich der Unschicklichkeit seines Auftretens bewußt und suchte verzweifelt nach Worten, um sich zu entschuldigen. Patty kam natürlich kein solcher Unfug in den Sinn.

»Hallo, Mr. Honeybath«, sagte sie. »Haben Sie sich verlaufen?«

»Ja, sozusagen.« Honeybath kam die Idee, daß Patty vielleicht vergessen hatte, daß man ihm ein Zimmer mit direktem Zugang zum Bad zugewiesen hatte, und daß sie denken könnte, er habe sich auf die Suche nach der Toilette gemacht. »Ich bin nicht schlafgewandelt oder ähnliches, aber ich vermute das von Ihrer Großtante. Sie hat mir einen sonderbaren Besuch abgestattet, und ich hatte den Eindruck, es sei gut, ihr zu folgen. Es tut mir leid, daß ich Sie durch mein tolpatschiges Herumtapsen aufgeweckt habe.«

»Ich habe nicht geschlafen. Ich habe über etwas nachgedacht.« Im Augenblick erweckte Patty immer noch den Anschein, als sei sie wesentlich mehr an ihren Grübeleien interessiert als an den Vorgängen, die sie darin unterbrochen hatten. »Aber wo ist Camilla jetzt?«

»Also, ich habe ihren Lift gehört. Daher nehme ich an, daß sie in ihre eigenen Räume zurückgekehrt ist. Kann man eigentlich davon ausgehen, daß diese Angewohnheit Ihrer Tante völlig ungefährlich ist? Ihre Mutter hatte mich ja vorgewarnt, doch ich war trotzdem ein wenig besorgt.«

»Das tut mir leid. Aber unser Arzt meint, es besteht keine wirkliche Gefahr, zumindest nicht in der Umgebung, die ihr vertraut ist. Mrs. Trumper wird sich allerdings aufregen. Sie betreut Camilla dort oben, wissen Sie, und sie ist sehr wachsam. Doch die arme Seele muß ja schließlich auch mal schlafen. Ich gehe lieber hinauf und sehe nach.«

»Das wäre bestimmt nicht schlecht. Soll ich Sie begleiten, Patty?«

»Nein, ich glaube nicht. Es würde vielleicht beide erschrecken, wenn ein männliches Wesen auftauchte. Aber es ist kalt hier draußen. Warten Sie doch in meinem Zimmer, Mr. Honeybath, bis ich mich vergewissert habe, daß alles in Ordnung ist, und dann führe ich Sie ins Erdgeschoß zurück. Schloß Mullion ist wirklich sehr unübersichtlich, wie mir scheint. Sie können auch rasch in mein Bett schlüpfen, wenn Sie frieren sollten.«

Honeybath nahm diesen Vorschlag zumindest teilweise an, allerdings nicht ohne den irritierenden Gedanken, daß er sich in eine Lage gebracht hatte, die an Mr. Pickwick und die Dame mittleren Alters im Doppelzimmer erinnerte. Die Nacht war viel zu warm, um frieren zu können, und es kam ihm so vor, als habe Patty nicht widerstehen können, ihn ein bißchen auf den Arm zu nehmen. Gemeinsam gingen sie in ihr Zimmer; sie zog einen Morgenmantel über und machte sich dann mit aufmunterndem Lächeln und ebensolchem Kopfnicken auf den Weg, als sei er ein kleiner Junge, den man für einige Minuten auf einem Bahnsteig allein zurücklassen muß. Honeybath nahm keinen Anstoß an dieser weiteren kleinen Schalkhaftigkeit. Er war im Begriff, sich ein positives Urteil über Lady Patience Wyndowe zu bilden.

Im Zimmer befand sich ein bequemer chintzbezogener Sessel, in dem er sich nun so unbekümmert niederließ, als gehörte das Zimmer seiner eigenen Tochter. Er dachte über die Beziehung zwischen Vätern und Töchtern nach. Ob wohl im allgemeinen zwischen ihnen ein wirkliches Vertrauensverhältnis bestand? Zu welchem Elternteil gingen Mädchen zuerst mit ihren Problemen, und wie verhielt es sich bei Jungen? Darüber wußte er rein gar nichts. Vermutlich konnte man in Romanen nach diesbezüglichen Antworten Ausschau halten

– vorausgesetzt, man traute den Schriftstellern zuverlässige Ausführungen über die menschliche Natur zu. Ihm kamen da gewisse Zweifel. Hatte denn nicht sogar Cervantes weniger über Don Quichotte de la Mancha ausgesagt als Velazquez über eine ganze Phalanx spanischer Könige und Edelleute – und das in viel rationellerer Form?

Honeybath richtete sich wieder in dem Sessel auf, da er erkannt hatte, daß eine solch komplexe Frage ihm nur in den Sinn gekommen sein konnte, als er bereits nahe am Einschlafen war. Er käme sich sehr lächerlich vor, wenn Patty zurückkehrte und feststellen müßte, daß er eingenickt war wie ein alter Mann. Eigentlich hatte sein Gedankengang ja bei Patty begonnen. Aus irgendeinem Grunde, den er nicht genau zu benennen wußte, war er der festen Überzeugung, daß sie sich mit einem Problem herumschlug, das gravierender war als Großtante Camillas exzentrisches Verhalten. Würde sie sich wohl in derartigen Dingen an ihren Vater wenden – die Weisheit seiner reiferen Jahre suchen sozusagen? Durch diese konkrete Frage, die ihn im Geiste beschäftigt hatte, war er dazu bewegt worden, sich mit der rätselhaften Angelegenheit ganz allgemein zu befassen.

Er konnte sich nicht erinnern, schon jemals zuvor so wie jetzt im Schlafzimmer einer jungen Frau gesessen zu haben, und während er nun um sich blickte, sagte er sich, daß er keinesfalls herumspionieren durfte. Aber er konnte sich umschauen in der Hoffnung, unter Umständen etwas mehr über Pattys Charakter herauszufinden. Daß sie ein durchaus vernünftiges Mädchen war, zeigte sich bereits durch die Art und Weise, in der sie die augenblickliche Situation handhabte. Er hatte bei ihr bereits einen klaren Kopf konstatiert und fragte sich, ob dieser auch mit dem entsprechenden Gehirn bestückt sei. Die Wyndowes hatten sich auf intellektuellem Gebiet nie besonders hervorgetan und auch im öffentlichen Leben ihres Landes keine Spuren hinterlassen; man konnte sogar fast behaupten, daß kein Mensch je von ihnen gehört hatte. In dieser Beziehung stellten sie in der englischen Aristokratie keineswegs eine Ausnahme dar. Pattys Mutter brachte jedoch ein ganz anderes Familienerbe mit sich. Über viele Generationen hinweg hatte es dort nicht an Geist gemangelt – zumindest jener Art von Geist, mit dessen Hilfe Leute, die mit Rang und Wohlstand als Sprungbrett gesegnet sind, ziemlich weit kommen. Lady Mullion gehörte in diese Kategorie; sie war eindeutig eine Frau von Charakter, und möglicherweise war es nicht sonderlich günstig, daß sie sich zu jenen gesellt hatte, denen der Sinn nicht nach einem »Betätigungsfeld« stand. Vielleicht war Lady Patience ihrer Mutter in diesem Punkt ähnlich.

An der Wand hingen ein paar Bilder. Sie erweckten den Eindruck, als seien sie mit beträchtlichem Geschmack aus dem üblichen Wyndoweschen Mischmasch herausgepickt worden; sie schlossen einige Stiche William Wards nach Originalen von George Morland ein, einen kleinen Aquatintastich, von Sandby wahrscheinlich, und ein winziges Aquarell mit einer Kate, einem Baum und einem Boot, das nur von John Varley stammen konnte. All das sagte lediglich aus, daß Patty – was vorherzusehen war – eine gewisse Vorliebe für das Ländliche hatte. Dieser Eindruck wurde noch verstärkt durch eine Reihe von Büchern auf einem Bord, das nicht weit von Honeybath' Sessel an der Wand hing. Es fiel ihm nicht schwer, die Titel von seinem Platz aus zu überfliegen. Da gab es Jugendbücher über kleine Mädchen und ihre vierbeinigen Freunde, Bücher für Erwachsene über Botanik und Gartenbau, mehr als ein Dutzend englischer und französischer Gedichtsammlungen sowie eine Anzahl dicker Wälzer weiterbildender Art, für die Bertrand Russels »Geschichte der westlichen Philosophie« als typisches Beispiel gelten konnte. Honeybath kam zu dem Schluß, daß Patty eine sehr korrekte Erziehung genossen hatte, wenn auch nicht ganz in der Art, die sie verdiente. Sonst befand sich nichts Bemerkenswertes mehr im Zimmer, außer vielleicht einer winzigen Vase auf einem ansonsten leeren Nachttisch, in die zwei oder drei wenig beeindruckende Stengel Goldlack gesteckt worden waren. (Honeybath war nicht in der Lage, dem irgendwelche Bedeutung beizumessen.)

Die Tür ging auf, und Patty kam wieder herein. Als Honeybath sich erhob, fiel ihm auf, daß sie eine ganze Weile unterwegs gewesen war.

»Gehen Sie noch nicht«, sagte sie. »Wir könnten noch ein bißchen miteinander plaudern. Ich hocke mich aufs Bett.«

Honeybath setzte sich wieder. Patty hatte in sehr bestimmendem Ton gesprochen, und er vermutete, daß sie etwas Ernstes über ihre gerade beendete Mission zu berichten hatte.

»Ist die alte Dame wohlbehalten im Bett?« fragte er.

»O ja – wie in Abrahams Schoß. Aber sie ist erst einige Zeit nach mir eingetroffen, und Mrs. Trumper war aufgewacht und etwas in Aufruhr. Ich habe sie beruhigt. Weiß der Himmel, wo Camilla überall herumgestreunt ist. Aber inzwischen schläft sie wahrscheinlich schon.«

»Hat sie nicht die ganze Zeit geschlafen?«

»Entweder das, oder sie hat sich in einer Art Trance oder einem anderen Zustand der Unzurechnungsfähigkeit befunden. Gibt es nicht irgend etwas, das man als Fugue bezeichnet, was bedeutet, daß man hinter einer Wunschvorstellung her ist, ohne es zu wissen, und daß man dabei sogar vergessen kann, wer man ist? Ich habe mal darüber gelesen, aber Dr. Hinkstone anscheinend nicht. Er ist unser Hausarzt; meiner Meinung nach ein bißchen altmodisch. Sicherlich hat er aber recht, wenn er sagt, die Hauptsache ist, sie nicht zu piesacken.«

»Tatsächlich.« Honeybath kam zu dem Schluß, daß in diesen Bemerkungen etwas von der angenehmen Wyndoweschen Nebulosität mitschwang.

»Cyprian meint, daß ihr als Kind im Holzschuppen etwas Schreckliches passiert sein muß, und der kleine Martin Atlay habe dabei vermutlich die Rolle des Bösewichts gespielt.«

»Der kleine –? Ach, Sie meinen den Pfarrer?«

»Ja, natürlich. Er hat doch schon von Jugend auf in dieser Gegend gelebt. Er ist noch älter, als er aussieht, und wahrscheinlich gehört er zu unseren unzähligen entfernten Verwandten, und ihm ist die Pfründe in den Schoß gefallen. Finden Sie nicht auch, daß die anglikanische Kirche eine außergewöhnliche Institution ist?«

»Ich glaube, da muß ich Ihnen zustimmen.« Honeybath erschien diese Unterhaltung langsam sehr eigentümlich. »Auf jeden Fall interessiert sich Dr. Atlay für Ihre Familiengeschichte. Ihr Vater empfahl mir, mich an ihn zu wenden, wenn mir irgend etwas unklar sein sollte.«

»Das werden Sie vermutlich kaum tun.« Patty hatte sich in ihre Kissen zurückgelehnt, als wäre dies wirklich der Auftakt zu einem ausgiebigen Plausch. »Hat Ihnen Dr. Atlay viel erzählt, als Sie in der Kirche Schutz suchten?«

»Er ließ sich über verschiedene Themen aus.«

»Hat er sich über sein sogenanntes erhabenes Prinzip der Unterwerfung verbreitet?«

»Das hat er wohl.« Honeybath war überrascht. »Ist es eine Manie von ihm?«

»So in der Richtung. Wie denken Sie darüber?«

»Worüber, Patty?«

»Über den Adel und die niederen Stände und so weiter. Soziale Schichten und Privilegien, und unterschiedliche gesellschaftliche Gepflogenheiten und Voraussetzungen und Bildungsarten und Bildungsniveaus. Über alles, was zu diesem Komplex gehört.« Patty unterbrach sich lange genug, um Honeybath dunkel ahnen zu lassen, was es mit ihrer rätselhaften Fragestellung auf sich hatte. »Finden Sie das alles in Ordnung?«

»Im großen und ganzen nicht.« Honeybath kam zu der Überzeugung, daß er sich unerwartet in einer weiteren heiklen Situation befand – und das zu einer Zeit, die der Dämmerung nicht mehr fern sein konnte. Er wurde sich außerdem bewußt, daß diese junge Frau – beinahe noch eine Fremde – ihn in einer Weise um Rat fragte, die seiner Eitelkeit mehr als schmeichelte. In dieser ihm unvermittelt zugespielten Rolle durfte er sich keinesfalls zu oberflächlichen und unverantwortlichen Äußerungen hinreißen lassen. »Aber um es einmal vorwegzunehmen«, meinte er, »die eigentlichen Klassenunterschiede sind noch niemals erfolgreich aus einer zivilisierten Gesellschaft verbannt worden – was allerdings nicht bedeutet, daß es nicht angenehm wäre, wenn das gelänge. Sie sind aber ungeheuer fest in der menschlichen Natur verwurzelt. Bei oberflächlicher Betrachtung scheinen sich einige primitive Völker ihre Standesgleichheit beziehungsweise ihr kommunistisches Utopia aus dem Bilderbuch erhalten oder geschaffen zu haben. Wenn man den Dingen auf den Grund geht, kommt jedoch häufig ein streng hierarchisches System zum Vorschein. Nehmen wir doch einmal die Ehe. Es zeigt sich, daß man nur innerhalb – oder nur außerhalb – einer bestimmten sozialen Bandbreite heiraten kann.«

»Wollen Sie damit sagen, daß es ein Drama wäre, wenn ich den Sohn des Tierarztes heiraten würde?«

»Was soll das, Patty? Das ist ein ernstes Thema, wenigstens nach meinem Dafürhalten. Im übrigen glaube ich kaum, daß der Tierarzt einen Sohn hat – oder falls er einen haben sollte, daß Sie ihn je zu Gesicht bekommen haben.«

»Da haben Sie recht. Ich wollte nur...«

»Nehmen wir doch ein anderes Beispiel.« Honeybath machte eine Pause, um sich seine Worte genau zu überlegen. »Betrachten Sie einmal die Ausländerehen, sagen wir, die Ehe mit einem Franzosen oder einem Deutschen. Das ist etwas, was in Ihrer Gesellschaftsschicht öfter vorkommt als in anderen – meiner Meinung nach bedingt durch Einflüsse und Voraussetzungen, die bis ins Zeitalter der Feudalherrschaft zurückgehen. Zeugt es von Verstand, zweimal zu überlegen, bevor man eine Ehe eingeht, so gebietet es die Klugheit, sich die Eheschließung mit einem Ausländer dreimal zu überlegen; und zwar deshalb, weil Schwierigkeiten, die während der ersten Verliebtheit belanglos und unwichtig erscheinen, sich schließlich als ziemlich gravierend erweisen können.«

»Und beim Sohn des Tierarztes empfiehlt es sich wohl, viermal zu überlegen?« Henrys ältere Tochter war mit dieser Frage förmlich herausgeplatzt. »Und sicherlich muß man es sich fünfmal überlegen, wenn...«

»Meine liebe Patty, hören Sie auf mit der Zählerei. Und führen Sie sich vor Augen, daß ich mich nur sehr allgemein ausgedrückt habe – und ich habe das gesagt, was Sie von einem älteren Mann wie mir erwarten können. Sollte sich allerdings eine ganz konkrete Situation ergeben, so hätte ich keinerlei Recht, mich dazu zu äußern.«

»Das heißt, daß man dann wirklich ganz allein dastünde?«

»Das ist eine sehr schwierige Frage.«

»Sie können mir also nicht sagen, ob sich Boosie oder ich an Dr. Atlay wenden sollten, wenn es um den Sohn des Tierarztes geht? Er wäre eigentlich unser geistiger Ratgeber.«

»Ich bin mir ganz sicher, daß keine von Ihnen beiden auch nur im entferntesten daran denkt, etwas Derartiges zu tun;

also brauche ich mich über dieses Thema auch nicht auszulassen. Aber ich bin Ihrer Großtante dankbar, daß sie uns zu einem so guten gemeinsamen Start verholfen hat, Patty. Wir müssen uns noch einmal unterhalten. Doch jetzt haben Sie die Aufgabe, die nächste alte Person zu ihrem Bett zu geleiten.«

»Mein Gott – habe ich Sie gelangweilt!« Patty gab das in völlig aufrichtigem und keineswegs entschuldigendem Ton von sich, als sie sich aus dem Bett schwang, um ihn zu seinem Zimmer zu führen. Sie war ganz ohne Zweifel ein sehr nettes Mädchen – so ging es Honeybath durch den Sinn. Als er ihr hinaus in den Korridor folgte, fiel sein Blick kurz auf den Goldlack.

## XII

Am nächsten Morgen begleitete Honeybath Lord Mullion hinauf auf das Schloßdach und von dort in reichlich waghalsiger Manier auf eine Art Laufplanke zwischen den Zinnen und dem steil aufragenden Bleidach. Der Eigentümer dieses gefährlichen Aufenthaltortes schien irgendwelchen unerfreulichen Gedanken nachzuhängen. Es war im Augenblick jedoch nicht ersichtlich, ob er sich immer noch innerlich gegen das Ritual des Fahnehissens sträubte oder ob seine Stimmung durch einen anderen Umstand hervorgerufen worden war.

»Octavo Wälle und quarto Zinnen«, sagte er unvermutet. »Eine Witzelei meines Bruders Sylvanus. Er macht sich ganz gern über das alte Gemäuer lustig. Außerdem ist er sehr belesen und schnappt solche kuriosen Sachen leicht auf.«

»Daß Ihr Bruder ein Faible fürs Lesen hat, wäre mir allerdings nicht in den Sinn gekommen. Er ist ganz sicher ein sportlicher Typ, und er vermittelt den Eindruck...« Honeybath suchte nach passenden Worten, »den Eindruck außergewöhnlicher physischer Vitalität.«

»Ja, zweifellos. Sylvanus ist der typische Jäger, aber ich fürchte, er beschränkt sich keineswegs auf Füchse und Gedrucktes.« Lord Mullion lachte ein bißchen halbherzig in sich hinein über sein keineswegs undurchsichtiges Bonmot. »So, da wären wir. Die Fahne ist hier unter Verschluß. Wir besitzen auch einen Union Jack für offizielle Anlässe und eine Königliche Standarte für den Fall, daß die werte Dame zum Tee käme. Ihr Urgroßvater ist einmal hier gewesen; man hat damals ein paar Fasane für ihn geschossen – wenigstens wurde es so überliefert. Nun seien Sie bitte so gut und halten Sie dieses Seil fest, Charles.« Mit jener kleinen Unterstützung von seiten Honeybaths wurde die Fahne gehißt, und während sie sich im Winde bauschte, betrachtete sie Lord Mullion mit schlecht verhohlener Selbstgefälligkeit. »Die Zinnen kommen dadurch viel besser zur Geltung«, bemerkte er. »Das steht ihnen auch zu, denn sie müssen damals beim Bau Unsummen verschlungen haben. ›Rot, eine Zinne als Schildhaupt, Silber‹. Mein Vater ließ mich das in meiner Jugend auswendiglernen. Es hat sicher etwas zu bedeuten.«

Honeybath konnte dem nur zustimmen. In Henrys leichtfertigem Umgang mit den tiefen Geheimnissen der Heraldik erkannte Honeybath eine unschuldig-hinterlistige Komponente.

»Die Fahne macht sich sehr gut«, sagte er. »Und was für eine prachtvolle Aussicht!«

»Über fünf Grafschaften, wenn mich nicht alles täuscht. Aber dort im Osten wird das Blickfeld immer noch von unseren eigenen Ländereien begrenzt.« Lord Mullions verständliche Selbstzufriedenheit hatte sich noch gesteigert. »Boosie sagt, es gibt Fernrohre, die nach dem prinzip der Groschengräber funktionieren; wenn wir ein paar davon hier oben hätten, könnten wir den Besuchern ein ganz hübsches Sümmchen zusätzlich abknöpfen. Dort drüben, hinter der Buchenallee, ist übrigens das Witwenhaus. Richtig ansprechend in seinem georgianischen Stil und genau das Richtige für Sylvanus und seinen Anhang. Was nicht bedeuten soll, daß ich untröstlich wäre, wenn er ein ganzes Stück weiter weg wohnte.« Lord Mullion unterbrach sich einen Augenblick lang, als sei er selbst erstaunt über seine so bruderfeindliche Bemerkung. Als Honeybath sich nicht dazu äußerte, fuhr er jedoch fort. »Die Sache ist nämlich die, Charles: Mary und ich finden, daß er auf Cyprian keinen allzu guten Einfluß ausübt. Man soll auf heimatlicher Koppel keine wilde Saat säen, stimmt's?«

Honeybath hätte darauf erwidern können: Und auch nicht in der heimatlichen Scheune. Doch selbst wenn unumwundene Offenheit im Umgang mit einem früheren Schulkameraden angebracht ist, so soll sie zumindest nicht in Klatsch über nahe Verwandte ausarten. Andererseits durfte er Henry auch nicht den Eindruck vermitteln, als schirme er sich gegen Vertraulichkeiten ab.

»Ihr Junge scheint mir ganz in Ordnung zu sein«, meinte er. »Sie machen sich doch keine ernstlichen Sorgen um ihn, oder? Ich finde, es ist einzig und allein Ihre Schuld, wenn er ein bißchen zu sehr auf die Pauke haut.«

»Einzig und allein meine Schuld?« Lord Mullion war bestürzt.

»Ja, aber Sie können trotzdem nichts daran ändern, Henry. Die bloße Tatsache, daß Sie zum Hochadel zählen, macht ihn unvergleichlich anfälliger als – wie soll ich mich ausdrücken? – als den Sohn des Tierarztes.«

»Den Sohn des Tierarztes?« Lord Mullion war verständlicherweise verwirrt. »Ich wüßte nicht, daß der Tierarzt...«

»Das ist nur eine Redensart, und Sie wissen sehr wohl, was ich damit meine. Haben Sie gelesen, was der Rektor – der neue, den ich noch nicht kennengelernt habe – neulich gesagt hat? Er müsse die Zügel straffer ziehen als alle übrigen Rektoren, und zwar einfach deshalb, weil er so viele arrogante und übermäßig privilegierte Bälger zu betreuen habe. Er hat das zwar nicht wörtlich so formuliert, aber Sie wissen auch hier, worum es geht. Sie können nicht erwarten, daß der junge Lord Wyndowe ein Musterknabe ist.«

»Wie es zum Beispiel der Sohn des Tierarztes wäre?« Die Vorstellung amüsierte Lord Mullion, und er wurde etwas leutseliger. Doch als er und Honeybath nach dem Setzen des Willkommenssignals für die Besucher des Tages über das Bleidach zurückgingen, nahm sein Gesicht wieder einen besorgten Ausdruck an. »Aber ein Skandal wäre auch nicht besonders erfreulich.«

»Nein, bestimmt nicht.« Honeybath war überrascht. Obwohl er gemeinsam mit Henry Wyndowe die Schule besucht hatte und eine Menge vergleichbarer Leute auf landläufige Art gut kannte, hinderte ihn diese Tatsache nicht, der ganzen

Gesellschaftsschicht, die sie repräsentierten, zeitweise – wie er es empfand – völlig verständnislos gegenüberzustehen. Vielleicht hatte er noch eine vage Vorstellung von Aristokratie, wie sie zu Beginn des 19. Jahrhunderts in Erscheinung getreten war, und fand deshalb, daß Angehörigen dieser Klasse eine außergewöhnliche Eignung dafür haben müßten, sich unbeeindruckt und spielend über Skandale hinwegzusetzen – seien sie nun familiärer oder anderer Natur. Und nun stand Henry vor ihm und war offenbar geneigt, sich wegen der Meinung seiner Nachbarn schlaflose Nächte bereiten zu lassen – wie ein richtiger Spießer. An dieser Stelle kam Honeybath merkwürdigerweise die streng zurückhaltende Tafel in der Pfarrkirche von Mullion in den Sinn: RUPERT WYNDOWE LORD WYNDOWE. Es mochte sein, daß die Wyndowes einer strikt puritanischen Tradition verhaftet waren, wenngleich sie (sehr zu Boosies Mißfallen) zu den Royalisten gehört hatten und nicht zu den puritanischen Rundköpfen. Hier reichte aber auch schon eine viktorianische Einstellung. Anthony Trollopes zweitgeborener Herzog von Omnium hatte sich das ungebührliche Verhalten einzelner Familienmitglieder schließlich ebenfalls sehr zu Herzen genommen und sich über alle Maßen deswegen gegrämt.

Genau an diesem Punkt hätte Honeybath das Thema im Sande verlaufen lassen sollen. Er zählte aber zu jenen, denen mehr als das übliche Maß an Wißbegier mitgegeben worden war (wie das bei Künstlern jeder Richtung im Grunde keine Seltenheit ist), und er sah nicht ein, warum er seinem ehemaligen Kalfaktor nicht ein bißchen auf den Zahn fühlen sollte. »Henry«, sagte er, »nehmen wir einmal an, ich würde herausfinden, daß Ihr Großvater ständig beim Kartenspiel betrogen hat. Nehmen wir ferner an, ich würde diese Tatsache in irgendeiner fragwürdigen Biographie oder irgendwelchen Lebenserinnerungen veröffentlichen. Wären Sie dann übermäßig aufgebracht?«

»Ich glaube nicht, daß ich Sie mit der Reitgerte verfolgen würde.« Lord Mullions angenehmer Hang zur Belustigung siegte über jegliches Schockempfinden, das er möglicherweise bei dieser ausgefallenen Frage verspürt haben mochte.

»Aber es ginge sicher einige Zeit ins Land, bevor ich Sie wieder in mein Haus einladen würde.«

»Wenn es sich nun aber um Ihren Ur-Urgroßvater handelte? Und angenommen, ich sei ein anerkannter Historiker und fände, daß diese Information zur Beurteilung der Charaktereigenschaften eines hervorragenden Staatsmannes von Bedeutung sei, zum Beispiel...«

»Mein lieber Charles, unter uns gab es noch niemals hervorragende Staatsmänner, was vermutlich ein großes Manko ist. Ihr Beispiel entbehrt daher jeder Grundlage, und Sie können sich weitere Ausführungen sparen, alter Junge. Falls Sie sich jemals nach einem neuen Broterwerb umschauen müssen, dann hätten Sie beim BBC gute Chancen, als einer jener Kerle, die dort bei Interviews die Leute aushorchen.«

In Lord Mullions Worten war ein leicht zurechtweisender Ton angeklungen; sie bezeugten zudem – und ganz unerwartet – die Gabe einer skurrilen Schlagfertigkeit. Doch zumindest war er nicht im entferntesten beleidigt, so daß die beiden Herren in ungetrübtem Einvernehmen wieder ins Schloß zurückkehrten. Honeybath kam allerdings zu Bewußtsein, den Freund tatsächlich ausgehorcht zu haben, und zwar nicht über irgendwelche bestimmten Tatbestände oder Episoden in bezug auf seinen Sohn und Erben – und ebensowenig im Hinblick auf seine Töchter –, die Henry in Unruhe versetzen könnten. Honeybath fragte sich jedoch, wie Henry die Neuigkeit aufgenommen hätte, daß Lady Patience Wyndowe sich ernsthaft mit dem Problem einer nicht standesgemäßen Ehe befaßte, das in einer Adelsfamilie durchaus auftreten konnte. Er selbst tappte bezüglich des Hintergrunds für seine sonderbaren nächtlichen Erörterungen mit Patty noch völlig im dunkeln. Aber wie es der Zufall wollte, ließ die vollkommene Erleuchtung nicht lange auf sich warten. Und das sollte auf sehr merkwürdige Weise geschehen.

Im Schloß war inzwischen einiges in Aufruhr – mehr als genug, um Honeybath erkennen zu lassen, daß er kaum eine Chance hatte, an diesem Tag seinen eigenen beruflichen Geschäften nachzugehen. Ihm wurde klar, daß die Situation seiner Gastgeber nicht mit der von Granden vergleichbar war, die Herrensitze von solcher Weitläufigkeit ihr eigen nannten, daß sie ein Viertel davon als großzügige Wohnräume verwenden und den Rest zu einem Museum umgestalten konnten. Die Touristen, die um zehn Uhr morgens gegen Entgelt das Schloß betreten durften (zweimal wöchentlich, wenn ihnen der Sinn danach stand), bekamen buchstäblich Räumlichkeiten zu Gesicht, aus denen die Mullions fünf Minuten zuvor geflüchtet waren. Für eine Familie, der ihre Ruhe heilig war, mußte dies eine ungewöhnlich große Zumutung sein, und Honeybath konnte nur annehmen, daß die Einnahmen am Drehkreuz für die Mullions dringend nötig waren, wenn sie den Wohnsitz ihrer Familie nach Jahrhunderten nicht aufgeben wollten. Zweifellos brachte die Umwandlung des Schlosses in einen Gewerbebetrieb noch andere finanzielle Vorteile und Erleichterungen mit sich, die in den Verständnisbereich von Buchhaltern und Rechtsanwälten fielen. Honeybath wäre jedoch das Festhalten an seinem kleinen Atelier in Chelsea unter vergleichbaren Bedingungen unerträglich erschienen; er empfand das Ganze bei aller Liebe als ein überaus seltsames Unternehmen.

Als er mit Lord Mullion von ihrer luftigen Mission zurückgekehrt war, kam ihnen Savine in gedrückter Stimmung entgegen, wie sie bei ihm vermutlich mittwochs und samstags an der Tagesordnung war.

»Einer der Außenarbeiter hat nach Ihnen gefragt, Mylord«, sagte er verdrießlich. »Ich habe ihm erklärt, daß es im Augenblick sehr ungelegen käme. Er sagte, er würde erst mal warten.«

»Na so was! Erst mal warten – worauf?«

»Auf Sie, Mylord. Zumindest schien er das damit zu meinen.«

»Wer ist es, Savine?«

»Es handelt sich um einen gewissen Gore, Mylord. Einen von Prings Leuten.«

»Warum wendet er sich dann nicht an Pring? Und Sie meinen, der junge Mann ist wirklich noch da?«

»Ja, leider. Unter ›warten‹ verstand er, sich in der Gesindestube niederzulassen. Er hat sich da wohl etwas herausgenommen; aber ich habe von Eurer Lordschaft Anweisung erhalten, stets auf gute Beziehungen zum Außenpersonal zu achten.«

»Nun gut – er ist ein sehr netter Kerl. Schicken Sie ihn in mein Büro, Savine, ich werde gleich mit ihm sprechen. Charles, ich gehe nur eben schnell und stelle fest, worum es sich handelt. Mary muß hier irgendwo mit dem Arrangieren der Blumen beschäftigt sein. Sie wird Ihnen ein Schlupfloch für den heutigen Tag zeigen.«

Mit dieser halbernsten Bemerkung empfahl sich Lord Mullion und begab sich in jenen Raum, den er als Büro zu bezeichnen geruhte. Auch Savine ging nach getaner Pflicht davon. Honeybath indessen trödelte noch ein Weilchen in dem riesigen Schloßsaal herum, in dem ein paar Bedienstete bereits einen langen Tisch mit den verschiedensten Dingen bestückten, die an die Besucher verkauft werden sollten: Fremdenführer, Postkarten, eine Reihe geheimnisvoller »hausgemachter« Konserven sowie diversen Krimskrams aus Ton, verziert mit dem und jenem. Nachdem sie sich einmal dieser leidigen Sache verschrieben hatten, gaben sich die Mullions als gewissenhafte Leute nicht mit Halbheiten zufrieden.

Es muß an dieser Stelle erwähnt werden, daß Honeybath trotz seiner ausgezeichneten Beobachtungsgabe zum jetzigen Zeitpunkt nicht so gut unterrichtet war wie der geneigte Leser. Was ihm also augenblicklich durch den Sinn ging, mußte ihn daher mehr als sonderbar dünken. Swithin Gore, sein Retter vom vergangenen Tag, tauchte hier und da immer noch in seinen Gedanken auf. Er gedachte seiner allerdings nicht nur als Retter, sondern auch als des jungen Mannes, den er am darauffolgenden Nachmittag vor der Scheune sehr zu Unrecht mit Schmähungen überhäuft hatte. Was ihm besonders deutlich und noch immer mit heftigem Unbehagen im Gedächtnis haftete, waren die Vehemenz und der Stil von Swithins Reaktion auf die Unterstellung, er habe sich auf ungebührliche Weise mit einem willigen Dorfmädchen im Heu vergnügt. Honeybath interpretierte dies als die Reaktion eines jungen Mannes, den man profaner Fleischeslust bezichtigt, wenn er doch in Wirklichkeit ganz ernsthaft verliebt ist.

Diese Gedankengänge bewegten sich noch in vernünftigem Rahmen. Aber jetzt lief ihm seine Phantasie in wilden Sätzen davon, und zwar in Richtung von Lady Patience Wyndowe – was sich beinahe von selbst verstand. Hier war auch der

Schlüssel für jenes eigentümliche Gespräch zu finden. Der Gärtnerjunge liebte Patty, und Patty konnte nicht gut leugnen, seine Liebe zu erwidern.

Das wiederum schien ihm nur eine Marotte zu sein. Wir wissen allerdings, daß die Dinge sich genau so verhielten. Und nun segelten Honeybath' Gedanken in schwindelnde Höhen. In seiner Vorstellung hatte sich Swithin Gore als sehr geradliniger und zielstrebiger junger Mann etabliert. Im Umgang mit Blumen hatte er zwar gelernt, sich in Geduld zu fassen, doch in einer so persönlichen Angelegenheit war er nicht bereit, das zu tun. Er hatte sich mit der Tochter seines Arbeitgebers geeinigt, und das jetzige Gespräch diente dem Zweck, eben diesen Arbeitgeber um ihre Hand zu bitten.

Heimgesucht von dem erstaunlichen Bild seiner Phantasie, überkam Honeybath blankes Entsetzen. Nur eine außergewöhnlich romantische Betrachtungsweise ließ die Wahrscheinlichkeit zu, daß eine solche Liaison etwas anderes als Unheil und Verderben nach sich ziehen könnte. Er hatte Patty gegenüber sehr weise Reden über Standesunterschiede in der Ehe geführt, doch nun hatte er das Gefühl, sich bei weitem nicht deutlich genug ausgedrückt zu haben. Derartige Liebesbeziehungen existierten wohl, und zweifellos endeten manche von ihnen auch glücklich. Doch zu Beginn kann die Liebe nur auf äußere Dinge beschränkt sein und auf nichts anderes; es handelt sich um unvermittelte und überwältigende körperliche Anziehungskraft, die noch nicht untermauert ist von irgendwelchen Gemeinsamkeiten und beinahe instinktiv erfaßten Gegebenheiten in bezug auf Manieren, Verhalten und Interessen, die die stabilisierenden Elemente einer Ehe darstellen. Als vernünftiger, weltgewandter Mann wußte Honeybath das sehr wohl. Sein Herz sagte ihm indes etwas anderes. Überdies war er selbst ein Augenmensch, was er als Künstler auch sein mußte. In der Realität hatte er Lady Patience Wyndowe und Swithin Gore noch nicht zusammen gesehen. Vor seinem inneren Auge entstand ihr Bild jedoch mit Leichtigkeit. Sie waren so wunderschön wie Ferdinand und Miranda – oder, wenn man so wollte, wie Florizel und Perdita. Man konnte es sich aussuchen.

Nachdem er seiner Phantasie gestattet hatte, auf diese

Weise durchzugehen, war Charles Honeybath in großer Sorge. Henry würde vollkommen verwirrt sein, dessen war er sich sicher. Henry war auf seine unbeschwerte und oberflächliche Art der liberalste Mensch, den man sich vorstellen konnte. Spräche man ihn auf Dr. Atlays erhabenes Prinzip der Unterwerfung an, so würde er sich darüber bloß lustig machen – allerdings aus dem Grunde, daß er persönlich bislang noch nicht von diesem Problem betroffen gewesen war. Henry wäre bestürzt. Die Aufgabe, die Dinge wieder ins Geleise zu bringen, würde Mary zufallen.

Während Honeybath in Gedanken zu diesem Ergebnis kam, erschien Lady Mullion im Saal. Sie trug einen riesigen Strauß weißer Rosen.

»Dieser bewundernswerte Swithin Gore!« sagte sie. »Er hat Pring überredet, mir die ganzen Mermaids zu überlassen. Sie kommen natürlich massenweise nach, aber der alte Mann wacht ungemein eifersüchtig über sie. Haben Sie Patty irgendwo gesehen, Charles? Sie muß mir gleich beim Arrangieren helfen.«

»Nein, ich habe mit Henry die Fahne gehißt.« Honeybath warf einen Blick in die Runde und stellte fest, daß er mit Pattys Mutter allein war. »Mary«, sagte er, »ich muß über eine ziemlich heikle Sache mit Ihnen sprechen.«

»Heikel?« Lady Mullion legte die Rosen ab und wurde sogleich ernst. »Was immer es sein mag – fangen Sie an.«

»Ich weiß wirklich nicht ...« Honeybath war wieder zur Vernunft gekommen – leider einige Augenblicke zu spät. Wenn seine Mutmaßung den Tatsachen entsprach, dann war es an Henry, seine Frau davon zu unterrichten. Lag er dagegen völlig falsch, dann würde er sich hoffnungslos zum Narren machen. In dieser üblen Zwickmühle, in die ihn seine flinke Zunge gebracht hatte, kramte er verzweifelt in seinem Gedächtnis und fand etwas, das ihm bei eingehender Betrachtung als entschieden zweifelhafter Ausweg erschienen wäre. »Es handelt sich um die Hilliards«, meinte er.

»Die Hilliards?« Lady Mullion war verblüfft. »Stimmt mit ihnen etwas nicht? Sind es Fälschungen?«

»Nein, das nicht. Aber es hat sich etwas vollkommen Unerklärliches ereignet, und gestern abend habe ich mich gescheut, Henry damit zu belasten. Mir schien, als könnte es – nun ja, sagen wir, irgendeine obskure familieninterne Erklärung dafür geben.«

»Ja.« Lady Mullion sah Honeybath an, so fand er, als habe er eine völlig verständliche und intelligente Bemerkung von sich gegeben. »Aber was ist denn nun eigentlich passiert?«

»Eine der drei Miniaturen, die laut Dr. Atlay ein nicht zu identifizierendes Mitglied der Familie Wyndowe darstellt, ist entfernt worden. An ihrer Stelle befindet sich eine Reproduktion.«

»Martin Atlay hat das bemerkt?«

»Seltsamerweise nicht. Er hat sich über die Bildnisse ausgelassen, sie aber nicht richtig angesehen. Ich war der einzige, der bemerkte, was vorgefallen sein mußte, und ich beschloß, vorläufig meinen Mund zu halten.«

»Das war gewiß sehr klug von Ihnen.« Lady Mullion hatte eine der Mermaid-Rosen aufgenommen und studierte sie mit offensichtlicher Aufmerksamkeit. »Und was vermuten Sie hinter all dem, Charles?«

»Die naheliegendste Erklärung wäre, daß ein Dieb einen Weg gefunden hat, sich mit einer der Miniaturen aus dem Staub zu machen, und das so bewerkstelligte, daß diese Tatsache eine Zeitlang verborgen blieb.«

»Sie glauben nicht, Charles, daß die Sache irgendwie mit Ihnen in Zusammenhang steht?«

»Aber meine liebe Mary!«

»Ich weiß, es klingt komisch. Aber zunächst einmal muß es erst kürzlich passiert sein. Henry und die Kinder interessieren sich nicht übermäßig für diese Dinge und würden ziemlich lange brauchen, um festzustellen, daß etwas nicht in Ordnung ist. Und das trifft in gewisser Weise auch auf die Damen zu, die die Leute durchs Schloß führen. Sie beschreiben dieses oder jenes als ungeheuer interessant, aber sie selbst sehen nicht richtig hin. Mir dagegen sind die Hilliards ziemlich ans Herz gewachsen; ich schaue sie mir auch verhältnismäßig oft an. Noch vor wenigen Tagen war an allen dreien bestimmt nichts auszusetzen. Nun, und dann sind Sie auf den Plan getreten. Es sieht daher beinahe so aus, als hätte jemand ziemlich überstürzt beschlossen, die echte Miniatur von Ihnen fernzuhalten, und als habe dieser Jemand Vorkehrungen getroffen, damit Sie während Ihres Aufenthalts nicht bemerken, daß irgendwelche Manipulationen stattgefunden haben.« Lady Mullion unterbrach sich und blickte Honeybath forschend an. »Können Sie damit etwas anfangen?«

»Ganz und gar nicht, meine liebe Mary. Es scheint mir weder Hand noch Fuß zu haben.«

»Ich bin mir völlig im klaren, daß die meisten Leute Ihre Meinung teilen würden.« Lady Mullion gab diese etwas zweideutige Bemerkung in unverändert ernstem Ton von sich. »Die Frage ist: Was sollen wir jetzt unternehmen? Übrigens bin ich sehr froh, daß Sie gestern abend nichts verlauten ließen.«

»Deswegen habe ich allerdings einige Gewissensbisse. Sie werden verstehen, Mary, daß mir verschiedene peinliche Möglichkeiten durch den Kopf schossen.«

»Ganz recht – und sie sind nach wie vor peinlich. Ich finde daher, daß Sie und ich die Sache im Augenblick noch für uns behalten sollten.«

»Wie Sie wünschen.« Honeybath kam nicht umhin, sich über diese Entscheidung ein bißchen zu wundern; denn wie es schien, sollte sogar Henry jegliche Kunde von der Angelegenheit vorenthalten werden. »Es gibt jedoch noch einen Punkt, auf den ich Sie hinweisen möchte. Wenn die Hilliards versichert sind und unter Umständen ein Rechtsanspruch geltend gemacht werden muß, dann könnte es gewisse Peinlichkeiten mit sich bringen, falls durchsickern sollte, daß Sie und ich den Verlust eine Zeitlang geheimgehalten haben.«

»Das ist zweifellos richtig. Trotzdem möchte ich ganz gern ein paar Tage darüber nachdenken.« Lady Mullion zögerte zum allerersten Mal. »Ich muß auf Henry Rücksicht nehmen«, meinte sie dann. »Sie werden das wahrscheinlich nicht wissen – aber er hat eine beinahe krankhafte Abneigung gegen Skandal.«

»Nun, davon habe ich bereits einen Eindruck bekommen.« Honeybath war über alle Maßen verblüfft über die Wendung, die dieses Gespräch am Ende genommen hatte. Er hatte das Empfinden, daß sich rings um ihn auf Mullion Castle wundersame Dinge zusammenbrauten. War es wohl möglich, daß es sich sozusagen um eine Menge von unterschiedlichen Aspekten eines einzigen sonderbaren Gesamtgeschehens handelte? Er war gerade bei dieser obskuren Schlußfolgerung angelangt, als Lady Mullion auf die Uhr sah.

»Guter Gott!« sagte sie. »Die erste Busladung wird in einer Viertelstunde hier eintreffen. Ich muß unbedingt Patty auftreiben, damit sie sich mit den Rosen befassen kann.«

## XIII

Aufgrund ihrer lebhaften Geschäftigkeit und vielleicht auch, weil sie ein wenig verstört war, versäumte es Lady Mullion, Honeybath ein »Schlupfloch« zu zeigen – wie es ihr Mann ironisch bezeichnet hatte. Es war kaum anzunehmen, daß sich die Familie buchstäblich in den Schränken verbarg, sobald das Volk hereinzuströmen begann. Sicherlich zogen sie sich in einigermaßen akzeptable Räumlichkeiten irgendwo innerhalb des Schlosses zurück. Davon hatte man Honeybath gegenüber allerdings nichts erwähnt.

Natürlich konnte er sich – ohne irgendwelche Anstandsregeln zu verletzen – in sein Zimmer zurückziehen (das er in der Zwischenzeit einwandfrei zu lokalisieren imstande war). Das Hausmädchen – vermutlich die ältere Frau, die ihm den Tee gebracht und um acht Uhr seine Jalousien hochgezogen hatte – war bestimmt schon dagewesen und hatte aufgeräumt. Er mußte tatsächlich seine Korrespondenz erledigen, und die diversen Bestandteile seiner professionellen Ausstattung, mit deren Hilfe er in Kürze ans Werk zu gehen hoffte, mußten durchgesehen und sortiert werden. Doch der Morgen war wundervoll und schon sehr warm, und ihm kam die Idee, daß es angenehm sein müßte, ein Stündchen in den Park hinauszuwandern. Ihn hielten jedoch zwei Überlegungen davon ab. Bei der ersten handelte es sich um das Wissen, daß auch der Park bald voll von Besuchern sein würde, zumindest nach seiner Einschätzung, denn er hatte mitbekommen, daß gegen ein geringeres Entgelt als bei Besichtigung des Schloßinneren auch die Möglichkeit bestand, *jenen* bestimmten Aspekt großzügigen Lebens kennenzulernen. Er war auch nicht abgeneigt, sich unters Volk zu mischen. Ihm kam jedoch der Gedanke, daß er dann womöglich für Lord Mullion gehalten werden und man ihn in dieser Eigenschaft anstarren, fotografieren und eventuell sogar ansprechen könnte. Dies war ganz offenkundig eine absurde Vorstellung, und ihm wurde bewußt, daß es vor allem die zweite Überlegung war, die ihn im Grunde zurückhielt und die bei unvoreingenommener Betrachtung auch ziemlich widersinnig war. In den Parkanlagen könnten sich Gärtner aufhalten, und einer von ihnen könnte der junge Swithin Gore sein. Wenn er mit Swithin zusammentraf, würde er mit ihm reden müssen. Es gab keinen vernünftigen Grund, weshalb er das nicht tun sollte. Im Gegenteil: er mußte Swithin möglichst bald aufsuchen, und zwar zu dem ehrenvollen Vorhaben, sich wegen seiner ungehörigen Verdächtigungen vom vergangenen Nachmittag bei ihm zu entschuldigen. Er hatte aber das Gefühl, sich über Swithin erst einmal richtig klar werden zu müssen. Der Grund hierfür war ihm schleierhaft. Möglicherweise war er sich insgeheim bewußt, daß ihm – genau wie dem Leser – einige sehr merkwürdige Gedanken über den jungen Mann im Kopf herumspukten.

In dieser Zwangslage kam ihm der Adlerhorst unter der wehenden Fahne in den Sinn, von dem er vor kurzem herabgestiegen war. Man hatte eine ungewöhnlich reizvolle Aussicht von dort oben, und es müßte Spaß machen, mit einem Skizzenblock dazusitzen, bis es wünschenswert erschien, herauszufinden, wie an den »offenen« Tagen mit Suppe, Brot und Käse verfahren wurde.

Er setzte seinen Plan in die Tat um, nachdem er sich zuvor mit den erforderlichen Materialien versorgt hatte, und fand sich sodann in völliger Abgeschiedenheit, die nur ein paar Tauben mit ihm teilten, die sich aus dem hochherrschaftlichen Taubenschlag nach dort oben verirrt hatten. Er kam zu dem Schluß, daß es sich um Kropftauben handelte, die man heutzutage vielleicht als Landplage ansah. Trotzdem waren es hübsche Tiere, und es war jammerschade, daß sie mit Bleistift auf blankem Papier nicht viel hergaben. Er ließ sich also in einer leidlich bequem zu nennenden Mauerecke nieder und entschied sich ohne Zögern für den Kirchturm als Angelpunkt einer bescheidenen Parkansicht. Der Turm war gerade noch hinter einem Eichenhain sichtbar. Innerhalb weniger Minuten war er völlig gefangengenommen von grundsätzlichen Fragen der Perspektive – so sehr, daß er überrascht aufschreckte, als er unvermutet feststellte, daß er nicht mehr allein war. Lord Wyndowe war auf dem Bleidach erschienen und stand nun hinter dem Künstler, offensichtlich damit beschäftigt, dessen Werk zu studieren. Honeybath legte seinen Bleistift weg.

»Guten Morgen, Cyprian«, sagte er. »Haben Sie sich auch hierher geflüchtet?«

»Guten Morgen, Sir. Ja – mehr oder weniger.« Cyprian ging vor bis an die Zinnen und warf einen Blick hinunter. »Da kommen sie angerollt, die verdammten Busse«, sagte er. »In den Autos sind meistens Einzeltouristen. Die Busse werden alle von einer Londoner Firma gechartert. Wenn man im Prospekt eines der wichtigsten Touristik-Unternehmen aufgeführt ist, läuft alles. Und es bringt ein Heidengeld ein.«

»Tatsächlich?« Mit einem Anflug von Widerwillen verlagerte Honeybath seine Aufmerksamkeit vom Kirchturm auf den Mullionschen Erben. Cyprian war nicht zum Frühstück erschienen – ein Umstand, der mit der Tatsache in Einklang stand, daß er selbst jetzt noch mit Schlafanzug und Morgenmantel bekleidet herumlief. Er verharrte jedoch nur wenige Augenblicke in diesem Zustand. Cyprian trug nämlich eine Decke unter dem Arm, die er nun auf dem abfallenden Dach ausbreitete, bevor er sowohl Morgenrock als auch Schlafanzug auszog und beides wahllos um sich verstreute; dann streckte er sich träge in der warmen Sonne aus.

»Dient alles dazu, sich hübsch gebräunt und fit zu halten«, meinte er. »Ich rechne mich zu denen, die man zu Ihrer Zeit als sportlich bezeichnet hätte. Schauen Sie sich doch einmal meinen flachen Bauch an. Was halten Sie davon?«

»Er scheint ganz in Ordnung zu sein, Cyprian.«

»Ja, schon. Aber wird das so bleiben, auch wenn ich diese dämliche Ruderei aufgegeben habe? Oder ist mir ein mittleres Alter als Schlaffi bestimmt?«

»Das kommt vermutlich darauf an, wie Sie es anpacken.«

»Da haben Sie ganz recht! Warum ziehen Sie sich nicht ebenfalls aus? Das ist genau der richtige Fleck zum Sonnenbaden. Außer diesen makellosen Vögeln stiert Sie hier keiner an.«

Honeybath verzichtete darauf, dieser Empfehlung zu folgen. Er nahm durchaus keinen Anstoß daran, seine Einsamkeit mit einem nackten jungen Mann zu teilen, und die Idee, seine professionelle Aufmerksamkeit einem ruhenden männlichen Akt statt des Kirchturms zu widmen, hatte für ihn einen gewissen Reiz. Es erschien ihm dagegen nicht sehr wünschenswert, unter der ehrwürdigen Fahne der Mullionschen Vorfahren eine Mini-Nudistenkolonie ins Leben zu rufen. Außerdem wollte er nicht als Schlaffi mittleren Alters dastehen – er litt diesbezüglich unter einer gewissen Befangenheit.

»Bedeutet das«, fragte er, »daß Sie anfangen, sich Gedanken über einen Beruf zu machen?«

»Nun, man könnte vielleicht sagen, über meinen Lebensweg. Mein Vater meint, daß die Besitzerhaltung keine Vollbeschäftigung sein dürfe. Jedenfalls zur heutigen Zeit nicht mehr, wie er findet. Die Zeiten hätten sich geändert und dergleichen.«

»Ich nehme an, wenn Sie Mullion geerbt haben, könnten Sie das Ganze verkaufen und ins Ausland gehen.« Honeybath hatte sich damit abgefunden, Konversation machen zu müssen – allerdings nicht in allzu liebenswürdiger Gesinnung, wie der Ton dieser Bemerkung verriet. »Leute in Ihrer Lage pflegen so etwas gelegentlich zu tun.«

»Meine Lage ist in gewisser Hinsicht äußerst zufriedenstellend.« Als wollte er diese Behauptung untermauern, räkelte sich Cyprian faul auf seiner Decke und rollte sich dann auf seinen zufriedenstellend flachen Bauch. »Mir gefällt es hier«, sprach er in die Decke hinein«, und ich müßte doch bescheuert sein, wenn ich mich hier auf die Schnelle rausschmeißen ließe. Wenn man das alles zur Verfügung hat und aus der einen oder anderen Sache Kapital schlagen kann, und wenn man dazu noch die Macht hat, die Puppen tanzen zu lassen, sofern einem danach zumute ist – das alles zusammengenommen ist doch nicht schlecht, wie mir scheint. Nur, ob man dabei nicht irgendwie ins Hintertreffen gerät? Das ist die Frage.«

»Auch das hängt wieder von einem selbst ab.« Honeybath war klargeworden, daß der junge Mann ihn auf seine Art ins Vertrauen zog und sich zudem seinen Rat erhoffte.

»Ja, ich weiß. Doch wenn das Warten auf das Erbe zum Beruf wird, kann einen das ziemlich auslaugen, wenn Sie mich fragen. Dabei spielt es keine entscheidende Rolle, ob man ein größeres oder ein kleineres Erbe zu erwarten hat. Schon allein das Wissen, daß man nicht zu verhungern braucht, ist demoralisierend. Sehen Sie sich doch nur meinen Onkel Sylvanus an. Sie sind ihm doch über den Weg gelaufen, oder?«

»Ja.« Honeybath rief sich ins Gedächtnis, daß Henry seinen Bruder als potentiellen Verführer der Jugend zu betrachten schien. Es sah aber so aus, als neige Cyprian eher dazu, ihn als abschreckendes Beispiel zu sehen.

»Das simple Wissen, sein Schäfchen zeitlebens im Trocknen zu haben, verdarb ihm seine Offizierskarriere – wenn Sie mich fragen. Und nun ist er nur noch ein nichtsnutziger alter Wüstling – ganz gleich, wie vielen Füchschen er auch nachjagen mag. Und sehen Sie sich doch nur an, was für ein verdammter Nichtsnutz ich selbst im Augenblick schon wieder bin. Sie, Honeybath, stehen hier auf diesem Dach und üben Ihren ehrenwerten Beruf aus. Und ich liege hier und schwatze Ihnen die Ohren voll.«

»Es interessiert mich sehr, was Sie sagen, Cyprian. Ich habe den Eindruck, daß Ihr Vater einen großen Teil der Aufgaben delegiert, die mit der Gutsverwaltung in Zusammenhang stehen, und falls Sie sich da wirklich hineinknien, könnte es schließlich doch in eine Vollbeschäftigung ausarten. Wie kommen Sie mit den verantwortlichen Leuten zurecht?«

»Nicht besonders, vermutlich. Ich glaube, die meisten können mich nicht leiden. Insbesondere die jungen Männer. Es hängt zweifellos damit zusammen, daß ich die Pupppen tanzen lassen kann. Und dann glauben sie, daß ich hinter ihren Mädchen her sei.«

»Trifft das zu?«

»Natürlich.« Cyprian hatte sich wieder herumgerollt. Er

richtete sich nun mit einem unangenehmen Grinsen auf und griff nach seinem Morgenmantel. »Sie sind der Meinung, es handle sich um einen unfairen Wettstreit. Dabei haben sie oft mehr Geld in der Tasche als ich. Eigentlich geht es doch nur um diesen Gentleman-Quatsch – oder? Damit kann man jedem kleinen Bauernmädchen ohne Schwierigkeiten – oder auch mit, je nachdem – den Kopf verdrehen. Es läßt sich einfach nicht verhindern. Ich denke, Boosies Gleichheitsideen haben schon etwas für sich.«

»Ich bezweifle, daß Ihr Denken in diese Richtung geht, Cyprian.« Honeybath war nicht unbedingt erbaut über das, was er gerade gehört hatte. »Meine ehrliche Meinung ist, daß Sie, genau wie Ihr Vater, nicht bereit wären, Ihre Stellung auf Schloß Mullion aufzugeben. Sie würden sogar darum kämpfen, wenn es sein müßte.«

»Ganz richtig.« Cyprian hatte sich nun seinen Morgenmantel übergezogen; das reichlich gezwungene verderbte Grinsen war verschwunden. »Ich würde Freveltaten dafür begehen, wie alle meine lausigen Vorfahren. Würde meiner Großmutter mitten in der Kirche ein Messer in den Hals rammen.«

»Ich glaube kaum, daß wir eine Großmutter in die Waagschale werfen müssen.«

»Nein. Vermutlich nicht. Es tut mir leid, daß ich Sie bei der Arbeit gestört habe. Das ist das Syndrom des Müßiggangs: der Drang, andere an ihrer Arbeit zu hindern.« Cyprian schien allen Ernstes der Meinung zu sein, die Geduld des Gastes seiner Eltern auf gedankenlose Weise strapaziert zu haben. »Wir sehen uns beim Essen, Sir. Bis dahin haben Sie sicherlich Ihre wundervolle Skizze auf dem Block.«

Mit diesen huldvollen Worten empfahl sich Lord Wyndowe. Wie Honeybath feststellte, hatte er Schlafanzugjacke, Schlafanzughose und Decke einfach dort liegenlassen, wo sie ihm aus der Hand gefallen waren.

# XIV

Honeybath arbeitete an seiner Skizze weiter – aber es gelang ihm jetzt nicht mehr, sich voll darauf zu konzentrieren oder zumindest mit Ernsthaftigkeit bei der Sache zu sein. Er siedelte auf der mittleren Bildebene drei Kühe an. Dr. Atlays ehrwürdiger William Gilpin hatte diese Anzahl von Rindern in Parklandschaften stets bevorzugt – sofern Honeybath sich recht erinnerte –, und zwar unter dem Aspekt, eine pittoreske Szenerie zu beleben, ohne sie zu stören. Honeybath präsentierte seine Kühe jedoch in klassischer Manier: Zwei blickten in die eine Richtung, die dritte in die andere, so wie es bei der Darstellung der drei Grazien die Norm ist. Zur Bequemlichkeit des Viehs fügte er einen Kuhstall gotischer Stilart hinzu. Und dann war er plötzlich dabei, den Ehrenwerten Sylvanus Wyndowe aus dem Gedächtnis an den Rand zu zeichnen; er hatte sich sämtlicher Kleidungsstücke entledigt und lag dahingestreckt auf einer Decke. Sylvanus sah alles andere als appetitlich aus. Honeybath wendete sich wieder dem Park zu und versuchte, ihn noch als kleines *capriccio* oder als *veduta ideata* zu retten. Aber auch diese hochtrabenden Termini hatten nicht den gewünschten Verschönerungseffekt, so daß er das Werk zusammenknüllte und sich schalt, den Morgen vergeudet zu haben.

Wie viele Morgen würde er wohl noch vergeuden bei dem Versuch, ein Porträt von Henrys Frau zu malen, während er von dem Gefühl abgelenkt wäre, daß in den gegenwärtigen Lebensumständen der Mullions vieles verborgen lag, was sich dem Betrachter entzog? Seinem Empfinden nach war es wichtig, den Mullions angenehme Seiten abzugewinnen. Lady Mullion und ihre Töchter waren zauberhaft, und es bereitete ihm keine ernstlichen Schwierigkeiten, auch dem anscheinend sehr widerspenstigen Cyprian Sympathie entgegenzubringen. Sogar Sylvanus – der vermutlich nur selten auftauchte – war eigentlich ganz liebenswert, obgleich gegen ihn wahrscheinlich vieles einzuwenden wäre. Was Großtante Camilla betraf, die ein exaltiertes Dasein in der Vergangenheit mit einer gewissen scharfen Beobachtungsgabe der Gegenwart in sich vereinte, so betrachtete er sie zumindest als interessanten Fall, vorausgesetzt, sie würde nicht allzuoft zu mitternächtlicher Stunde herumgeistern. Wenn die Wyndowes nun aber als angenehme Leute in Erscheinung traten, dann war es natürlich um so irritierender, daß sich in ihrer Mitte unerklärliche Dinge taten.

Honeybath nahm seine Sachen (und auch Cyprians liegengelassene Kleidungsstücke) und stieg hinunter ins Schloß. Er tat dies in einer gewissen Geistesabwesenheit, die so weit ging, daß er nicht an den Besichtigungstag dachte. Diese Tatsache sollte keine ernsthaften unangenehmen Folgen haben. Da sich die Familie bei diesen Anlässen rar machte, wurde ohne Zweifel stillschweigend angenommen, daß ihr Hausgast sich ebenso verhielt. Trotzdem handelte es sich ganz offensichtlich nur um eine Verhaltensform, die man je nach Gutdünken auch ignorieren konnte, und es bestand keinerlei Anlaß, unbedingt zu flüchten oder in Deckung zu gehen. Sollte Honeybath einer Gruppe von Touristen begegnen, so konnte er sich einfach unauffällig an ihr vorbeidrücken, nötigenfalls noch mit einem höflichen Kopfnicken. Dieser beruhigende Gedanke kam ihm in dem Augenblick, als er hinter der nächsten Ecke bereits die unverwechselbare Stimme einer Fremdenführerin vernahm, die vor ihren Schäfchen dozierte. Und einen Moment später fand sich Honeybath in dieses kleine Spektakel eingeschlossen.

Es ging an einer Stelle über die Bühne, die ihm irgendwie bekannt vorkam: ein breiter gefliester Gang, der weiter vorn hinter einer sanften Biegung verschwand. Aber die Passage in all ihrer Breite war vollkommen verstopft durch diese eine Gruppe, die zahlenmäßig ganz gewiß auch den großen Schloßsaal gefüllt hätte – und in der Tat war sie ebendort zu ihrer Besichtigungstour formiert worden. Zudem befleißigten sich all diese Leute keiner übermäßigen Zuvorkommenheit, da ihre Führerin sie anscheinend mit umfangreicheren Ausführungen bedachte, als sie erwartet hatten oder – höchstwahrscheinlich – verdienten. Honeybath erhielt sogleich Ellenbogenknüffe von zwei korpulenten Damen verpaßt, die sich eine entsprechende Position zum Fotografieren (was nicht erlaubt war) erkämpfen wollten. Er machte ihnen Platz, so gut es ging, was zur Folge hatte, daß er selbst tiefer in die

Menge hineingeschoben wurde. Zwischen zwei Rucksäcken in moderner, riesenhafter Ausführung, die sich hoch über die Köpfe ihrer Träger erhoben, bemerkte er, daß er auf einen Hecht von wahrhaft unglaublichen Ausmaßen starrte und daß dieser Hecht ganz offenbar einen Flußbarsch verfolgte. Dadurch wurde ihm unversehens klar, wo er sich befand. Dies war der Küchengang, und die Schloßführerin hatte all die gaffenden Leute zu dem Zweck hier zum Halten gebracht, um sie in großen Zügen mit der Geschichte der hauswirtschaftlichen Räumlichkeiten bekanntzumachen, die sie in Kürze betreten würden.

Honeybath gelüstete es nicht danach, die Küche anzusehen; seine Absicht war schlicht und einfach, den Weg zu Suppe, Brot und Käse zu finden, die vermutlich aus dieser Küche hervorgegangen waren. Das Schloß war jedoch das reinste Labyrinth, und er sah bald ein, daß er völlig die Orientierung verloren hatte und lieber umkehren sollte, was nicht ganz einfach zu bewerkstelligen war. Er war inzwischen bis in die allernächste Nähe der Führerin vorgeschoben worden, bei der es sich um eine grauhaarige Frau mit strengem Äußeren handelte; am Aufschlag ihrer gleichermaßen strengen Tweedjacke steckte ein Kärtchen, das die Aufschrift trug: MISS KINDER-SCOUT. Honeybath fand diese Tatsache auf unlogische Weise alarmierend. Er hatte überdies bemerkt, daß sich verschiedene ernsthafte Gesichter amerikanischer Prägung in seine Richtung wandten und er durch mehrere bizarr gestaltete amerikanische Brillen neugierig betrachtet wurde. Das kam ihm sehr merkwürdig vor. Selbst wenn er ein bißchen durcheinander war, so drückte sich dieser Umstand doch sicher nicht auf obskure Weise in seiner Erscheinung aus. Doch da dämmerte ihm, daß er ja eine Reisedecke mit sich herumtrug, über die ein leuchtendbunter Seidenschlafanzug drapiert war. Und in diesem Augenblick stellte sich gerade eine der korpulenten Damen in Positur, mit der eindeutigen Absicht, ihn zu fotografieren. Es war anzunehmen, daß sie ihn für Lord Mullions Kammerdiener hielt.

Honeybath entschloß sich – dummerweise, wie sich herausstellen sollte –, nun energisch das Weite zu suchen. Er hob mit eindeutig drohender Gebärde die Hand in Richtung der

Fotografin, drehte sich um und bahnte sich seinen Weg aus der Enge. Dann hastete er durch den Korridor zurück. Im Gehen knüllte er den Schlafanzug nervös zusammen und verbarg ihn in einem Anfall höchster Torheit unter der gefalteten Decke.

»Einen Moment, bitte!«

Die Worte kamen aus dem Mund von Miss Kinder-Scout, doch Honeybath' Gefühl nach hätte es sich genausogut um die furchterregende Stimme des Demogorgon handeln können, wie der Poet Shelley sie beschreibt. Er erstarrte zur Salzsäule.

»Es wird am besten sein«, sagte Miss Kinder-Scout (zugegebenermaßen ganz ruhig), »wenn wir in der Gruppe zusammenbleiben. Das ist ein Punkt, auf dem Lord Mullions Versicherungsgesellschaft absolut besteht. Sollte jemand von Ihnen die Besichtigungstour abkürzen wollen, so möchte derjenige bitte die Hand heben; diesem Wunsch kann dann natürlich sogleich Rechnung getragen werden.«

Honeybath brachte es nicht fertig, die Hand zu heben – wie ein Schuljunge, der mal »austreten« muß. Er brachte es noch viel weniger fertig, sich zu Miss Kinder-Scout vorzuarbeiten und sich als Charles Honeybath von der Royal Academy vorzustellen, derzeit Porträtist in Diensten des Grafen von Mullion. Statt dessen reihte er sich kleinlaut am Rande des Haufens ein.

In diesem schon sehr betrüblichen und demoralisierenden Zustand geschah es, daß sozusagen eine weitere Ladung der unerklärlichen Dinge direkt unter seiner Nase explodierte. Die Gesellschaft war in Richtung Küche vorangeschritten, dann allerdings erneut zwecks einiger erklärender Worte von seiten der unermüdlichen Miss Kinder-Scout zum Stehen gebracht worden. Honeybath blickte auf die fleckige Kohlezeichnung eines Basset-Kopfes. Er blickte auch auf eine Pyramide von Äpfeln und Trauben in Öl. Und dazwischen erblickte er zwei bekannte Aquarelle. Oder vielmehr hätten sie ihm bekannt sein müssen, waren es aber keineswegs. Er hatte diese beiden kleinen Skizzen französischer Flußlandschaften mit Sicherheit nie zuvor zu Gesicht bekommen.

Einen kurzen Moment lang dachte Honeybath, er sei völlig

verrückt geworden und habe nichts anderes als eine Halluzination vor Augen statt der leibhaftig an der Wand hängenden Werke. Er war aber ein Mensch, der Krisenmomente rasch zu überwinden pflegte, was ihm auch jetzt gelang.

»Miss Kinder-Scout«, sagte er mit einer Lautstärke, die ausreichte, um den Korridor zu füllen, »wäre es Ihnen möglich, Näheres über diese beiden interessanten Bilder zu sagen?«

Miss Kinder-Scout mochte wohl leicht erstaunt sein, andererseits aber freute sie sich über diese lobenswerte Wißbegier seitens ihres vormals Abtrünnigen und gesellte sich sogleich zu ihm.

»Mein Name ist Honeybath«, erklärte Honeybath in gedämpftem Ton. »Lord Mullion – bei dem ich zu Gast bin – verriet mir, daß Sie sich ganz besonders für die Bilder interessieren, selbst für die unbedeutenden. Fällt Ihnen bei diesen beiden Aquarellen von Miss Camilla Wyndowe etwas auf?«

»Nein, überhaupt nichts.« Miss Kinder-Scout hatte sich der neuen Lage ohne Schwierigkeiten angepaßt. »Außer, daß es nicht diejenigen sind, die noch vor kurzer Zeit hier hingen.«

»Genauer gesagt, die noch gestern abend hier hingen.«

»Das ist ja sehr eigenartig! Ich habe gelegentlich auf die beiden Skizzen hingewiesen; sie erwecken ein gewisses Interesse, weil sie die Werke eines Familienmitglieds sind. Die Leute wollen solche Sachen sehen. Vielleicht hat sich Mullion entschlossen, die Familien-Schaustücke auszutauschen.«

»Es ist bestimmt höchst unwahrscheinlich, daß Henry etwas Derartiges getan haben sollte.«

»Ja, gewiß. Möglicherweise war es auch Camilla selbst.«

»Sie scheint etwas unberechenbar zu sein. Aber das wäre doch eine seltsame Laune, eine völlig plan- und ziellose Handlung.« Honeybath gab diese krasse Unwahrheit (denn es war nichts anderes) von sich, ohne rot zu werden. Er hatte allmählich den Eindruck, daß Mullion Castle – zumindest im Augenblick – ein Ort war, an dem es sich empfahl, zweimal zu überlegen, bevor man seine aufrichtige Meinung zum besten gab. »Finden Sie nicht auch, Miss Kinder-Scout?« fügte er höflich hinzu.

»Ich bezweifle, daß es zu meinen Aufgaben zählt, überhaupt in dieser Angelegenheit etwas zu befinden. Keines von Miss Wyndowes Bildern dürfte den geringsten kommerziellen Wert besitzen, und es ist egal, ob das eine oder das andere dort hängt. Im Hinblick auf die Sicherheit – und das ist mein Verantwortungsbereich hier – hat dieser Tatbestand wirklich keinerlei Bedeutung.« Miss Kinder-Scout verkündete dieses Urteil mit aller Entschiedenheit, doch trotz allem war sich Honeybath nicht ganz sicher, ob sie wirklich ihre wahre Meinung äußerte. »Und jetzt muß ich diese Herde durchschleusen«, füge sie noch hinzu, »sonst sitzt uns der nächste Schub im Nacken.«

Honeybath fühlte sich damit verabschiedet. Wenigstens war es ihm nun gestattet, sich zurückzuziehen, ohne zur Ordnung gerufen zu werden. Die Erinnerung an diese noch frische Demütigung veranlaßte ihn, sich der herrischen Dame auf etwas mokante Weise zu empfehlen.

»Ich sollte vielleicht noch darauf hinweisen«, meinte er, »daß ich unter dieser verwünschten Decke kein Wertobjekt versteckt habe. Was zusammengeknüllt darunterliegt, ist lediglich Lord Wyndowes Schlafanzug.«

»Tatsächlich, Mr. Honeybath?« Miss Kinder-Scout war nicht sehr erbaut über diese Bemerkung, und es ist anzunehmen, daß sie diesen Umstand allenfalls als Folge eines unpassenden Streichs betrachtete. »Das letzte, was Lord Wyndowe im Schloß verlegt hatte, war sein Zigarettenetui. Aber ›verlegt‹ wäre wohl der falsche Ausdruck.«

»Ja«, entgegnete Honeybath, »ich habe davon gehört.« Sodann versuchte er, sich einen möglichst guten Abgang zu verschaffen, wobei das Risiko eingeschlossen war, erneut mit den Kunden Lord Mullions in Konflikt zu geraten; denn in der Tat folgte eine weitere Gruppe der von Miss Kinder-Scout dicht auf den Fersen. Im Gegensatz zu vielen modernen Geschäften und Büros gab es im Schloß nämlich keine feste Mittagspause. Honeybath war inzwischen beträchtlich verstört. Er hatte das vielleicht abwegige Gefühl, sich allein schon durch den Besitz von Cyprians Decke und seiner abgelegten Kleidungsstücke sofort verdächtig zu machen und sich der Lächerlichkeit preiszugeben. Zudem verbesserte es seine vermeintliche Lage keineswegs, daß er sich absurderweise nicht einmal darüber im klaren war, auf welches Schlupfloch er lossteuerte. Das Schloß war nun auf beängstigende Art sämtlicher Wyndowes beraubt. Er hatte keine Ahnung, in welcher Richtung die Nischen lagen, in denen sich Familie und Bedienstete jeweils verborgen hielten. Er befand sich in einer alptraumhaften Welt, die angefüllt war mit vielsprachigen Personen. Sie wurden von einem halben Dutzend Damen durch das Schloßgebäude gelotst, deren Aufgabe zum Teil darin bestand, wachsamen Auges nach Sonderlingen und Verdächtigen Ausschau zu halten.

Diese zermürbende Phase seines Daseins endete jedoch unvermutet, nachdem er verzweifelt um eine weitere Ecke gebogen war und sich in vorübergehender Einsamkeit vor der Tür zur Bibliothek befand. Er hielt inne, um sich zu sammeln und zu Atem zu kommen. Während er noch damit befaßt war, öffnete sich die Tür zur Bibliothek, und Dr. Atlay stand im Türrahmen. Das Auftauchen eines bekannten Menschen, der noch dazu buchstäblich zum Haushalt zählte, hätte auf Honeybath eine uneingeschränkt beruhigende Wirkung haben sollen. Das war jedoch keineswegs der Fall. Der Pfarrer befand sich in einem Zustand sichtlicher Aufregung, so als hätte er sich unmittelbar bei Honeybath infiziert. Er war weiß wie ein Laken – wie ein Laken aus der Zeit, als Bettwäsche noch nicht von der Unsitte befallen war, zarte Pastellfarben anzunehmen –, und er starrte Honeybath in einer Weise an, als habe ihn dieser bei der Ausführung eines greulichen Verbrechens ertappt.

Genau an dem Punkt geschah etwas ganz Absonderliches. Honeybath' Gedanken – stets zu Höhenflügen bereit, die in Schlußfolgerungen endeten, welche sich je nach Lage der Dinge als Erleuchtung oder absoluter Fehlschlag erwiesen – machten sogleich einen Sprung zu jenen merkwürdigen Ereignissen in der Bibliothek am Abend zuvor. Er sah vor seinem geistigen Auge wieder die kleine Gruppe vor der Vitrine stehen, in der die drei Hilliard-Miniaturen ruhten – oder besser gesagt, die beiden echten Hilliard-Miniaturen und die gefälschte. Es war ihm sonderbar vorgekommen, daß Atlay, der sich in derartigen Dingen allem Anschein nach gut auskannte, die Tatsache entgangen sein sollte, daß sich ein junger Mann sozusagen in einen ganz anderen jungen Mann verwandelt hatte. Konnte es nicht sein – dieser Verdacht war ihm bereits früher gekommen –, daß Atlay selbst für den betrügerischen Austausch verantwortlich war? Und war es nicht ebenso denkbar, daß er den Mann jetzt um ein Haar bei der Wiederholung einer solch ruchlosen Tat ertappt hatte? Während er sich noch mit dieser schockierenden Frage beschäftigte, schaltete sich Honeybath' gut entwickeltes Vorstellungsvermögen mit jener Art kleiner Rückblende in Zeitlupe ein, die bei Fernsehaufzeichnungen sportlicher Ereignisse so überaus beliebt ist. Der Spieler gibt den Ball noch einmal ab, und man kann ganz für sich allein entscheiden, ob die fatale Geste des Schiedsrichters, die den Verweis von der Aufstellungslinie andeutete, gerechtfertigt war oder nicht. Atlay – das »sah« Honeybath nun – hatte in dem Moment, in dem er sich beobachtet fand, hastig etwas in eine Tasche seines dekorativen geistlichen Gewandes versenkt.

Doch jetzt hatte sich der Unglückselige unter Kontrolle. Er kam auf Honeybath zu und schüttelte ihm die Hand – so als wären sie beide Franzosen oder Deutsche, die sich dieses Brauchs bei jeder möglichen Gelegenheit befleißigten.

»Guten Morgen«, sagte Honeybath. »Sie scheinen etwas durcheinander zu sein.«

»Durcheinander? Keineswegs. Oder vielmehr doch.« Nach dieser überraschenden zweiten Bemerkung schwieg Dr. Atlay einen Moment. »Was man so hört, ist wohl geeignet, einen aus der Fassung zu bringen. Man hat nach Dr. Hinkstone gesandt. Unglücklicherweise stellte sich heraus, daß er gerade Hausbesuche machte. Aber er wird jetzt jeden Augenblick zurückerwartet. Inzwischen müssen wir eben das Beste hoffen.«

»Was man so hört? Mir ist nichts zu Ohren gekommen. Ist jemand erkrankt?«

»Ach so. Nun, es ist erst eine Stunde her, daß Mrs. Trumper Lady Mullion hier unten angerufen hat. Mrs. Trumper hatte den Eindruck, man könne Camilla Wyndowe nicht allein lassen. Gott sei Dank hat sie eine Ausbildung als Krankenschwester und wird vermutlich wissen, was in der Zwischenzeit zu tun ist. Es handelt sich anscheinend um eine Art Anfall.«

»Es tut mir sehr leid, das zu hören.« Für den Augenblick vergaß Honeybath den Verdacht, den er Dr. Atlay gegenüber hegte. »Wann ist das passiert?«

»Vermutlich in der Nacht; aber Einzelheiten sind mir nicht bekannt. Ich hörte, wie Patty sagte, ihre Großtante habe wieder ihren Wandertrieb gehabt. Das muß ihre Kräfte über Gebühr beansprucht haben.«

»Ach ja.« Honeybath betrübte der Gedanke, daß eine entschlossenere Handlungsweise seinerseits eventuell Miss Wyndowes unvernünftige Wanderungen abgekürzt hätte. Er nahm jedoch davon Abstand, diesen Punkt mit dem Pfarrer zu diskutieren. Er glaubte, eine ziemlich genaue Vorstellung von Miss Wyndowes nächtlichen Aktivitäten zu haben – und je weniger darüber geredet wurde, desto besser. Er hatte zudem das deutliche Gefühl, daß Henry der richtige Mann sei, um all die Ungereimtheiten zu klären, die sich ihm aufdrängten. »Sie kennen doch Miss Wyndowe sicher seit vielen Jahren?« sagte er.

»Ja, natürlich. Sie ist jetzt eine alte Dame, und möglicherweise müssen wir mit dem Schlimmsten rechnen.« Dr. Atlay zog diese Erwägung mit dem gewissen routinemäßigen Pathos des Geistlichen in Betracht. »Es ist nicht vorherzusehen, welchen Einfluß ihr Tod auf die Dinge haben wird.«

»Wie bitte?« Honeybath hatte das Empfinden, mit einer sonderbar zusammenhanglosen Bemerkung bedacht worden zu sein.

»Ich bezog das auf diverse Familienangelegenheiten und -interessen.« Dr. Atlay, dessen anfängliche rätselhafte Verstörtheit sich noch nicht ganz gelegt hatte, brachte diese Verallgemeinerung mit deutlicher Verlegenheit hervor. »Camilla Wyndowe war das einzige Kind des verstorbenen Lord Sylvanus Wyndowe, seinerseits einer der beiden Sprößlinge von Henrys Großvater, dem zwölften Grafen. Camilla wird daher über gewisse Vermögenswerte verfügen. Man kann nicht umhin, bei bestimmten Gelegenheiten an solche Dinge zu denken – obwohl man das sicherlich unterlassen sollte.«

»Das ist richtig.« Honeybath glaubte Dr. Atlay nicht, daß

er tatsächlich an Derartiges gedacht hatte; sein früherer Verdacht keimte wieder auf. Aber konnte man wirklich vernünftigerweise davon ausgehen, daß dieser beinahe ehrwürdige Geistliche in den Häusern der Adeligen und Reichen der Nachbarschaft die Runde machte, um unbeachtete Kleinigkeiten zusammenzustehlen? Der Gedanke als solcher entbehrte nicht eines gewissen Reizes und kam einer leicht anti-kirchlichen Gesinnung Honeybath' sehr entgegen. Bei genauerer Betrachtung mußte man jedoch zugeben, daß die Vorstellung eher peinlich als absurd war – wenn es ihr auch nicht an entsprechender Absurdität mangelte. Sollte Dr. Atlay wirklich dunklen Geschäften nachgehen, dann waren diese sicher geheimnisvollerer Natur und erschöpften sich nicht im Stibitzen von wertvollem Krimskrams. Nachdem er zu diesem nicht eben aufschlußreichen Resultat gelangt war, warf er einen Blick auf die Uhr. »O Schreck!« sagte er. »Können Sie mir vielleicht sagen, wo in aller Welt die Mullions zu finden sind? Ich bin bereits gestern zu spät zum Mittagessen gekommen und darf heute nicht genauso nachlässig sein.«

»Lassen Sie uns zusammen gehen, mein lieber Honeybath; dann werde ich mir erlauben, mich selbst als zusätzlichen Gast an ihrer Tafel einzubringen. Diesen Vorzug genieße ich, solange ich mich mit den ungemein interessanten Wyndoweschen Familienaufzeichnungen befasse.«

## XV

Es erwies sich, daß die Familie dem Schloß gar entflohen war, wie es ihrer Gepflogenheit entsprach, wenn ein Besichtigungstag und schönes Wetter zusammentrafen. Ihr Rückzug vollzog sich jedoch nur bis zu einem kleinen von Mauern begrenzten Garten jenseits des Schloßgrabens, dessen einziger Zugang versperrt werden konnte. In diesem *hortus conclusus*, gänzlich von Rosen überwuchert und dazu angetan, dem Kundigen die Szenerie mittelalterlicher allegorischer Verse zu suggerieren, geschmiedet zu einer Zeit, in der Sir Rufus Windys historischer Einfluß noch in weiter Ferne lag, war ein langer Tisch zu einer einfachen Mahlzeit gedeckt worden.

Die Gesellschaft, verteilt auf Gartenstühle, die in nur mäßig geselliger Form arrangiert worden waren, übertraf zahlenmäßig Honeybath' Erwartungen, was durch den Umstand zu erklären war, daß Sylvanus Wyndowe in Begleitung seiner Frau und seiner drei Töchter vorbeigekommen war, um an dem bescheidenen Mahl teilzunehmen.

Honeybath wurde dem weiblichen Teil des neuen Kontingents vorgestellt. Mrs. Wyndowe und ihre Töchter hatten in etwa die gleiche Statur, glänzten mit ähnlich gesunder Gesichtsfarbe und redeten überdies genauso laut wie Sylvanus selbst. Es erschien Honeybath als glücklicher Umstand, daß die Gesellschaft im Freien stattfand, denn der Radau wäre in einem geschlossenen Raum alles andere als erfreulich gewesen. Nachdem die Gruppe ziemlich aufgesplittert war und ein Großteil der Gespräche über entsprechende Entfernung geführt wurde, war selbst hier die Atmosphäre durch etliche Dezibel überlastet. Die Gesamtwirkung wurde noch unterstrichen durch die Tatsache, daß sämtliche Wyndowes sich dabei den Anschein gaben, als seien sie infolge der plötzlichen Erkrankung ihrer Großtante in geziemender Weise zurückhaltend. Was sie jedoch völlig vermissen ließen, war irgendeine Andeutung des Bewußtseins, unter Beobachtung zu stehen, obgleich dies sehr wohl der Fall war; von den obersten Schloßfenstern aus starrten die wandernden Horden nämlich in gewissen zeitlichen Abständen auf sie herunter. Honeybath stellte sich sogar die Frage, ob es sich hierbei um ein gänzlich unbeabsichtigtes Geschehen handelte oder ob die Reichen bei ihrem anspruchslosen Mahle möglicherweise zum Programm gehörten.

Ihm ging ferner durch den Kopf, daß er von einer definitiv matriarchalischen Gesellschaft umgeben war. Lady Mullion hatte ihre Familie wesentlich besser im Griff als ihr Mann, und man hatte das Gefühl, Patty könne bei Bedarf diese Rolle ohne weiteres übernehmen. Wenn zum Beispiel Cyprian, dem die Vorstellung zusagte, bei seinen Untergebenen die Puppen tanzen zu lassen, einmal selbst nach der Familienpfeife tanzen sollte, mußte das seine Mutter bewerkstelligen, die dabei von Pattys Unnachgiebigkeit und Boosies packendem Zugriff unterstützt wurde. Bei Sylvanus' Familie gab es

Anzeichen für ähnliche Verhaltensweisen. In fremden Gefilden mochte Sylvanus zweifellos ein Satyr sein, im heimischen Kreise dagegen machte er (selbst dann, wenn er am lautesten war) einen wesentlich gedämpfteren Eindruck. Zudem schien ihm weit mehr an einem Gespräch mit Cyprian gelegen zu sein als Cyprian an einer Unterhaltung mit ihm. Sylvanus hatte Honeybath bereits das Empfinden vermittelt, unter monströser Weiberherrschaft zu leben, und es sah ganz danach aus, als sei das Wort »Herrschaft« in diesem Zusammenhang in dem von John Knox sehr eng definierten Sinn anzuwenden. Honeybath befaßte sich im Geiste noch mit dieser zweifelsohne bedauernswerten Sachlage, als er bemerkte, daß sich Boosie Wyndowe mit einem großen Teller voll belegter Brote an seiner Seite niedergelassen hatte.

»Patty behauptet«, meinte Boosie, »daß Sie mit ihr zu nächtlicher Stunde ein langes vertrauensvolles Gespräch geführt haben. Stimmt das?«

»Ja, sicher.«

»Na, sie verschwendet zumindest keine Zeit. Kann ich für heute nacht einen Termin haben? Ich hätte gern eine Menge über Künstler und sonstige Leute dieses Schlages gehört.«

»Ich werde eine wahre Fundgrube für Sie sein, Boosie. Aber deswegen müssen wir beide nicht auf unseren Schlaf verzichten. Im übrigen müßten Sie doch erfahren haben, daß Patty und ich aufgrund der unglückseligen Nachtwanderungen Ihrer Großtante ins Gespräch gekommen sind.«

»Ich verstehe nicht, weshalb Mrs. Trumper die gute alte Seele nachts nicht einschließt. Das wäre die einfachste Lösung.«

»Das glaube ich kaum. Miss Wyndowe scheint mir in mancher Beziehung eine sehr eigenwillige Frau zu sein.«

»Das schließt nicht aus, daß sie ein komischer Vogel ist. Und das ist sie anscheinend schon lange vor meiner Geburt gewesen.« Nach Boosies Ton zu urteilen, mußte das schon eine ganze Weile her sein. »Wenn es um Großtante Camilla geht, sind alle sehr zugeknöpft. Patty und ich sind der Meinung, daß eine geheimnisvolle Schuld auf ihr lastet. Nach meiner Vorstellung war sie in eine Scheidungsaffäre verwikkelt, zu einer Zeit, als Scheidungen noch anrüchig waren.«

»Das ist meines Erachtens ziemlich unwahrscheinlich, Boosie. Unverheiratete Damen waren nur äußerst selten in Scheidungsaffären verwickelt. Jedenfalls, soweit mir bekannt ist.«

»Dann hatte sie eventuell nur eine unerlaubte Beziehung zu jemandem. Vermutlich zu Dr. Atlay.«

»Mein liebes Kind!«

»Na ja, sie waren schon von jeher unzertrennlich, die beiden. Und sie müssen ungefähr gleich alt sein. Dr. Atlay hat sich lange Zeit eifrig um Großtante Camilla bemüht, sozusagen. Achten Sie doch mal darauf, wie verstört er jetzt herumläuft. Bestimmt deshalb, weil das alte Mädchen so plötzlich erkrankt ist. Ich schätze, sie hatten ein Verhältnis. Sie saßen zusammen in einer Laube und blätterten in einem frommen Buch, wie die Leute bei Dante, und plötzlich überkam es sie. Und für Dr. Atlay als Pfarrer war das eine sehr heikle Angelegenheit. Pfarrer sind was Besonderes; Unkeuschheit und Fleischeslust sind für sie absolut tabu. Aus diesem Grunde hatte Großtante Camilla besonders schwere Gewissensbisse. Sie wurde verrückt vor Reumütigkeit.«

Es war unmöglich zu erkennen, ob Lady Lucy Wyndowe diese abstrusen Vermutungen allen Ernstes zur Debatte stellte oder ob sie einer bestimmten Art von Humor frönen wollte, wie sie ihrer Ansicht nach unter Erwachsenen zum guten Ton gehörte. Grundsätzlich war jedoch die Unterstellung, Miss Wyndowes Vergangenheit berge ein Geheimnis, durchaus überzeugend. Selbst die vernünftige Lady Mullion hatte einer ähnlichen Vermutung Ausdruck gegeben. Was Honeybath anbetraf, so hatte er sich zu einer Theorie durchgerungen, die Boosies Phantastereien nicht völlig abwegig erscheinen ließ. Es wäre ihm allerdings niemals eingefallen, Dr. Atlay ins Spiel zu bringen, und er überlegte gerade, ob er möglicherweise ins Konzept paßte, als die Luncheon-Party kurzfristig unterbrochen wurde. Savine hatte den Garten betreten. Durch die seiner Stellung angemessene dunkle Kleidung, die mit der sommerlichen und daher farbenfrohen der Herrschaften kontrastierte, ergab sich ein ähnlicher Effekt wie bei der Ankunft des ominösen Kuriers Monsieur Mercadé auf der unbeschwerten *fête champêtre* am Schluß von

»Love's Labour's Lost«. Savine trat auf Lady Mullion zu (die dadurch zur Prinzessin von Frankreich wurde) und flüsterte ihr diskret etwas ins Ohr. Lady Mullion erhob sich unverzüglich und begleitete ihn wortlos aus dem Garten. Die ganze Gesellschaft verfiel einen Augenblick lang in Schweigen. Es handelte sich – wie jeder wußte – um Dr. Hinkstones Ankunft im Schloß. Sogar Sylvanus Wyndowe hielt sich für einen kurzen Moment zurück. Doch nachdem ein derartiges Verhalten über einen längeren Zeitraum wider seine Natur ging, beglückte er die Runde alsbald mit einem bombastischen Ausruf.

»Der alte Knochenbrecher, wie?« dröhnte er mit dickensscher Vehemenz. »Gerade noch zur rechten Zeit, vermutlich. Packt das alte Mädchen beim Schopf und reißt es noch mal vom Rand des Grabes zurück, wie ich die Sache sehe. Höllisch geschickt, dieser Hinkstone. Wenn ich weiß, daß er mit im Revier ist, springe ich mit viel mehr Selbstvertrauen über alle Hindernisse.«

Diesen Worten war zu entnehmen, daß der Familiendoktor (trotz seines offenbar fortgeschrittenen Alters) ein passionierter Anhänger der Fuchsjagd war. Cyprian schien an den Bemerkungen seines Onkels Gefallen zu finden, während sein Vater augenscheinlich bemüht war, einer eventuellen ungehörigen Entgegnung vorzubeugen, indem er mit einem Aufmerksamkeit heischenden Blick in die Runde abrupt das Thema wechselte.

»Interessanter Vormittag«, sagte Lord Mullion. »Der junge Gore wollte mich sprechen. Trat dem guten alten Savine auf den Schlips, als er sich ihm gegenüber mit der Meinung durchsetzte, ein Recht darauf zu haben. Das hatte er selbstverständlich auch. Sagte, er wolle sich verbessern.«

»Hat er sich so ausgedrückt, Papa?« fragte Patty.

»Vielleicht nicht wörtlich. Ein sehr wortgewandter junger Mann, wie ich feststellen konnte. Sieht so aus, als habe er in der Schule mehr gelernt, als all die Zeugnisse vermuten lassen, auf die jeder so erpicht ist. Hat als Prings Gehilfe in der Gärtnerei gearbeitet – einfach deshalb, weil es für ihn das Richtige zu sein schien, in die Fußstapfen seines Vaters Ammon Gore zu treten. Möchte nun auf irgendein College gehen, so wie es aussieht, und hielt es für angebracht, mich um Rat zu fragen.«

»Und was hast du ihm geantwortet, Papa?«

»Ich sagte, ich würde ihn auf jeden Fall unterstützen. Lobenswerter Ehrgeiz – findest du nicht, Patty? Ich habe ihm sogar zugesichert, die Kosten zu übernehmen. Das hat ihn anscheinend ein wenig verblüfft.«

»Was auch nicht verwunderlich ist.« Pattys Stimme verriet ihre Bemühung um einen sarkastischen Tonfall, doch Honeybath hatte den Eindruck, daß ihre Gesichtsfarbe sie preisgab. Zumindest hatte der junge Swithin nicht förmlich um Lady Patiences Hand angehalten (wie Honeybath befürchtet hatte, als er zum erstenmal von diesem Gespräch Kenntnis erhielt). Er war jedoch hinsichtlich der Beziehung (oder vielmehr der Abwesenheit einer Beziehung) zwischen den beiden jungen Leuten alles andere als beruhigt. Er fragte sich, zu welchen weiteren Äußerungen Patty sich hinreißen lassen würde, wenn Sylvanus sich in seiner gewohnten ohrenbetäubenden Weise in das Gespräch einschalten sollte.

»Ich kenne diesen aufdringlichen Jungen nicht«, tönte er, »aber ich erinnere mich an seinen Vater – und sogar noch an seinen Großvater. Ich glaube, er hieß Abel. Häßliche Typen, diese beiden, aber sehr tüchtige Arbeitskräfte.«

»Ich finde, du hast dich großartig verhalten, Papa.« Boosie verkündete dies mit solcher Herzlichkeit, daß Honeybath beinahe vermutete, sie sei in das Geheimnis ihrer Schwester eingeweiht (vorausgesetzt, Patty hatte ein Geheimnis, so wie ihre Großtante). Ihre Offenheit erklärte sich allerdings unmittelbar danach aus Boosies politischer Überzeugung heraus, die im Augenblick auf dem Gleichheitsprinzip beruhte. In jeder anständigen Gesellschaftsform, so führte sie anschließend weiter aus, würden sämtliche Gärtnerjungen das College besuchen und in logischer Konsequenz als Premierminister oder (allermindestens) ehrenwerte Mitglieder der Royal Society ihre Laufbahn beschließen. Lord Mullion, der ganz offenkundig die Weisheit seiner beiden Töchter überaus schätzte, war sogleich bereit, diesem Gedankengang zuzustimmen, und es blieb Cyprian überlassen, mit einem Kommentar leicht satirischer Art aufzuwarten. Er kannte Swithin

Gore und fühlte sich bemüßigt, ihn als größenwahnsinnig zu bezeichnen. Trotz allem, so fügte er hinzu, habe der Bursche auf seine Art ganz vernünftige Eingebungen. Erst am Tag zuvor habe er Cyprians Tennissachen vor dem Regen in Sicherheit gebracht und sie anschließend in geziemender Weise am Hintereingang des Schlosses abgeliefert.

In der Runde machten sich nun Anzeichen des Aufbruchs bemerkbar – hauptsächlich dadurch bedingt, daß Sylvanus Wyndowe den Wein ausgetrunken hatte, der zur Mahlzeit gereicht worden war. Möglicherweise hatten auch alle das Empfinden, es sei an der Zeit, ein gebührendes Interesse an Dr. Hinkstones Diagnose in bezug auf ihr erkranktes Familienmitglied zu bekunden. Honeybath empfand allerdings etwas anderes als äußerst dringlich. Es war höchste Zeit, Henry in einer damit zusammenhängenden Angelegenheit Rede und Antwort zu stehen. Im Hinblick auf diesen Vorsatz gelang es ihm, seinen alten Schulkameraden in der Abgeschiedenheit des Rosengartens zurückzuhalten, die ihm sehr zustatten kam.

»Henry«, sagte er in entschiedenem Ton, »Sie erinnern sich, daß ich Ihnen gegenüber die beiden Aquarelle erwähnt habe?«

»Aquarelle, mein Lieber?« Man hatte fast den Eindruck, als versuche Lord Mullion, der unschuldigste aller Männer, ein hinterlistiges Ausweichmanöver.

»Ja, Aquarelle. Es ist etwas ungewöhnlich Merkwürdiges mit ihnen passiert. Die italienischen Szenen sind verschwunden, nachdem wir sie uns alle gemeinsam angesehen haben. Statt dessen sind an ihrer Stelle zwei französische aufgetaucht.«

»Du lieber Himmel!«

»Ihr lieber Himmel kann mir gestohlen bleiben«, sagte Honeybath – beinahe wie damals, als er den jungen Henry Wyndowe in seine allmächtige Präfekten-Gegenwart gerufen hatte. »Haben Sie das veranlaßt?«

»Keineswegs.« Lord Mullions Tonfall dagegen war gekennzeichnet von jenem gewissen Zutrauen, das eine – wenn auch unsichere – Vorzugsstellung mit sich bringt, nämlich die des persönlichen Leibeigenen seines älteren Schulkameraden, dessen Wort man Glauben schenkte. »Ich hätte auch keinen Grund dazu gehabt.«

»Aber jemand anderes könnte der Ansicht gewesen sein, einen Grund zu haben?«

»Ja. Wahrscheinlich. Setzen wir uns doch.«

Die beiden Herren ließen sich inmitten von Rosen nieder. Honeybath hatte dabei zumindest einen Augenblick lang ein ungutes Gefühl; es war denkbar, daß er sich auf abenteuerliche und vielleicht sogar unverfrorene Weise in eine prekäre Lage manövrierte.

»Ich hätte wohl den Mund halten sollen«, meinte er. »Aber ich habe eine der Führerinnen, eine Miss Kinder-Scout, auf die Sache hingewiesen.«

»Ah!« Lord Mullion schien erleichtert zu sein. »Nun, Bella Kinder-Scout ist in Ordnung. Ein gutes Kind, sozusagen.« Nachdem dieser Witz seine Wirkung verfehlte, fügte er hinzu: »Wissen Sie, ich kann Ihnen das nicht alles erzählen.«

»Mein lieber Henry, dazu besteht nicht der geringste Anlaß.«

»Nein, nein – so war das nicht gemeint. Sehen Sie, ich kenne mich selbst nicht richtig aus. Und mir ist nicht bekannt, was mein Vater darüber wußte. In bezug auf Familienangelegenheiten war er immer äußerst reserviert. Skandale waren ihm verhaßt, und mir geht es ähnlich.«

»Camilla ist natürlich in Italien gewesen, oder?«

»Aber ja, natürlich. Ist doch sonnenklar, hm? Ist dort ganz schön auf den Bauch gefallen. Brachte sie gleich zum Überschnappen.«

»Meinen Sie, sie ist verführt worden – etwas in dieser Richtung?«

»Wenn Sie mich fragen, kann es gar nichts anderes gewesen sein. Noch dazu von einem völlig indiskutablen Kerl. Keine Ahnung, wer es war. Aber wissen Sie was? Ich habe mir dabei immer einen hübschen Bauernjungen vorgestellt und ein stilles Fleckchen in einem Weingarten. Ein urplötzlich über beide hereinbrechendes Gefühl, das auch bei nüchterner Betrachtung nichts Abstoßendes an sich hat. Ja, ich habe es mir in Gedanken wie ein Naturereignis ausgemalt. Aber ohne Zukunft. Die Enkelin eines Grafen kann doch keinen *contadino* heiraten – selbst wenn er wie Phöbus Apollon aussieht.«

»Aber das alles sind nur Mutmaßungen?«

»Ja.«

»Henry, Ihre romantischen Anwandlungen führen Sie vielleicht in eine ganz falsche Richtung. Außerdem will mir nicht in den Kopf, weshalb ein solches Mißgeschick eine Frau – noch dazu eine junge, die sie ja damals war – um den Verstand gebracht haben soll.«

»Daran besteht kein Zweifel. Sie ist verrückt.« Lord Mullion verstummte nach dieser inkonsequenten Entgegnung. »Vorausgesetzt, daß sie noch lebt.«

»Ich nehme an, daß Mary die Geschichte nicht kennt?«

»Stimmt. Ich halte es zwar nicht für ganz richtig; aber ich glaube, sie hat das Empfinden, daß ich nicht erpicht darauf bin, so alte Familiengeschichten wieder auszugraben. Es wurde nämlich alles gleich vertuscht, müssen Sie wissen. Und ich glaube kaum, daß mein Vater noch irgend jemand außer mir davon erzählt hat. Es weiß also niemand etwas darüber. Oh, ausgenommen Martin Atlay vielleicht! Erinnern Sie sich noch an meinen Witz über die vergrabenen Skelette, den ich in der Bibliothek gemacht habe? Martin ist Experte im Ausgraben von Dingen.«

»Es ist wohl einigermaßen klar, daß Camilla trotz ihrer Geistesverwirrung in dieser Sache voll durchblickt und alles daransetzt, daß nie jemand etwas davon erfährt. Es muß ein Schock für sie gewesen sein, als sie gestern abend feststellte, daß zwei ihrer italienischen Skizzen die Schloßwände zierten. Vermutlich war sie der Ansicht, sämtliche Spuren verwischt zu haben, indem sie alle ihre Werke aus jener Zeit vernichtete. Sie sehen ja selbst, was danach geschah. Ob nun schlafwandlerisch oder nicht, jedenfalls befaßte sie sich zu mitternächtlicher Stunde mit dem Problem – überflüssigerweise, wie Sie sagen –, und nun hat es den Anschein, als sei die Anstrengung zuviel für sie gewesen.«

»Ganz recht, Charles. Aber zumindest wird sie ihr Geheimnis mit ins Grab nehmen. Niemand außer Ihnen und mir wird sich je wieder mit den Aquarellen beschäftigen. Genauer gesagt, außer Ihnen und mir und Bella Kinder-Scout. Doch mit ihr kann ich sprechen. Bella ist eine treue Seele, wie ich schon erwähnte.«

»Ja, gewiß.« Honeybath hätte zu gern gewußt, ob diese leidlich beruhigende Betrachtungsweise in der Tat Henrys Gesinnung widerspiegelte und ob seine Bedenkenlosigkeit in bezug auf die fragwürdige und unbefriedigende Verschleierung der früheren Lebensumstände von Miss Wyndowe, die offenbar mit Rücksicht auf das Ansehen der Familie weiterhin im dunkeln bleiben sollten, nur gespielt war.

In der Zwischenzeit hatte Mary sicherlich ihren Mann auch von Honeybath' verblüffender Entdeckung im Zusammenhang mit den Hilliards in Kenntnis gesetzt. Das Rätsel um die Aquarelle war höchstwahrscheinlich gelöst, die andere Sache blieb jedoch nach wie vor rätselhaft – ebenso rätselhaft wie die unlängst beobachtete Verstörtheit des ehrwürdigen Dr. Martin Atlay. Vergeblich redete sich Honeybath an diesem Punkt ein, daß ihn all diese Geschichten (genau wie die Sache mit den Aquarellen) nichts angingen. Seine Wißbegierde war wachgerufen worden und würde ihn aller Voraussicht nach nicht ruhen lassen.

## XVI

Wie sich herausstellte, war Dr. Hinkstone der Meinung, daß der Zustand seiner Patientin sich entweder bessern oder verschlechtern oder auch unverändert bleiben könne. Da diese Einschätzung der Lage mit unerschütterlichem Selbstvertrauen erfolgte (was nur recht und billig war), nahm sie die Familie als diagnostische Großtat zur Kenntnis, und jeder harrte gelassen der Dinge, die da kommen sollten. Selbst Patty, die bei ihrem nächtlichen Gespräch Honeybath gegenüber noch Bedenken hinsichtlich der Qualifikation des Arztes geäußert hatte, schien zufrieden zu sein. Wenigstens konnte Dr. Hinkstone nicht der Vorwurf gemacht werden, er habe nicht genügend Erfahrung auf dem Gebiet der klinischen Medizin; er schien nämlich beinahe so alt zu sein wie seine Patientin und wie deren geistiger Beistand Dr. Atlay. In dieser Gegend, so dachte Honeybath, gaben die Leute wirklich nicht so leicht auf. Vielleicht war Miss Wyndowe auf dem besten Wege, diese Tatsache unter Beweis zu stellen.

Da Großtante Camilla als zu krank befunden wurde, um ins Krankenhaus transportiert zu werden, wo sie sämtliche Wohltaten der medizinischen Wissenschaft hätte über sich ergehen lassen können, mußte man ihr einen Teil dieser Wohltaten im Schloß angedeihen lassen. Einige Krankenschwestern trafen ein, gefolgt von einer Menge Gerät wie Sauerstoffflaschen und ähnlichem, das sehr beruhigend wirkte, soweit man dafür empfänglich war. Mrs. Trumper blieb Honeybath' Augen weiterhin verborgen, doch ihr Zustand – oder besser gesagt, ihr subjektives Befinden – in Anbetracht dieser völlig veränderten Lage gab Anlaß zu gewisser Besorgnis. Das gleiche galt auch für Mullion Castle als Ausstellungsobjekt, das zweimal pro Woche von Besuchern überrannt wurde. Es war eine Erleichterung, als die letzten der Mittwochstouristen endlich unter dem Fallgitter hindurch in Richtung Ausgang schritten; doch sogleich zeichnete sich bereits drohend das Problem des kommenden Samstags ab. War es möglich, das Schloß einfach für geschlossen zu erklären? Es wurde hin und her telefoniert und dabei festgestellt, daß Schwierigkeiten auftauchten. Ganze Busladungen von Touristen waren angesagt; vertragliche Verpflichtungen waren zu erfüllen; man mußte auch darauf Rücksicht nehmen, daß bestimmte Formen des Anstands gewahrt blieben. In einer solchen Situation konnte zwar davon ausgegangen werden, daß das Haus eines Engländers sein Schloß war; es hatte allerdings nicht den Anschein, als sei das Schloß eines Engländers im Zweifelsfalle auch immer sein Haus. Lord Mullion war äußerst erregt wegen der ganzen Sache, und er mußte schließlich überzeugt werden, daß es nicht anstößig war, den Samstag in gewohnter Weise verlaufen zu lassen.

Donnerstag und Freitag brachten keine Veränderung. Was Honeybath' berufliche Verpflichtungen anging, so befanden sie sich ganz offensichtlich in der Schwebe – ein Zustand, mit dem er völlig einverstanden war. Man konnte nicht gut das Porträt einer Dame in Angriff nehmen, wenn in demselben Haushalt eine andere Dame unter Umständen bald in Gefilde hinüberwechseln würde, in denen Porträts unbekannt waren.

Lady Mullion hatte die Sache sowieso vergessen; Honeybath sprach nur mit Patty darüber. Und Patty bekam er ohnedies kaum zu Gesicht. Honeybath wollte nicht nachforschen, ob sie wohl viel Zeit im Krankenzimmer verbrachte oder ob sie von anderen dringlichen Geschäften beansprucht wurde. Er vermutete, daß die zweite Annahme den Tatsachen entsprach, und somit wurde sein Augenmerk – auf ganz natürliche Weise – in Swithin Gores Richtung gelenkt. Er hatte das Gefühl, daß er sich mit Swithin ganz gern noch einmal unterhalten würde. Ihm war klar, daß bei ihm als Außenstehenden ganz gewöhnliche Neugier dahintersteckte, weshalb er sich ins Gedächtnis rief, daß er diesem bescheidenen jungen Gefolgsmann der Mullions noch Abbitte schuldete wegen des unglückseligen Mißverständnisses, dem er während der Episode in der Scheune verfallen war. Mit dem diesbezüglichen festen Vorsatz brach er am späten Freitagnachmittag zu einem kleinen Spaziergang durch Park und Gärten auf. Es war bereits zu spät, um Mr. Prings Assistenten noch bei der Arbeit anzutreffen. Und als Honeybath sich am Ortsrand von Mullion befand, kam ihm zu Bewußtsein, daß er sich dieser unbedeutenden Verpflichtung mit rühmenswerter Feinfühligkeit entledigte. Es wäre ziemlich unpassend gewesen, Swithin beim Hacken und Graben und Mistschaufeln zu unterbrechen. Der Anstand erforderte, den jungen Mann nach der Arbeitszeit in dessen Wohnung aufzusuchen und dadurch der Angelegenheit einen etwas formelleren Charakter zu verleihen.

Nach dieser beklagenswert fadenscheinigen Selbstrechtfertigung begann Honeybath, sich durchzufragen. Zwei Ortsansässige, die er auf der Dorfstraße ansprach, erklärten, den Namen Swithin Gore noch nie gehört zu haben, doch es war offenkundig, daß die negative Auskunft von der Überzeugung herrührte, Fremden müsse unter allen Umständen von vornherein ein Strich durch die Rechnung gemacht werden, sollten sie den Versuch wagen, sich mit innerörtlichen Belangen zu befassen. Eine alte Frau, die strümpfestrickend vor ihrer Haustür saß (und damit den erbaulichen Beweis dafür erbrachte, daß der Typ des fleißigen Armen noch existierte), erwies sich als gesprächiger. Ja, der junge Swithin Gore, der schon früh zur Waise wurde, der arme Kerl, der wohne bei dem alten Charlie Dew (nicht zu verwechseln mit den zwei anderen Dews, die beide nicht mit ihm verwandt waren, obwohl sie zufällig ebenfalls den Namen Charlie trugen), und zwar in dem Anwesen neben der alten Schmiede. Honeybath fand die alte Schmiede. Das angrenzende Anwesen schien allerdings aus zwei Katen zu bestehen, zumindest auf eine gewisse halbherzige Art und Weise. Zunächst einmal waren sie sich vom Konzept her in die Quere geraten und hatten wohl später die Neigung entwickelt, sich sozusagen ineinanderzuschieben. Als Honeybath sie betrachtete, bemächtigten sich seiner leise Zweifel, die mit einem Gefühl der Peinlichkeit gepaart waren. Er hegte die vage Vorstellung des Städters, die landwirtschaftliche Bevölkerung lebe heutzutage in einigermaßen anständigen modernen Wohnungen mit sämtlichem dazugehörenden Komfort. Die Szenerie vor ihm hätte jedoch seiner Meinung nach von dem Poeten Crabbe zeichnerisch in einer seiner düsteren Darstellungen erfaßt worden sein können (in »Trunkenheit« vielleicht), die er gegen Ende des 18. Jahrhunderts geschaffen hatte. Honeybath stellte sich die Frage, ob Henry überhaupt Besitzer einer solchen heruntergekommenen Behausung sein konnte. Möglicherweise hatte Charlie Dew (dieser Charlie Dew hier) einen jener sonderbaren Pachtverträge, die in den Romanen von Thomas Hardy beschrieben werden, und war zeit seines Lebens in der Lage, sich sowohl gegen Renovierung als auch gegen Abriß zu verwahren. Honeybath überlegte, ob Boosie (die erklärt hatte, mit Swithin wie verrückt geflirtet zu haben) das hier wohl als passendes Domizil für einen zukünftigen Premierminister beziehungsweise ein Mitglied der Royal Society empfinden mochte. Doch allem Anschein nach hatte Boosie keine Ahnung, wo und in welchen Verhältnissen Swithin lebte – ganz im Gegensatz zu Patty.

An diesem Punkt hätte sich Honeybath vielleicht sagen sollen, daß ihn sein Feingefühl in die Irre geleitet hatte, und er hätte sich zurückziehen sollen. Ihm dämmerte (was dem Umstand zugute zu halten war, daß sein Gehirn in solchen Situationen zufriedenstellend arbeitete), daß Swithin Gore, der ehrgeizige junge Mann, sogar in noch bescheideneren Verhältnissen lebte, als es die Sachlage erforderte, weil ihm daran lag, sein Geld im Hinblick auf seine Zukunftspläne zusammenzuhalten. Er würde sich vermutlich nicht darum reißen, in dieser Behausung von einem buchstäblich Fremden, der den wohlhabenderen Schichten zuzuordnen war, auf den Boden der Tatsachen zurückgebracht zu werden. Doch dann überlegte Honeybath, daß er damit jener gewissen Offenheit und Großzügigkeit, die er in dem jungen Mann bemerkt hatte, nicht unbedingt Rechnung trug und überdies seinerseits eine verlogene und himmelschreiend bürgerliche Spießigkeit zeigte. Also entschied er sich für die nach seinem Dafürhalten weniger heruntergewirtschaftete der miteinander verbundenen Behausungen und klopfte an die Tür.

Nichts rührte sich. Er klopfte erneut, mit dem gleichen Ergebnis. Daraufhin stieß er – diesmal wirklich ohne jegliche Entschuldigung für sein Verhalten – die Tür auf und spähte in das Innere der Kate. Dort drinnen war es ziemlich düster, so daß die erste Rückmeldung nicht durch seine Augen, sondern durch seine Nase erfolgte. Der winzige Raum, den er vor sich hatte, war stickig und muffig. Er war stickig, weil darin lange Zeit kein Fenster geöffnet worden war (und womöglich bei einem entsprechenden Versuch auch gar nicht geöffnet werden konnte) und weil die Tür ständig geschlossen gehalten wurde; und muffig roch es (vermutlich) wegen des alten Mannes, der zusammengesunken an einem schwachen Feuer saß und an einer Gabel eine Scheibe Schinken röstete. Der Gestank war ungefähr zu gleichen Teilen auf den alten Mann und den Schinken zurückzuführen.

»Guten Abend«, sagte Honeybath. »Darf ich hereinkommen?«

»Häh.«

Es war nicht genau festzustellen, ob dieser Laut zustimmende oder ablehnende Bedeutung hatte. Der alte Mann – anscheinend der einzig wahre Charlie Dew – wandte sich um und musterte Honeybath mit kleinen rotgeränderten Augen. Das Zimmer war nicht nur muffig, sondern auch verräuchert. Mr. Dew schien kein besonderes Interesse an Honeybath zu empfinden und gab sich wieder seiner Beschäftigung mit der Scheibe Schinken hin. Honeybath mußte es demnach erneut versuchen. Er schwankte noch zwischen »Könnten Sie mir sagen, ob Mr. Gore zu Hause ist?« und »Ist Swithin da?«. Keine der beiden Formulierungen stellte ihn zufrieden, so daß er von Glück sagen konnte, daß sich Mr. Dew – völlig unerwartet – für eine Fortsetzung der Unterhaltung entschied.

»Suchen Se nach dem Jungen?« fragte er.

»Ja, das tue ich, Mr. Dew. Man sagte mir, daß er hier wohnt. Mein Name ist Honeybath.«

Mr. Dew hob den brutzelnden Schinken hoch in die Luft und spuckte an der nun frei gewordenen Stelle ins Feuer. Honeybath überlegte gerade, ob dieses ungehobelte Benehmen dem Zweck dienen sollte, heftiges Mißfallen an seinem Besuch zu bekunden, als ihm klar wurde, daß Mr. Dew lediglich auf die geschwärzte Decke seiner Behausung deutete.

»Swithin is oben auf'm Holzhügel«, sagte er.

Dieser Ausdruck – auf seine Art sehr bemerkenswert – verblüffte Honeybath nur einen Moment lang. Ihm war zu verstehen gegeben worden, daß sich Swithin im Dachgeschoß befand. Er besah sich Mr. Dews Treppe, die genaugenommen nicht als Treppe im herkömmlichen Sinn bezeichnet werden konnte, die aber auch keine richtige Leiter war. Man könnte sagen, sie stellte einen Kompromiß zwischen den beiden genannten Vorrichtungen dar, denn es handelte sich um eine verhältnismäßig kompakte Konstruktion, die allerdings in der Mitte des Zimmers ihren Anfang nahm und ganz einfach in einer rechteckigen Deckenöffnung verschwand.

»Dann werde ich hinaufgehen, wenn Sie gestatten«, meinte Honeybath.

»Häh.«

»Er hat doch nicht etwa Besuch?« Dieser beunruhigende Gedanke hatte sich Honeybath' völlig aus heiterem Himmel bemächtigt.

»Häh.«

»Wie bitte?«

»Hääh.«

Mr. Dews mitteilsame Stimmung war endgültig verflogen. Honeybath nahm daher das Risiko einer eventuell überaus peinlichen Situation in Kauf und stieg hinauf in das Dachgeschoß. Sein Kopf tauchte nicht über einem Geländer oder etwas ähnlichem auf, sondern ganz eindeutig in Swithins Zimmer, einem langgezogenen, schmalen Raum, der sich wohl über die volle Länge beider Katen erstreckte; der Raum hatte drei Dachfenster und ein weiteres in der Giebelwand. Alles zusammen erweckte den angenehmen Eindruck von Weiträumigkeit. Honeybath registrierte dies neben ein oder zwei anderen Dingen, doch was ihn ausgesprochen bekümmerte, war die Entdeckung, daß der Wohnungsinhaber nicht anwesend war. Honeybath stand buchstäblich bereits mitten im Zimmer, als seine Feststellung zur Gewißheit wurde – eine Situation, die ihm zutiefst zuwider war. Er hatte sich zwar im Grunde nichts vorzuwerfen, denn an ein Loch in der Decke kann man schwerlich anklopfen; doch er befand sich hier nun in einer Lage, in der er sich nur blamable Aufdringlichkeit bescheinigen konnte. Bei einem weiteren Rundblick verstärkte sich dieses Empfinden noch, denn es gab im Zimmer vielerlei, das sozusagen auf intime Weise und in beredter Sprache über Swithin Gore Auskunft gab. Den meisten Leuten hätte wohl der Gegenstand, auf den Honeybath sein Hauptaugenmerk richtete, nicht viel zu sagen gehabt. Für Honeybath ließ er jedoch an Deutlichkeit nichts zu wünschen übrig. Auf einem Tischchen am Bett waren – vermutlich in einem Zahnputzglas – einige Stengel Goldlack arrangiert.

»Warten Se ohm«, rief Mr. Dew plötzlich von unten herauf. »Hab' Swithin geseh'n. Kommt grade die Straße runter.«

Honeybath hatte nicht die Absicht, dieser Anweisung zu folgen, und bemühte sich um einen hastigen Rückzug. Aber ein nicht mehr ganz jugendlicher Mann, der in dieser besonderen Disziplin ungeübt ist, hat gewisse Schwierigkeiten, sich rückwärts durch ein Loch im Boden nach unten zu hangeln. Die Folge war, daß Swithin beim Betreten von Mr. Dews Parterrewohnung Honeybath' unterer Körperhälfte gegenüberstand, deren Bewegungen zu einem ertappten Einbrecher auf der Flucht von der Stätte seiner Tat gepaßt hätten.

»'n Alter hier«, sagte Mr. Dew. »Honeytub oder so.«

Diese ausführliche Intervention war Gold wert, denn sie versetzte Swithin sogleich in die Lage, die Situation richtig einzuschätzen.

»Tut mir leid, daß ich nicht zu Hause war«, sagte er. »Gehen Sie doch hinauf, Sir.«

Diese Worte, wenn auch eher höflich als freundlich ausgesprochen, erschienen Honeybath kultiviert und ermutigend. Er stieg hinauf, gefolgt von Swithin, der umgehend eine Art Falltür über die Öffnung senkte (das Loch hätte andernfalls eine erhebliche Gefahr dargestellt) und sich dadurch absoluter Ungestörtheit versicherte.

»Mr. Gore«, sagte Honeybath, »ich bin gekommen, um mich bei Ihnen für eine völlig unpassende Bemerkung zu entschuldigen, die ich neulich Ihnen gegenüber gemacht habe. Ich sagte, ich würde Ihnen in einem bestimmten Punkt keinen Glauben schenken; aber ich war im Irrtum. Ich hoffe, Sie verzeihen mir.«

»Ja, natürlich.« Swithin, der Honeybath' Rede ernsthaft, jedoch ohne Verlegenheit oder Überraschung, gelauscht hatte, entfernte nun von einem der beiden Stühle im Zimmer eine Zeitschrift, in der es anscheinend um Motorräder ging, und bedeutete seinem Gast hiermit, daß er eingeladen war, Platz zu nehmen. »Ich glaube, ich war etwas aufgebracht. Wenn Sie mich fragen, hätte der alte Bock die Prügel kriegen sollen und nicht das Mädel, mit dem er sich dort herumgetrieben hat.« Es war offenkundig, daß Swithin es keineswegs als ungehörig empfand, den Bruder seines Brötchengebers mit derartigen Schimpfwörtern zu schmähen. »Es gibt natürlich viele, die meinen, ein Mädchen sei Freiwild, und man kann auch nicht behaupten, daß das wesensfremd wäre. Wenn es sich allerdings um einen älteren Mann handelt, der noch dazu mit den Vorrechten seines Standes ausgestattet ist und sich aufführt wie ein Ziegenbock, dann finde ich das widerlich.«

»Ganz meiner Meinung.« Honeybath hatte den Eindruck, eine Redeweise vernommen zu haben, die ungeachtet irgendwelcher Zertifikate, die Swithin während seiner Schulzeit erworben haben mochte, von beachtlicher natürlicher Begabung zeugte.

»Nicht, daß man an ihm kein gutes Haar ließe«, fuhr Swithin fort. »Die Arbeitsbedingungen im Witwenhaus sind gut, und Mr. Sylvanus gilt als aufrichtiger Mann, der offen und ehrlich mit einem redet und der auch großzügig ist. In der Beziehung steht er seinem Bruder in nichts nach. Kennen Sie Lord Mullion gut, Sir?«

»Wir waren Schulkameraden. Ich bin hier im Schloß, um Lady Mullion zu porträtieren. Ich bin Porträtmaler von Beruf.«

»Sie sollten statt dessen lieber...« Hier hielt Swithin inne und besann sich eines Besseren. »Sie sollten auch Lady Patience und Lady Lucy malen.«

»Ja, sicher. Noch besser alle drei zusammen in einem sogenannten Genrebild.« Honeybath hätte gern gewußt, wie weit Swithin noch von der Preisgabe seines Geheimnisses entfernt war. »Aber im Augenblick ruht alles im Schloß. Miss Camilla Wyndowe ist ganz plötzlich schwer erkrankt.«

»Ich habe schon...« Wieder brach Swithin unvermittelt ab. Inzwischen konnte sich zwar die Nachricht von Miss Wyndowes ernstem Zustand im ganzen Dorf verbreitet haben, aber er war trotzdem lieber vorsichtig. »Ich hatte die Aufgabe, mich um den Eselskarren der wunderlichen alten Dame zu kümmern«, sagte er. »Aber sie hat nicht oft das Wort an mich gerichtet. Ich bezweifle sogar, daß sie weiß, wessen Enkel ich bin.«

»Tatsächlich?« Diese dürftige rhetorische Frage war alles, wozu sich Honeybath aufraffen konnte; er war nämlich zu der völlig irrationalen Überzeugung gelangt, daß der Augenblick erstaunlicher Enthüllungen in unmittelbare Nähe gerückt sei. Inzwischen brauchte er (genau wie der Leser) nur einen flüchtigen Blick auf Swithin Gore zu werfen, um zu erkennen, daß ihm ein Wyndowe das Leben geschenkt hatte – egal, auf welcher falschen Seite des Lakens. Sicherlich stand Swithin die Familienähnlichkeit nicht buchstäblich im Gesicht geschrieben; er sah zum Beispiel besser aus als alle anderen männlichen Mitglieder der Familie Wyndowe, die Honeybath kannte. Für das wissende Auge war die Ähnlichkeit jedoch unbestreitbar vorhanden – wie es bei Honeybath' erstem sonderbaren Zusammentreffen mit Mr. Prings Gehilfen der Fall gewesen war.

Wenn Honeybath allerdings auf eine Offenbarung hoffte, so erweckte Swithin nicht im geringsten den Eindruck, als wäre von seiner Seite aus damit zu rechnen. Seine letzte Bemerkung hatte beim besten Willen nichts Bedeutungsvolles enthalten. Er hegte kein übermäßiges Interesse für die wunderliche alte Dame, und nun wechselte er vollkommen ungerührt das Thema.

»Ich will nur schnell nach unten rufen, damit Charlie Dew uns Tee aufsetzt«, sagte er. »Er macht das nicht schlecht, und sein Teekessel steht immer auf dem Kaminsims bereit.«

Honeybath beeilte sich, seine Befriedigung über den Vorschlag zum Ausdruck zu bringen, zumal Swithins Gastfreundlichkeit offenbar seiner Vorstellung von der korrekten Entgegennahme einer ordnungsgemäßen Entschuldigung entsprach. Swithin hievte also die Falltür hoch und gab – mit einem gewissen Anflug von Autorität – dem bejahrten Wesen dort unten seine Anweisungen.

»Und bums – das war's«, schloß er knapp, während er die Falltür wieder herunterließ. »Wie gefällt Ihnen mein Zimmer?« fragte er dann.

»Sehr gut.« Honeybath hatte die unprätentiöse Art der Fragestellung als bemerkenswert empfunden. Swithin wollte ihn nicht provozieren. Er hatte lediglich gespürt, daß Honeybath ziemlich erpicht darauf war, sich in forschender Manier umzusehen, und er hatte eine Möglichkeit geschaffen, die dies großzügig und mit Anstand gestattete. Honeybath stand daher auf und schlenderte im Zimmer umher. Er sah, daß die Fachzeitschrift über Motorräder sozusagen nicht vorrangig war. Swithin Gore unterschied sich zumindest insoweit von der anspruchslosen Gesellschaftsklasse, der er angehörte, als für ihn ein Buch wirklich ein Buch war und nicht eine gängige illustrierte Zeitschrift. Wäre das nicht der Fall gewesen, hätten sich gewiß keine Berührungspunkte zwischen ihm und Patty ergeben. Swithins zahlreiche Bücher erinnerten stark an Pattys Sammlung, vor allem deshalb, weil sie in der Hauptsache eher instruktiv als unterhaltend waren. Sein Bestand war vielleicht etwas strenger gegliedert und sachbezogener als der ihre, eine Tatsache, die unübersehbar durch eine unglaubliche Anzahl mathematischer und naturwissenschaftlicher Lehrwerke dokumentiert wurde. Mathematische Neigungen haben bestimmt etwas für sich – insbesondere bei Leuten von einfacher Herkunft und mit lückenhafter Bildung. Bei entsprechender Begabung ist man hier allen anderen ebenbürtig. Doch Honeybath hielt sich nicht lange bei dieser weisen Erkenntnis auf, da er nun auf etwas ganz anderes aufmerksam wurde.

Swithin Gore hatte Interesse an fernen Ländern. Die niedrigen Wände dieses Dachbodenzimmers waren – soweit sie nicht von Fenstern oder behelfsmäßigen Bücherborden eingenommen wurden – mit Bildern von weit entfernten Stätten bedeckt. Einige steckten in kunstvollen – wenn auch ziemlich mitgenommenen – Rahmen, andere waren einfach mit Reißzwecken an die Wand geheftet; es befanden sich alte Stahlstiche darunter, moderne Farbdrucke, Fotografien, Bleistiftzeichnungen und Aquarelle. Man hatte den Eindruck, als habe Swithin seine Schätze über Jahre hinweg auf kleineren Auktionen zusammengetragen. Honeybath war gerade im Begriff zu fragen, ob er viel gereist sei, als ihm bewußt wurde, daß dies eine törichte Frage war. Swithin gehörte nicht einem Jahrgang an, der seinen Militärdienst bereits abgeleistet haben konnte, und er war auch noch zu jung, um wenigstens kurzfristig in der Armee Dienst getan zu haben. Swithin war einfach von beträchtlicher Reiselust besessen und hatte es sich bislang nicht leisten können, ihr zu frönen.

Angesichts dieser augenfälligen Exponate – zu deren Besichtigung er ja schließlich aufgefordert worden war – wagte Honeybath ein oder zwei Bemerkungen über bekannte Szenerien und Bauwerke. Swithin, der an seinem Hobby allem Anschein nach nichts Bemerkenswertes fand, gab entsprechend bedeutungslose Antworten. Dann klopfte Mr. Dew an die Falltür und brachte zwei Tassen Tee. Der Aufguß war ein wenig zu stark für Honeybath' Geschmack, aber ansonsten nicht schlecht. Honeybath schenkte ihm allerdings nicht viel Aufmerksamkeit; denn es hatte sich ihm nun schließlich doch noch etwas Überraschendes offenbart, und er war entschlossen, die Zusammenhänge unverzüglich zu klären.

»Das Bild hier interessiert mich«, sagte er und schlenderte zur Wand. »Wissen Sie Näheres darüber?«

»Nein, leider nicht.« Swithin war auch hinzugetreten und warf einen Blick auf eines der Aquarelle. »Ich habe mich schon gefragt, ob es nicht Bath darstellen soll.«

»Bath?«

»Ja. Mit all diesen massiven Ruinen. Es könnten die sein,

die noch lange nach dem Abzug der Römer gestanden haben. Die Angelsachsen konnten nichts damit anfangen und dachten, es wäre das Werk von Riesen aus grauer Vorzeit.«

»Tatsächlich?« Honeybath ließ nach dieser beachtlichen Zurschaustellung von Gelehrsamkeit keine Sekunde verstreichen. »Es ist das römische Forum«, erklärte er.

»Ach ja, das hätte ich mir denken können. Ist ganz nett, nicht? Man sieht, daß es zu den von Hand gemachten zählt.«

»Ja, stimmt. Und zwar von Miss Camilla Wyndowes Hand, Swithin.«

»Dann ist ja alles klar.« Sonderbarerweise schien Swithin von dieser Information nicht übermäßig beeindruckt oder überrascht zu sein. »Das muß dann eines von Oma Piptons Bildern sein.«

»Pipton?« Der Name weckte eine undeutliche, aber noch frische Erinnerung.

»Meine Großmutter war eine Zeitlang Miss Wyndowes Zofe«, erklärte Swithin. »Sie hat zusammen mit ihr Europa bereist, wie ich gehört habe. Und anscheinend bekam sie das hier geschenkt.« Zum erstenmal war Swithins Tonfall eine Spur steif und kurz angebunden. Honeybath war im Begriff, bemerkenswerte Hochachtung vor dem jungen Mann zu entwickeln. Aber er konnte einfach nicht immun sein gegenüber den Zwängen der Gesellschaft; schließlich liebte Swithin ein Mädchen, in dessen Familie seine Großmutter zu den Dienstboten gezählt hatte. Der Gedanke war ihm wohl nicht besonders angenehm.

Auch für Honeybath war er nicht besonders angenehm – um so mehr, als er nun der vermeintlichen Tatsache von Swithins Blutsverwandtschaft mit den Wyndowes ins Gesicht zu sehen glaubte. Und diese Tatsache – dessen war er sich nun sicher – war Swithin selbst vollkommen unbekannt. Mit welchem Geheimnis Swithins Geburt auch immer umgeben sein mochte: Swithin hatte niemals davon erfahren.

Einen Augenblick lang verspürte Honeybath den starken Drang, mit dieser Unwissenheit an Ort und Stelle ein für allemal aufzuräumen. Doch er erkannte, daß dies vielleicht wünschenswert sein mochte, andererseits aber kaum durchführbar – und wenn auch nur aus dem Grunde, daß die bislang vorhandenen Beweise lächerlich dürftig waren. Swithin Gore mußte sich oft genug im Spiegel betrachtet haben, selbst wenn das heutzutage nur noch zum Zwecke des Rasierens üblich war. Hatte er bisher nicht erspäht, was für Honeybath deutlich sichtbar war, dann war es wohl sinnlos, diesen Vorgang jetzt zu wiederholen. Natürlich war da noch der viel mysteriösere Tatbestand, daß Swithin außer der Wyndoweschen Nase oder dem Wyndoweschen Kinn auch bestimmte nicht greifbare Eigenschaften geerbt hatte. Auch das war für Honeybath unverkennbar. Die meisten Leute würden jedoch irgendwelche Andeutungen in dieser Richtung als reine Spekulation abtun, und es war durchaus möglich, daß Swithin zu ihnen zählte.

Andererseits konnte er Swithin gerade deshalb, weil er vollkommen ahnungslos war, was gewisse mysteriöse Zusammenhänge bezüglich seiner Geburt betraf, noch ein wenig intensiver befragen, ohne ihm im Moment größere Peinlichkeiten zuzumuten als den niedrigen Stand von Oma Pipton. Honeybath nahm die Sache sogleich in Angriff.

»Und was geschah mit Ihrer Oma Pipton, nachdem sie von ihren Reisen mit Miss Wyndowe zurückgekehrt war?« erkundigte er sich.

»Sie begab sich wieder nach Mullion und heiratete meinen Großvater Abel Gore. Fast unmittelbar danach, glaube ich. Mein Vater, Ammon Gore, war ihr einziges Kind. Er ist bald nach meiner Geburt gestorben – genau wie meine Mutter. Ich kann mich eigentlich gar nicht an sie erinnern.« Swithin verstummte einen Augenblick. »Sie hat auch im Schloß gedient«, meinte er dann. »Als Hausmädchen.«

»Das ist also Ihre Familiengeschichte«, sagte Honeybath, wobei er durch seinen Tonfall deutlich zu machen suchte, daß er nicht beabsichtigte, seine möglicherweise als unverschämt empfundene Befragung fortzusetzen.

»Ja, das ist alles. Die schlichten und einfachen Annalen der Armen.« Auch Swithins Tonfall hatte sich verändert und ließ zum erstenmal so etwas wie Niedergeschlagenheit erkennen. »Zustände wie im Mittelalter, und man kommt davon nicht los. Wir leben aber in der Realität und nicht in irgendeinem blödsinnigen Märchen. Der junge Held zieht hinaus in die

Welt, erwirbt Reichtümer und kehrt unter dem donnernden Applaus aller Beteiligten wieder heim. Das ist nichts für mich. Ich bin nicht an Reichtümern interessiert. Es gibt nur ein paar Gebiete, auf denen ich Bescheid wissen und auf denen ich etwas leisten möchte – von der Begonienzucht einmal abgesehen. Und dann gibt es noch etwas, was ich mir ganz sehnlich wünsche.«

Honeybath erhob sich, geleitet von dem unbestimmten Gefühl, daß der Zeitpunkt für weitergehende vertrauliche Gespräche mit Swithin Gore noch nicht gekommen war.

»Ich mache mir nicht besonders viel aus Begonien«, meinte er. Und dann fügte er aus einem plötzlichen Impuls heraus hinzu: » Aber ich hoffe, daß der Goldlack gut gedeiht, Swithin.«

Einen Augenblick lang erwiderte Swithin nichts darauf. Er hatte Verblüffung gezeigt, doch nun schenkte er Honeybath einen langen, offenen Blick.

»Nett, daß Sie gekommen sind«, sagte er abschließend. Dann hievte er die Falltür in die Höhe und war Honeybath beim Hinunterklettern behilflich. Das Ganze – so fand Honeybath – erinnerte stark an die Prozedur, Miss Wyndowe in ihren Lift hinein- oder aus ihm herauszubugsieren.

# XVII

Als Arzt der alten Schule besuchte Dr. Hinkstone seine Patientin zweimal täglich. Er saß am Bettrand und fühlte volle fünf Minuten lang ihren Puls; danach verwandte er weitere Zeit darauf, in sozusagen meditativer und zögernder Weise Rezepte zu schreiben, beinahe wie ein Poet, der mit einer schwierigen Versform zu kämpfen hat. So entstand der Eindruck, als ginge er mit seinen Behandlungsmethoden völlig neue Wege. Nachdem diese Rituale vollzogen waren, begab er sich in den Salon, gab dem jeweils darauf wartenden Familienmitglied Auskunft über den neuesten Stand seiner Erkenntnisse und akzeptierte dabei, je nach Tageszeit, eine Tasse Kaffee oder ein Glas Sherry. Im Moment fand Honeybath, der ins Schloß zurückgekehrt war und sich zum Abendessen umgezogen hatte, ihn auf die beschriebene Weise mit Lady Mullion und Cyprian konferierend. Über dem Sherry lag ein Hauch verbotenen Genusses. Es sah so aus, als tanzten die Mäuse, nachdem die Katze in ihrem Zimmer eingesperrt war.

Nach Dr. Hinkstones äußerer Erscheinung zu urteilen, war er ein rüstiger Achtzigjähriger. Er trug (zumindest gegenüber den oberen Gesellschaftsschichten) eine angemessene, aber nicht zu gewichtige berufliche Routine zur Schau, und genau wie der Pfarrer haftete ihm das Gebaren eines Menschen an, der es schätzte, nach des Tages Mühen seine wohlverdiente Entspannung in angenehmer Gesellschaft zu finden.

»Camilla schlägt sich wahrhaftig tapfer«, sagte er gerade, und Honeybath sah sich veranlaßt, aus dieser Titulierung zu schließen, daß der Doktor buchstäblich seit ihren Kindertagen ärztlicher Beistand seiner inzwischen betagten Patientin gewesen war. »Mit ein bißchen Glück – und Glück ist, wie Sie wissen, in solchen Fällen genauso wichtig wie die richtigen Heilmittel – wird sie weder an dieser Hürde noch an der nächsten scheitern. Sie besitzt die gleiche Zähigkeit, an die ich mich noch bei ihrem Vater entsinne. Und was das anging, konnte es mit Sylvanus niemand aufnehmen.«

»Sylvanus?« wiederholte Cyprian. »Das muß der alte Sylvanus gewesen sein.«

»Der alte Sylvanus, wenn du so willst, mein Junge. Und du, warum heiratest du übrigens nicht? Nichts trägt zur guten Konstitution eines Mannes so viel bei wie eine frühe Ehe. Schärfen Sie das Ihrem Sohn einmal ein, meine liebe Lady Mullion.«

»Ich glaube nicht, daß für Cyprians Konstitution größere Gefahr besteht, Dr. Hinkstone.« Nachdem sie keine geborene Wyndowe war, mußte die Gräfin von Mullion anscheinend ganz formell angeredet werden. »Aber es hat zweifellos viel für sich, wenn man diese Angelegenheiten frühzeitig unter Dach und Fach bringt. Ich hoffe doch sehr, Cyprians Erben noch kennenzulernen.«

»Ich auch, und ich möchte ihn auch noch beschneiden, wenn es erforderlich ist. Wissen Sie, wenn ein junger Mann sich zu lange zurückhält, glückt es ihm vielleicht nie, seinen Vogel abzuschießen. Ihm könnte etwas in die Quere kommen. Denk doch nur an deinen Großonkel Rupert, Cyprian.«

»Wir denken niemals an meinen Großonkel Rupert, Doktor. Man wird hier nicht gerade dazu ermuntert, und außerdem glaube ich nicht, daß meine Mutter mehr über ihn weiß als ich selbst. Er wird als schwarzes Schaf der Familie betrachtet, was in meinen Augen unfair ist. Wenn er sich nicht zurückgehalten hätte, wie Sie es nennen, so wäre er vor seinem Tod noch zu Frau und Kindern gekommen, und keiner von uns würde jetzt hier in Mullion Castle sitzen. Mein Vater wäre schlicht und einfach Mr. Wyndowe und müßte seinen Lebensunterhalt in irgendeinem Büro in London verdienen. Wir sollten alle dankbar sein für Ruperts schändliche Verirrungen. Worum hat es sich eigentlich gehandelt? War er homosexuell oder so was?«

»Cyprian, bitte!« sagte Lady Mullion.

»Ach, komm schon, Mama. Ich bin sicher, daß es Dr. Hinkstone weiß und damit nach all den Jahren herausrücken kann, ohne sein Berufsgeheimnis zu verletzen.«

»Das mag schon sein, Cyprian.« Dr. Hinkstone war richtiggehend amüsiert von der Wendung, die die Unterhaltung genommen hatte. »Aber ich habe deinen Großonkel so gut wie nie behandelt und bin nicht mit irgendwelchen Geheimnissen von ihm vertraut. Sicherlich ist es kein Geheimnis, daß er nicht den sexuellen Neigungen frönte, die du angedeutet hast. Zweifellos war das Gegenteil der Fall.«

»Er war also mehr vom Schlage des jetzigen Sylvanus, wie?« Während er diese Frage stellte, sandte Cyprian einen provozierenden Blick zu Honeybath hinüber. Ganz offensichtlich genoß er es, diese anstößigen Bemerkungen vor einem zufälligen Gast des Hauses zu machen. Lady Mullion war nun jedoch eindeutig verärgert, und als Dr. Hinkstone dies bewußt wurde, nahm er sofort Rücksicht darauf.

»Ich kann dir wirklich nichts über ihn erzählen, Cyprian. Wenn dich die Neugier derart plagt, dann versuch es doch bei Atlay. Wie ich schon sagte, Rupert Wyndowe ist mir kaum je über den Weg gelaufen. Weißt du, er lebte tatsächlich ständig im Ausland. Dort spielte sich quasi sein gesamtes Erwachsenendasein ab. Die meiste Zeit verbrachte er in Italien, glaube ich.«

Niemand, dem die geistige Veranlagung Charles Honeybath' vertraut ist, wird erstaunt sein zu erfahren, daß ihm an dieser Stelle ein überraschend kühner Gedanke kam. Eigentlich handelte es sich weniger um einen Gedanken als um eine Erkenntnis – eine Erkenntnis zudem, die sich beinahe im gleichen Augenblick zur Überzeugung verdichtete. Die junge Camilla Wyndowe mit ihrem Zeichenblock war weder buchstäblich noch sonstwie von einem als Halbgott getarnten *contadino* in einem Weingarten überwältigt gewesen; ihr eigener Cousin Rupert Wyndowe, Sohn und Erbe des damaligen Grafen von Mullion, des Familienoberhaupts, hatte sie verführt. Und nachdem die befleckte Jungfrau lange vor der Geburt der Kinder des jetzigen Grafen ihr ständiges Domizil in Mullion Castle gefunden hatte, war es nicht verwunderlich, daß ebendiesen Kindern – Cyprian eingeschlossen – ein solch skandalöses Stück Familiengeschichte verschwiegen worden war. Doch wie verhielt es sich mit Lady Mullion? Honeybath war sich ziemlich sicher, daß ihre Unkenntnis nicht geheuchelt war, als sie bekannte, nur eine vage Vorstellung von gewissen mysteriösen Begebenheiten in Camillas Lebensgeschichte zu haben.

Nun machte sich Honeybath auch über Henry seine Gedanken. Henry hatte erklärt, von seinem Vater in groben Zügen über Camillas Mißgeschick in Italien informiert worden zu sein. Aber ob Henry nicht wenigstens ein Quentchen mehr darüber wußte? Möglicherweise nicht. Honeybath rechnete im stillen schnell nach und kam zu dem Ergebnis, daß Henry zum Zeitpunkt jener bedauernswerten Familienepisode kaum über das Schuljungenalter (und das des Privatsklaven) hinausgewachsen gewesen sein konnte. Es war nicht auszuschließen, daß er hinsichtlich der Ereignisse einen unbestimmten Verdacht hegte, den er jedoch seiner Frau verschwieg, weil er ihm zu spekulativ erschien. Dagegen war nichts einzuwenden. Sollte diese Vermutung allerdings zutreffen, so war Henry, was seine Bemerkungen über Camilla anging, Honeybath gegenüber eine Spur unaufrichtig gewesen

– nicht zuletzt bei seinem Gerede über den Bauernjungen im Weingarten.

Alle diese Schlußfolgerungen waren durch und durch logisch, und Honeybath' Phantasie hätte sicher zu weiteren klug durchdachten Höhenflügen angesetzt, wäre nicht Dr. Hinkstone an diesem Punkt aufgestanden, um sich zu verabschieden. Lady Mullion sagte: »Cyprian, bitte«, und Cyprian (der ziemlich unhöflich sitzengeblieben war) sprang auf die Füße, um den Arzt zu dessen Wagen zu geleiten.

»Charles«, sagte: Lady Mullion, sobald sich die Tür des Salons hinter dem Doktor geschlossen hatte, »sehen Sie nicht einen eigenartigen Zusammenhang zwischen dem, was wir über den verrufenen Rupert Wyndowe gehört haben, und dem fanatischen Beharren der armen Camilla auf der Tatsache, niemals Italien bereist zu haben?«

»Ja, Mary. Ich glaube schon.« Honeybath schwieg einen Moment unbehaglich. »Es würde sich zumindest lohnen, darüber nachzudenken.«

»Und die ausgetauschten Bilder im Küchengang. Henry hat mir von Ihrer Entdeckung berichtet. Ach, ich wünschte, er wäre nicht so zurückhaltend in bezug auf seine Familiengeschichten. Man weiß einfach nicht, was er weiß oder was er vermutet oder ob es überhaupt etwas Wissenswertes oder Vermutenswertes gibt.« Lady Mullion verriet bei diesen Betrachtungen eine gewisse Ungeduld, die nun noch stärker zum Ausdruck kam. »Die Wyndowes können bisweilen sehr anstrengend sein«, meinte sie. »Ich glaube, das rührt daher, daß sie niemals auf gesellschaftliche oder politische Angelegenheiten irgendwelchen Einfluß hatten. Nicht einmal zur Zeit der Auseinandersetzungen zwischen den Royalisten und dem Parlament. Das einzige Problem für sie war, daß sie plötzlich mit einer Unmenge nutzloser Kanonenkugeln und ähnlichem Zeug dastanden.«

»Ich kann Ihren Standpunkt verstehen.«

»Aber noch einmal zu all diesen Vermutungen, Charles. Gehen Ihre in die Richtung, daß Rupert und Camilla Wyndowe in Italien eine unerwünschte Verbindung eingingen?«

»Ja.« Honeybath war möglicherweise verblüfft über die Tatsache, daß Lady Mullion offenbar imstande war, mit seinen eigenen Gedankengängen Schritt zu halten. »Und diese Verbindung muß in höchstem Maße unerwünscht gewesen sein, wenn sie dazu angetan war, die bedauernswerte junge Frau um den Verstand zu bringen.«

»Glauben Sie, sie hatten ein Kind?«

»Das könnte wohl der Fall gewesen sein. Das heißt, falls es – nun, falls die Verbindung derart war, wie wir sie uns vorstellen.« Honeybath wurde sich der Anstößigkeit seiner Bemerkung bewußt. Er war etwas verwirrt von der Scharfsichtigkeit, die Lady Mullion bei ihren raschen Schlußfolgerungen an den Tag legte.

»Unbedeutende Leute wie die Wyndowes neigen dazu, aus allem ein Drama zu machen. Meinen Sie nicht, Charles?«

»Ich weiß nicht so recht. Mir würde es niemals einfallen, Mary, die Wyndowes als unbedeutend anzusehen.«

»Nun, die Franzosen hätten für sie die Bezeichnung ›Landadel‹ – ständig darum bemüht, einen guten Eindruck zu machen und dergleichen Dinge mehr. Im übrigen muß man zugeben, daß ein uneheliches Kind, dessen Eltern beide der Familie Wyndowe angehören, eine äußerst peinliche Sache gewesen wäre. Keine Familie wäre davon begeistert.«

Honeybath konnte mit diesen Bemerkungen wenig anfangen, wenngleich sie ihn als authentische Stellungnahme aus einer mächtigen liberalen Aristokratenfamilie faszinierten. Er beschränkte sich an diesem Punkt darauf, verständnisvoll mit dem Kopf zu nicken.

»Man kann sich also vorstellen, daß sie alle eifrig bemüht waren, die Schande zu vertuschen«, fuhr Lady Mullion fort. »Es ist kaum vorstellbar, daß Henrys Vater – der Bruder Ruperts und Erbe seines Titels, falls Rupert starb – keine Kenntnis von dem vollständigen und wahren Sachverhalt gehabt haben sollte. Aber es ist unter Umständen auch vorstellbar, daß er nichts weiter wußte als das, was er Henry erzählt hat, als der noch sehr jung war: nämlich daß Camilla als junges Mädchen bei einem Auslandsaufenthalt in irgendwelche geheimnisvollen Schwierigkeiten geriet.« Lady Mullion hielt einen Augenblick inne. »Man muß davon ausgehen, daß Camillas Gedanken ständig darum kreisten, sich nicht zu verraten. Und neulich nacht hat sie des Guten zuviel getan. Zu mitternächtlicher Stunde jene Bilder auszutauschen, das war schon eine erstaunliche Leistung für die alte Seele. Sie hat meine uneingeschränkte Bewunderung.«

»Sie ist ohne Zweifel ein überaus bemerkenswerter Mensch.«

»Aber was ist mit der anderen Sache, dem Austausch des echten gegen den gefälschten Hilliard? Geht das auch auf Camillas Konto?«

»Du lieber Himmel!« Honeybath schien es, als habe er die Hilliards beinahe vergessen. »Ich habe darüber nachgegrübelt, auf welche Art die beiden Tatbestände möglicherweise miteinander in Verbindung stehen könnten. Sind Sie der Meinung, Mary, daß es einen Zusammenhang gibt?«

»Diese Sache ist noch viel merkwürdiger als alles andere, Charles. Und soll ich Ihnen etwas sagen? Gerade das läßt mich vermuten, daß sie sehr eng mit dem Kernpunkt von Camillas Geschichte verknüpft ist.«

An der Stelle betrat Lord Mullion das Zimmer. Es dünkte Honeybath einigermaßen sonderbar, daß er bislang noch keine Andeutung darüber erhalten hatte, ob Lady Mullion ihren Mann bereits von dem widrigen Geschehen unterrichtet hatte, dem sie – wie soeben bekundet – immense Wichtigkeit beimaß. Honeybath hatte das Gefühl, einen Fehler gemacht zu haben, indem er Henry nicht unverzüglich von seiner unerklärlichen Feststellung erzählt hatte. Er hatte aus Angst vor peinlichen familiären Verwicklungen davon Abstand genommen und mußte nun befürchten, kleinmütig gehandelt zu haben. Er fragte sich, ob Mary das Thema jetzt anschneiden würde. Henry verhinderte jedoch jedes Gespräch in dieser Richtung, indem er unmittelbar, nachdem die Tür hinter ihm ins Schloß gefallen war, auf ein ganz anderes Thema zu sprechen kam.

»Wo ist Martin Atlay?« fragte er. »Ich hatte erwartet, ihn hier zu finden.«

»Das hätte durchaus sein können.« Lady Mullions Tonfall war ungewöhnlich spitz. »Ich habe manchmal den Eindruck, Dr. Atlay lebt buchstäblich in unseren Westentaschen. Es kommt mir so vor, als sähe ich ihn genauso häufig wie Savine

– oder auch wie meine eigenen Kinder, wenn ich's recht bedenke.«

»Er wollte nämlich Camilla besuchen.« Lord Mullion schien den leichten Anflug von Gereiztheit nicht zu bemerken. »Das ist ja gut und schön, bei seinem Beruf. Nur hatte ich das Empfinden, als sei er ganz unverhältnismäßig aus dem Gleichgewicht geraten. Charles, ist Ihnen an Atlay nicht Ähnliches aufgefallen?«

»Ja, doch.«

»Sicher macht er sich Sorgen um Camilla. Er war mit ihr seit jeher sehr eng befreundet. Auf fromme Art, meine ich. Sie wissen schon, was ich sagen will.«

»Ja. Aber ich habe eine dunkle Ahnung, daß noch etwas anderes mitspielt, Henry. Etwas, das mit Miss Wyndowes plötzlicher Erkrankung nichts zu tun hat, aber trotzdem mit ihrer Person zusammenhängt.« Honeybath war sich nicht darüber im klaren, weshalb er diese Bemerkungen von sich gegeben hatte. Die seltsame Unruhe, die der Pfarrer zur Schau gestellt hatte, als er ihm an der Tür zur Bibliothek begegnet war, hatte keinerlei ersichtliche Beziehung zu Camilla, und man konnte glauben, er habe völlig ins Blaue hinein gesprochen. Um so mehr überraschte ihn Lord Mullions prompte Erwiderung.

»Meiner Ansicht nach haben Sie genau ins Schwarze getroffen, Charles. Die ganze Sache ist in höchstem Grade eigenartig.«

»Welche ganze Sache ist in höchstem Grade eigenartig, Henry?« Wieder war der leicht gereizte Tonfall in Lady Mullions Stimme.

»Nun ja, Martin ist vor ungefähr einer Stunde hier aufgetaucht und hat darum gebeten, Camilla umgehend einen Besuch abstatten zu dürfen. Ich erklärte ihm, daß Dr. Hinkstone absolute Ruhe verordnet habe, aber mir schien, als könne ich ihm seine Bitte nicht abschlagen. Wenn sich das alte Mädchen an der Schwelle zum Tod befindet – was mein Eindruck ist, ganz gleich, wie sich Hinkstone auch dazu stellen mag –, dann ist es nur recht und billig, daß ihr ein Geistlicher über diese Schwelle hilft, sozusagen. Natürlich ist das nur bei den Papisten unumstößliches Gebot, aber auch bei uns gilt diese Hilfe als sehr erbaulich. Ich führte Martin also hinauf und überließ ihn Mrs. Trumper. Er war sehr aufgeregt, jedoch nicht – wie mir schien – wegen Camillas unsterblicher Seele. Er wollte ihr offenbar etwas mitteilen, was er gerade entdeckt hatte und was sie unter allen Umständen erfahren sollte, bevor es dafür zu spät wäre – die Ärmste. Ich erklärte ihm, daß ich nicht beurteilen könne, ob Camillas Zustand es ihr ermögliche, seine Worte zu verstehen, und ob sie gegebenenfalls überhaupt daran interessiert sei. Danach empfahl ich mich. Ich hatte allerdings erwartet, daß Martin bei mir hereinschauen und eine Erklärung für sein Verhalten abgeben würde, bevor er ins Pfarrhaus zurückkehrte. Doch anscheinend ist er bereits gegangen.«

»Es ist durchaus möglich«, meinte Honeybath, »daß seine Ausführungen Miss Wyndowe gegenüber äußerst vertraulicher Natur waren, Henry; und daß er das Gefühl hatte, er habe sich durch seine Andeutungen einer Unbesonnenheit schuldig gemacht, weshalb er sich nicht weiteren Fragen aussetzen wollte, ohne zuvor über die Sache nachgedacht zu haben.«

»Wir fangen langsam an, uns in diesem Hause reichlich absurd zu benehmen.« Lady Mullion hatte ihrem Mann ein Glas Sherry eingeschenkt, und nun steckte sie den Stöpsel auf eine Art und Weise in die Karaffe, die genau das Gegenteil dieser abschließenden Geste anzudeuten schien – nämlich mit der unvermittelten Entschlossenheit eines Menschen, der sich endlich dazu durchgerungen hat, ein offenes Wort zu reden. »Es hat viel zu viel Geheimniskrämerei in bezug auf Camilla Wyndowe gegeben. Sie hat hier, an diesem völlig unbedeutenden Ort, über Jahrzehnte hinweg ein vollkommen untadeliges Leben geführt, und wir alle umkreisen sie auf Zehenspitzen, so als sei sie eine Zeitbombe.«

»Eine Zeitbombe, meine Liebe?« Lord Mullion war von diesem Vergleich offenbar beeindruckt. »Mir ist das in dieser Form sicher noch nie durch den Sinn gegangen, aber im großen und ganzen habe ich das ebenso empfunden. Charles, haben Sie bemerkt, daß Mary eine ungewöhnlich bildhafte Art hat, die Dinge darzustellen? Ja, es stimmt; ich hatte das Gefühl, als könne Camilla jeden Moment eine Explosion auslösen. Vermutlich widerstrebte es mir aus diesem Grunde, genauere Nachforschungen anzustellen. Nehmen wir doch nur einmal diesen Humbug, daß sie angeblich nie in Italien war. Das haben wir doch gehört, solange ich denken kann. Alles Unfug – abgesehen davon, daß sie sich nach ihrer Rückkehr in gewisser Weise verändert hatte. Frauen sind in solcher Beziehung überaus empfindsam – und das zu Recht. Denn was wäre das Leben ohne keusche Frauen; sogar die rechtmäßige Erbfolge wäre dann in Frage gestellt.«

»Ja, Henry. Ich bin sicher, daß das zutrifft.« Lady Mullion ließ die Gleichsetzung einer ehrbaren Frau mit einem zuverlässigen Bankier oder Rechtsanwalt gänzlich unbeeindruckt. »Aber verrate uns das eine: War dir völlig neu, was Dr. Hinkstone uns erzählte, nämlich daß Rupert Wyndowe den größten Teil seines Erwachsenendaseins in Italien verbrachte?«

»Ob mir das neu war? Aber natürlich! Rupert Wyndowe muß bereits während meiner Kindheit gestorben sein. Mein Vater hat ihn nie erwähnt.«

»Nicht einmal im Zusammenhang mit einer Sache, die er sehr wohl erwähnte – daß nämlich Camilla dort unten etwas Unglückseliges widerfahren sei?«

»Herr im Himmel, Mary, du wirst doch nicht annehmen…«

»Charles und ich haben über die Sache gesprochen. Und wir sind beide der Ansicht, daß sich Camilla das Ganze möglicherweise deshalb so sehr zu Herzen nahm, weil es sich bei ihrem Liebhaber um ihren Cousin handelte, der noch dazu als Wüstling verrufen war, so daß die Beziehung einen fürchterlichen Familienskandal zur Folge gehabt hätte. Wir haben sogar in Betracht gezogen, daß aus der Verbindung ein Kind hervorgegangen sein könnte.«

»Ein Kind!« Lord Mullion war entsetzt.

»Das vermutlich Pflegeeltern in Italien überlassen werden mußte oder etwas dieser Art. Und das würde genügen, *jede* Frau um den Verstand zu bringen.«

»Ich weiß nicht, wo das alles noch hinführen soll!« Lord Mullion, dessen Bestürzung ganz ohne Zweifel vollkommen echt war, schickte wilde Blicke durch den Salon – vielleicht in der schwachen Hoffnung, daß Savine diese lästige Episode durch die Ankündigung des Abendessens beenden würde. »Du glaubst doch sicher nicht, daß auch Atlay solche Hirngespinste im Kopf hat?«

»Ich traue ihm zu, daß er eine ganze Menge konkreter Fakten im Kopf hat. All das nämlich, was ihm Camilla im Laufe einer außergewöhnlich vertrauensvollen Beziehung erzählt haben könnte. Meinen Sie nicht auch, Charles?«

»Mir ist der ganze Sachverhalt ziemlich neu, Mary, und daher glaube ich nicht, daß mein Eindruck maßgebend sein kann.« Honeybath verstummte beschämt nach diesen Worten, die ihm windelweich vorkamen. »Aber – ja, ich hege die Vermutung, daß Atlay eine Menge von Miss Wyndowe erfahren hat. Doch jetzt hat Atlay das Gefühl, Miss Wyndowe etwas berichten zu müssen – insbesondere, falls sie sich am Rand des Grabes befindet, wie zu befürchten ist. Wir haben es hier mit einem echten Rätsel zu tun.«

»Meinen Sie etwas, das er gerade erst entdeckt hat?« wollte der zermürbte Lord Mullion wissen. »Wie könnte er über Camilla etwas herausgefunden haben, das sie nicht einmal selber weiß?«

»Da bin ich überfragt, Henry. Aber Sie sollten ihn danach fragen, denn Mary hat schon recht: hier im Hause ist zuviel Rätselhaftes im Gange.«

»Ja, das ist natürlich richtig. Ich stehe mit Martin Atlay auf ziemlich vertrautem Fuß, wie Sie bemerkt haben werden. Es bestehen sogar irgendwelche verwandtschaftlichen Beziehungen; aber ich habe keine Einzelheiten in Erinnerung. Trotzdem fände ich es unverschämt, von ihm Auskunft über Privatgespräche mit einem seiner Gemeindeglieder zu verlangen.«

»Soll ich ihn fragen?«

»Mein lieber Charles!« Es war deutlich zu erkennen, daß Lord Mullion sich durch dieses Anerbieten keineswegs beleidigt fühlte.

»Eine hervorragende Idee«, bekundete Lady Mullion mit Entschiedenheit. »Dr. Atlay wird nichts dagegen haben, Henry, wenn Charles ihm einfach erklärt, daß du ihn als alten Freund gebeten hast, sich mit ihm einmal in Ruhe über diese Dinge zu unterhalten. Dann wäre der Weg für weitere sinnvolle Erörterungen geebnet.«

Falls diese Bemerkung einen Hinweis darauf enthielt, daß Lord Mullions Sinn getrübt sein könnte, so ging dies in der folgenden Geschäftigkeit unter. Denn als Lord Wyndowe jetzt mit seinen Schwestern von der einen Seite her den Salon betrat, tauchte Savine an der anderen Seite auf und bat sie alle zum Abendessen. Und wie es der Zufall wollte, verstarb Camilla Wyndowe, während sie beim Dinner saßen.

## XVIII

Nachdem sein stürmisches Werben (das sich innerhalb des begrenzten Zeitraums dieser Erzählung abgespielt hatte) von Erfolg gekrönt war, sah sich Swithin Gore als glücklichsten aller Männer. Oder vielmehr hätte er sich so gesehen, wenn seine starke Neigung zur Realität ihm nicht ständig die schwerwiegende Tatsache vor Augen geführt hätte, daß er leider nur ein sehr unbedeutender Gehilfe des gräflichen Obergärtners war. Die Lösung des Problems, das sich hieraus ergab, konnte er seines Erachtens nicht allein Patty überlassen, wenngleich Patty diese Ansicht nicht zu teilen schien. Zudem hatte sein unüberlegtes Erscheinen im Schloß die Sache keineswegs vereinfacht; jedesmal, wenn er an Lord Mullions großzügige und spontane Absichtserklärung dachte, kam er sich wie ein Betrüger oder Verräter vor. Und nun war die alte Miss Wyndowe gestorben; Lord Mullions Fahne hatte am Samstag auf Halbmast geweht. Jetzt war Montag, und am Nachmittag sollte die Beerdigung sein.

Swithin wäre niemals davon ausgegangen, mit dem Begräbnis etwas zu tun zu haben. Nun war jedoch etwas Rätselhaftes geschehen, und obwohl Swithin sich entschlossen hatte, geheime Zusammenkünfte mit seiner Liebsten zu streichen, bis Miss Wyndowe wohlbehalten unter der Erde lag (man muß nämlich davon ausgehen, daß Swithin aufgrund seiner Unerfahrenheit ein sehr ausgeprägtes Gefühl für Anstandsformen hatte; trotz seiner Intelligenz hatte er nur eine einfache Erziehung genossen, und es zeichnete sich hier eine endlose Reihe kleinerer Komplikationen der verschiedensten Art ab) –, ja, obwohl Swithin sich also zu dem erwähnten Entschluß durchgerungen hatte, fühlte er sich nun veranlaßt, seine Meinung zu ändern. Das war der Grund, weshalb er und Patty sich nun in dem von Mauern umfriedeten Garten gegenüberstanden – ein Rosenbeet zwischen sich – und den Eindruck erweckten, als konferierten sie über die letzte Blütenpracht des Sommers.

»Lies es noch einmal«, sagte Swithin. Er reichte Patty ein Briefblatt hinüber. Patty tat, wie ihr geheißen.

»Ja«, meinte sie, »ja, ich verstehe.« Sie sah jedoch ganz und gar nicht so aus, als habe sie verstanden. Im Gegenteil, sie machte einen verwirrten, vielleicht sogar ein wenig argwöhnischen Eindruck.

»Wenn ich gestorben wäre«, sagte Swithin, »dann würde doch dein Bruder bestimmt nicht ausrücken, um meinen Sarg tragen zu helfen, oder?«

»Ganz bestimmt nicht.« Patty verweilte noch bei ihrer Antwort. »Es sei denn, du hättest ein Testament hinterlassen oder so was, in dem du ihn eigens darum gebeten hättest. Er fände dich zwar bescheuert, aber vermutlich wäre er rechtzeitig zur Stelle.«

»Dieser Kerl ist bescheuert!« Swithin deutete auf den Brief. »Ich habe ja gegen den Brauch als solchen überhaupt nichts einzuwenden. Wenn sich treue alte Freunde vom Gut hier beteiligen, zum Beispiel. Sehr mysteriös, das alles. Aber zumindest stinkt es nicht so zum Himmel wie vieles, was hier im Augenblick in der Luft liegt. Trotzdem hätte ich bei so etwas eher an ältere Männer gedacht, auf jeden Fall an solche, die sich sonntags sowieso immer wie die Leichenbestatter anziehen. Ich habe ja noch nicht einmal die passende Kleidung.«

»Du solltest jetzt nicht an Kleidung denken, Swithin. Das ist absurd.«

»Patty, du brauchst mir keine Verhaltensmaßregeln zu erteilen. Ich mag das nicht. Wenn man nichts Passendes zum Anziehen hat, wird man wohl noch das verdammte Recht haben, wenigstens darüber nachzudenken!«

Patty gab ihm den Brief zurück. Sie überlegte, ob sie sich den Luxus eines kleinen Streits mit Swithin leisten sollte. Einen oder zwei hatte es bereits gegeben, und sie hatten jedesmal in einer neuen Woge atemloser Glückseligkeit geendet. Doch sie entschied sich gegen diese momentane Ablenkung.

»Und was fällt dem Burschen eigentlich ein, mich seinen lieben Swithin zu nennen?« erkundigte sich Swithin. »›Mein lieber Swithin‹ – das ist ein ziemlich starkes Stück!«

»Du bist vermutlich Teil seiner geistlichen Herde.«

»Ich bin nichts dergleichen. Ich glaube, ich bin entweder Deist oder Theist. Leider kann ich nie behalten, was das eine und das andere ist.«

»Warum bist du dann nicht Agnostiker?« Patty war entzückt über das angelesene Wissen ihres Liebsten. »Das bin ich nämlich.«

»Na gut, ich werde auch Agnostiker. Aber Atheist werde ich niemals. Das wäre intellektuell unhaltbar. Die Atheisten stellen Behauptungen auf, die jeder beweisbaren Grundlage entbehren.«

»Stimmt.« Patty, deren Vorstellung von Autodidakten sich bis vor kurzem weitgehend auf ihre Erinnerungen an E. M. Forsters Leonard Bast gestützt hatte, bemerkte, daß sie ständig etwas Neues über Swithin dazulernte. »Aber hör mal, Swithin! Dr. Atlays Brief hat nichts mit dem zu tun, was du dir denkst. Du kommst nämlich zu einer Schlußfolgerung, die keineswegs zwingend ist. Ich glaube, du weißt das sehr wohl.«

»Ja. Klar. Allerdings ist der Brief sehr mysteriös und beunruhigend. Ich fühle mich durch euresgleichen immer stärker in die Ecke gedrängt. Und auch noch in eine scheußlich schiefe Lage.« Swithin blickte düster drein, was bei ihm äußerst selten vorkam. So sah er Cyprian ziemlich ähnlich.

»Was willst du übrigens damit sagen – ich käme zu einer Schlußfolgerung?«

»Lies den Brief noch einmal. Aber diesmal bitte laut.«

»Na gut.« Und Swithin las:

»Mein lieber Swithin,
es wäre sehr wünschenswert, daß Sie morgen nachmittag zum Begräbnis von Miss Camilla Wyndowe kämen. Wenn Sie sich wenige Minuten vor drei zum Schloß bemühen, werde ich dort am Haupttor auf Sie warten.

Nach der Aussegnung und der Beerdigung wird sich die Familie mit einigen anderen Gästen im Schloß versammeln. Es wäre sehr freundlich, wenn auch Sie sich dafür bereithalten könnten.

Mit freundlichem Gruß
MARTIN ATLAY«

»Na also«, sagte Patty. »Ich kann mir nicht vorstellen, wie du dem Ding die Aufforderung entnehmen kannst, als Sargträger – oder wie man das nennt – zu fungieren.«

»Ich bin gewohnt, schriftliche Mitteilungen als Anweisungen zu lesen. Das sind sie nämlich fast immer. Und was ist mit dem Quatsch, daß ich bei einer Zusammenkunft dabeisein soll?«

»Also, das ist bestimmt keine weitere Anweisung – du wirst nicht dazu aufgefordert, dich als Helfer bereitzuhalten, um den Leichenschmaus zu servieren. Sollte es sich wirklich um etwas Mysteriöses handeln, so wird es sich wohl bald aufklären.«

»Patty, du verheimlichst mir doch nicht etwas? Hast du deinem Vater von uns erzählt, und will er mich nun etwas genauer unter die Lupe nehmen?«

»Nein, ich habe kein Wort verlauten lassen; das ist es demnach nicht. Im übrigen bin ich der Meinung, du solltest ruhig tun, was man dir gesagt hat – beziehungsweise, um was man dich in aller Freundlichkeit gebeten hat.« Patty unterbrach sich einen Moment. »Ich schätze, du mußt dich an solche Töne langsam gewöhnen.«

»Patty, Herrgott noch mal! Was faselst du da eigentlich?«

»Ich weiß selbst nicht so genau. Aber mir dämmert allmählich einiges; ich bin mir aber noch nicht sicher, ob es mir gefällt. Eines steht jedoch fest: daß *du* mir gefällst, und zwar genau so, wie du bist.«

»Aber Patty! Ich werde doch einmal ein sehr erfolgreicher Mann sein, dessen Name im ›Who's who‹ aufgeführt ist und der voller Stolz seine niedere Herkunft enthüllt! Dann wirst du mich wohl nicht mehr mögen?«

»Mal sehen.«

An diesem Punkt sprang Swithin über das Rosenbeet. Es folgte ein Zwischenspiel. Als es beendet war, trat er jedoch einen Schritt zurück und sah die Dame seines Herzens ernst an.

»Das ist alles ziemlich unbefriedigend«, meinte er. »Du und, wie mir scheint, auch andere Leute, ihr habt irgend etwas, das ihr mir verschweigt. Was ist es?«

»Na ja, ich habe dich in letzter Zeit sehr oft angesehen.«

»Tatsächlich?« Swithin erwog dies. »Und verdreht es dir den Kopf?« fügte er bescheiden hinzu.

»Keineswegs. Und dieser reizende alte Maler hat dich ebenfalls genau betrachtet.«

»Das stimmt. Er hat mich vor ein paar Tagen abends aufgespürt und angestarrt.«

»Vermutlich will er dich skizzieren, wie du auf einem Heuhaufen sitzt. In Pastelltönen, nehme ich an, um deinem wunderbaren Teint, deinen kornblumenblauen Augen und deinem weizenblonden Haar gerecht zu werden. Er weiß natürlich über uns Bescheid. Und er hat eine Neigung dazu entwickelt, sich auf sehr tiefschürfende Weise mit Dr. Atlay zu unterhalten. Behalte Dr. Atlay im Auge, Swithin. Er ist derjenige, der über unsere Familie absolut alles weiß. Insbesondere über die arme Camilla. Er war sozusagen ihr Beichtvater.«

»Nur Papisten haben so etwas.«

»Ist gar nicht wahr, du Riesenidiot.« Nachdem sie das geäußert hatte, kehrte Patty kurz in Swithins Arme zurück. Dann nahm sie den Faden wieder auf. »Ich meine doch nicht ›Beichtvater‹ im wörtlichen Sinn. Camilla hat ihm sicher nicht durch ein kleines Fliegengitter zugeflüstert, daß sie Mrs. Trumper gegenüber hochfahrend gewesen sei oder Boosie eine Praline gemopst habe. Ich vermute jedoch, daß sie ihm auf irgendeine Weise ihr Herz ausschüttete.«

»Mein Gott, Patty! Wo soll das alles denn noch hinführen?«

»Geradewegs zum Mittagessen, schätze ich.« Patty hatte auf die Uhr gesehen. »Am besten, du verhältst dich heute nachmittag so, wie man es dir gesagt hat.«

»Patty, wenn man mich herumschubsen will...«

»Tu einfach, was man dir gesagt hat, Swithin Gore. Tanze nach Atlays Pfeife, wie sich Cyprian so gern ausdrückt. Ich habe den Verdacht, daß viele andere bald das gleiche tun werden müssen.«

»Hör zu, Patty! Ich habe nicht – ich wiederhole: nicht – die Absicht, ein wandelndes Kreuzworträtsel zu heiraten. Wenn du es nicht fertigbringst…«

»Nein, Liebling – nein!« Patty zeigte sich plötzlich zugleich entschlossen und besorgt. »Ich möchte einfach vermeiden, etwas kaputtzumachen oder wichtige Dinge in Unordnung zu bringen. Zunächst müssen wir einmal zuhören. Wir sehen uns in der Kirche. Dort gibt es eine Menge zu hören – für Agnostiker und andere. Aber auch hinterher noch.«

Damit wandte sich Lady Patience Wyndowe um und rannte aus dem Rosengarten – womit sie sicherlich ihrem Vornamen alle Ehre machte. Der zurückgebliebene Swithin kratzte sich zu seinem eigenen stillen Vergnügen in einer vollendeten Parodie einfältiger Ratlosigkeit den Kopf und strich sein weizenblondes Haar glatt. Alles in allem war er nicht übermäßig begeistert. Mittlerweile überkam ihn – geradezu zwangsläufig, denn er war ja alles andere als dumm – eine dunkle Ahnung, daß bei seiner Geburt gewisse Umstände im Spiel gewesen sein mußten, die ganz und gar nicht mit dem landläufigen Begriff der Ehrbarkeit in Einklang zu bringen waren. Das war für ihn ein schwerer Schock. Denn hinter allem, was er sich so angeeignet hatte, steckte noch der rechtschaffene Junge aus der Arbeiterklasse. Der Gedanke an irgendeinen Schandfleck in den kurzen und einfachen Annalen der Gores war ihm in höchstem Maße zuwider. Und Patty war vielleicht deshalb so besorgt, weil sie – ebenfalls nicht dumm – das sehr genau spürte.

## XIX

Das Fallgitter auf Mullion Castle erweckt den Anschein, als sei es sowohl für offensive als auch für defensive Zwecke geschaffen worden. Geht man darunter hindurch, so hängt über einem eine Reihe lebensgefährlich aussehender nach unten gerichteter Eisenspieße, die von einem Mechanismus aus beängstigend verrosteten Ketten und Flaschenzügen in ihrer

Position gehalten werden. Würde diese Vorrichtung nun – wie vor langer Zeit – zufällig oder absichtlich heruntergelassen werden, so wäre es durchaus vorstellbar, daß sich ein halbes Dutzend unschuldiger Touristen unversehens aufgespießt fände (so wie das vordem den hereinstürmenden Soldaten widerfahren war), gleich einer Anzahl von Oliven oder Kirschen auf Cocktailspießchen.

Ausgerechnet unter dieser bedrohlichen Vorrichtung entschloß sich Lord Mullion bei seiner Rückkehr von der Beerdigung, unvermittelt stehenzubleiben und Swithin anzusprechen.

»Gore, ich will Ihnen nicht vorspiegeln, daß ich nicht wüßte, weshalb Sie auf anscheinend so überraschende Weise hier mit dabeisind. Soweit ich informiert bin, sind Sie der Meinung, mit meiner älteren Tochter zu einer Einigung gekommen zu sein.«

»Jawohl, Sir.« Swithin hatte das Empfinden, es sei nicht nötig, Lord Mullion weiterhin mit »Mylord« anzureden. »Und auch Patty ist dieser Meinung.«

»Das habe ich von ihr gehört.« Lord Mullion fiel es schwer, dieses »Patty« zu schlucken. »Haben Sie ihr – ach, zum Kukkuck! – hat sie mir das auf Ihr Betreiben hin gesagt?«

»Nein, Sir. Ich wollte es Ihnen natürlich selbst sagen. Aber Patty ist ein sehr eigensinniges Mädchen. Das wird sich noch zu einem Problem auswachsen, wenn sie das Gefühl haben sollte, mich bevormunden zu müssen. Wann hat sie es Ihnen erzählt?«

»Aus irgendeinem Grund hat sie sich dafür den Augenblick ausgesucht, in dem wir den Friedhof verließen. Mir ist das unverständlich. Mir ist hier vieles unverständlich.«

»Mir geht es genauso, Sir. Ich sehe nicht ein, was mein Wunsch, Ihre Tochter zu heiraten – der Ihnen sicher ungeheuerlich erscheinen muß –, mit meiner Anwesenheit hier oben zu tun haben soll. Ich denke, Patty hat das ausgeheckt.«

»Nein, keineswegs ... Swithin.« Lord Mullion brachte den Namen nur mit gewaltiger Anstrengung heraus. »Es war der Pfarrer. Ich weiß nicht, was in den Burschen gefahren ist. Er benimmt sich, als habe er irgendein verworrenes privates Theaterstück zu inszenieren. Außerdem gefällt mir das ›ungeheuerlich‹ nicht, junger Mann. Ich empfinde Ihre Absicht keineswegs als ungeheuerlich. Es ist nicht zu übersehen, daß meine Tochter eine wunderbare Ehefrau wäre. Aber natürlich ist es völlig unvernünftig und absolut unmöglich. Das leuchtet jedem ein.«

»Es tut mir sehr leid, daß Sie so darüber denken.« Swithin war sich bewußt, daß sich sein zukünftiger Schwiegervater (als den er Lord Mullion unumstößlich betrachtete) in einem Zustand beträchtlicher Geistesverwirrung befinden mußte. »Ich vermute, Sie sind der Meinung, Patty sei von allen guten Geistern verlassen.«

»Weit davon entfernt.« Lord Mullion sah Swithin mit düster abschätzendem Blick an. »Ich kann mir denken, daß ihre guten Geister großen Anteil an der Sache hatten. Doch wie, zum Teufel, kommen Sie dazu, wie ein Gentleman zu reden?«

»Tue ich doch gar nicht.« Swithin war ausgesprochen entrüstet. »Ich spreche unüberhörbar den Dialekt dieser Gegend.«

»Ich hatte mich nicht dazu äußern wollen, wie Sie mit Ihren verflixten Vokalen und Konsonanten umgehen«, meinte Lord Mullion ziemlich verstimmt. Ihm kam zu Bewußtsein, daß er angesichts dieser kritischen Familiensituation keineswegs eine gute Figur machte. »Cyprian!« rief er, als er seinen Sohn herankommen sah, »bitte kümmere dich um Swithin Gore, ja? Tee und so weiter.« Damit schritt Lord Mullion hastig voran ins Schloß.

Cyprian trat argwöhnisch näher. Wie bei allen anderen hatte sich auch bei ihm ein eigentümliches Gefühl zusammengebraut, das auf widrige Ereignisse hindeutete. Dieses Gefühl mußte sich durch Swithins Anwesenheit bei dem Begräbnis und durch sein jetziges Erscheinen im Schloß beträchtlich gesteigert haben. Nun unterzog er Mr. Prings unbedeutenden Gehilfen einer Prozedur, an die sich das Objekt solcher Aufmerksamkeit inzwischen langsam gewöhnte: Er starrte ihn ganz offen an.

»Hallo, Swithin«, sagte Cyprian, sich unschlüssig vortastend.

»Hallo, Cyprian.«

Lord Wyndowe war verblüfft – was ihm auch zustand,

nachdem Gore seines Erachtens nun angesichts der Schloßmauern unvermutet Flagge gezeigt hatte. Es entstand eine kurze Pause, in deren Verlauf sich die beiden jungen Leute mit kühlen Blicken musterten.

»Gehen wir hinüber in den Salon«, sagte Cyprian plötzlich. »Dort gibt es Tee und weiß Gott was sonst noch alles. Vielleicht wird das Testament eröffnet oder so. Ein Rechtsanwalt ist allerdings nicht da; Atlay scheint die Sache in die Hand zu nehmen. Anscheinend gibt es ein schreckliches Geheimnis im Zusammenhang mit Camilla Wyndowe. Oder vielmehr ist der schwachsinnige alte Atlay dieser Ansicht. Wenn man bedenkt, daß er sie gerade erst begraben hat, dann ist es wohl ein bißchen früh, um in ihrer Vergangenheit herumzustochern.«

»Ich vermute, da könnte allerhand zum Vorschein kommen.«

Cyprian machte angesichts dieser schlagfertigen Entgegnung große Augen – so als habe er von diesem einfachen Jungen aus dem Volke nichts besseres erwartet als Mr. Charlie Dews »Häh« oder »Hääh«, oder allenfalls »Häääh?«. Doch dann zeigte sich auf seinem Gesicht völlig unerwartet ein breites Grinsen, worauf auch Swithin vorübergehend seinen versteinerten Gesichtsausdruck aufgab; ein gewisser Funke des Einverständnisses sprang von einem auf den anderen der beiden jungen Männer über.

»Wissen Sie«, sagte Cyprian, »ich fand es prima von Ihnen, daß Sie mir neulich meine Tennissachen hergebracht haben. Ich wollte mich bei Ihnen bedanken, habe es dann aber vergessen.«

»Nicht der Rede wert. Sie würden für mich doch sicher das gleiche tun.« Schon während er diese leicht ironische Bemerkung von sich gab, tat sie Swithin leid. Cyprian hatte versucht, etwas Verbindliches und Liebenswürdiges zu sagen, und er hatte ihm prompt die kalte Schulter gezeigt. Swithin mußte sich eingestehen, daß sein Benehmen zu wünschen übrig ließ. Das Schicksal hatte ihn unvermittelt in zwei völlig unvorhersehbare Situationen manövriert. Die erste war durch Patty gekennzeichnet und lag unheimlich weit zurück: genauer gesagt, mehrere Wochen. Die zweite war brandneu und lag in dem Umstand begründet, daß man ihn sozusagen als eine Art Wyndowesches Kuckucksei betrachtete. Dieser Ausdruck war ihm aus den Romanen des 18. Jahrhunderts geläufig, die er während eines gewissen Lebensabschnitts stapelweise verschlungen hatte. Er mochte weder den Ausdruck selbst noch den Tatbestand, den er bezeichnete. Auch bei Patty war der Groschen gefallen, dessen war er sich sicher, und Patty würde alles andere als begeistert sein von irgendwelchen blödsinnigen Enthüllungen in dieser Richtung. Sein eigentlicher Vorsatz war gewesen, das alles ohne großes Theater zur Kenntnis zu nehmen und dann fest zu behaupten, daß sich dadurch für ihn nichts ändern würde. Er war unglaublich dämlich gewesen, Cyprian plötzlich »Cyprian« zu nennen, nur weil dieser ihn »Swithin« genannt hatte. Und das Ganze wurde dadurch noch idiotischer, daß er sich – wie er jetzt erkannte – teilweise aus dem Grunde dazu veranlaßt gesehen hatte, weil ihm allmählich aufging, daß Lord Wyndowe möglicherweise doch noch einen liebenswerten Zug an sich haben mochte. Lord Wyndowe war klug, und das auf eine Weise, die scheinbar auf bemerkenswerte Trägheit hinzudeuten schien. Swithin, der zeit seines Lebens den Umgang mit klugen Leuten vermißt hatte, fühlte sich sogleich zu ihm hingezogen. Lord Wyndowe war zumindest nicht entgangen, daß hinsichtlich Swithins Geburt etwas im Busch war, während der entgeisterte Lord Mullion in der Beziehung anscheinend noch im dunkeln tappte beziehungsweise nur eine sehr verschwommene Vorstellung hatte.

Sie befanden sich nun im Salon. Manchmal, wenn Mr. Pring anderweitig beschäftigt war, hatte Swithin die Blumen für Lady Mullion hierher bringen dürfen, und in seinen Augen waren diese Räumlichkeiten die prachtvollsten, die er je zu Gesicht bekommen hatte. Lady Mullion war schon da, und sie bedachte ihn mit dem gleichen freundlichen Blick, den sie ihm auch gegönnt hätte, wäre er mit einem Armvoll Tulpen und Osterglocken hereingekommen. Allerdings war er nicht so schwachköpfig anzunehmen, daß sie seine Heirat mit ihrer Tochter in irgendeiner Weise gutheißen würde. Auch Boosie war da, und Boosie hatte in jüngster Zeit eine gewisse Zuneigung zu ihm gefaßt. Nun war Boosie aber eine sehr tolerante Schwester, und er kam sofort zu der Erkenntnis, daß es vorzuziehen war, im Augenblick einen weiten Bogen um sie zu machen, weil es ihr sonst zweifellos einfallen würde, auf ihn zuzustürzen und ihm einen demonstrativen, durch ihre Gesinnung motivierten Kuß zu geben. Er verspürte Erleichterung, als ihn Cyprian zu einem Sessel schob und er sich an der Seite des Landarztes fand.

»Guten Tag«, sagte Dr. Hinkstone, wobei er ihn neugierig ansah. »Ich habe das Gefühl, Sie kaum zu kennen, Mr. Gore.«

»So. Das läßt sich vermutlich durch meine gute Gesundheit erklären.« Swithin war sich nicht ganz sicher, ob diese Entgegnung als sehr liebenswürdig zu bezeichnen war. »Ich hoffe, Ihnen geht es auch gut«, fügte er hinzu.

»So gut, wie es mein Alter gestattet, mein lieber Junge. Ich möchte noch erwähnen, daß wir beide schon einmal in engerem Kontakt gestanden haben. Aber daran werden Sie sich kaum erinnern.« Dr. Hinkstone lachte leise in sich hinein. »Außer vielleicht in tiefer Hypnose.«

Swithin wollte schon »wie bitte?« sagen, besann sich aber eines besseren. Er glaubte, verstanden zu haben, und war irritiert. Infolgedessen begnügte er sich mit einem Blick auf die übrige Gesellschaft. Außer dem harten Kern der Familie waren nur noch der Pfarrer, Mr. Honeybath und Mr. Sylvanus Wyndowe anwesend. Swithin hatte den verschwommenen Eindruck, als gehörten zu Mr. Wyndowe – neben seiner Frau – ungefähr ein Dutzend Töchter. Keine dieser Damen befand sich allerdings unter den Anwesenden. Swithin kam sich plötzlich über alle Maßen fehl am Platz vor. Dieses Gefühl wurde nicht einmal dadurch erheblich gemildert, daß Patty mit bewundernswerter Unbefangenheit zu ihm herüberkam und ihm eine beängstigend zerbrechlich aussehende Tasse mit Untertasse reichte. Nervös nahm er sogleich einen Schluck. Mit dem Gebräu des alten Charlie Dew hatte das hier allerdings nichts gemein.

»Die Gäste im Saale, befangen in düsterem Schweigen«, raunte ihm Dr. Hinkstone zu seiner Verblüffung zu. »Aber nicht mehr lange. Soweit mir bekannt ist, hat der Pfarrer die Absicht, eine Ansprache zu halten. Sie können Gift darauf nehmen, Gore, daß ich hier genau den passenden Ausdruck gefunden habe. Hören Sie ihn oft predigen?«

»Ich habe ihn noch nie gehört. Ich gehe nicht zur Kirche.« Diese schroffe Erwiderung war ein weiteres Zeichen für Swithins Unbehaglichkeit.

»Somit haben Sie auch noch nichts gehört von dem erhabenen Prinzip der Unterordnung?«

»Nein.«

»Daneben gibt es noch das erhabene Prinzip der Legitimität.«

»Legitimität?« wiederholte Swithin abwehrend.

»In der umfassendsten Bedeutung des Wortes«, meinte Dr. Hinkstone eine Spur zu eifrig. »Danach soll niemand einfach wegen der Selbstsucht anderer oder zur Vermeidung von Unannehmlichkeiten übervorteilt oder ausgeschaltet werden können. Ich möchte mir kein Urteil darüber anmaßen, ob es sich um einen soliden Grundsatz handelt oder nicht. Und ich bin auch nicht gewillt, in irgendeiner Form darüber zu diskutieren. Wenn es um Tatsachen geht, ist das ganz etwas anderes. Ich könnte wohl eine oder zwei Tatsachen beisteuern, sollte sich die Notwendigkeit hierzu ergeben.«

»Nun, mir wäre mit ein oder zwei Tatsachen geholfen«, meinte Swithin mit plötzlicher Dringlichkeit. »Möglicherweise können Sie mir sie nennen. Wenn ich mit Ihrer Hilfe zur Welt gekommen bin – was Sie vermutlich in versteckter Form andeuten wollten –, dann müßten Sie es doch als Ihre Verpflichtung ansehen, mich über die Hintergründe aufzuklären, falls Sie dazu überhaupt in der Lage sind. Ich streite nicht ab, Interesse an den Wyndowes zu haben. Um es deutlich zu sagen: Ich habe sogar einen ganz bestimmten Grund dafür.«

»Lord Mullion hat mir auf dem Rückweg von der Kirche etwas in dieser Richtung anvertraut, Mr. Gore. Er ist völlig durcheinander.«

»Und ich erst. Cyprian sagt – ich meine, Lord Wyndowe sagt –, daß dieser Dr. Atlay etwas Entsetzliches über Miss Camilla Wyndowe offenbaren wird.«

»So entsetzlich wird es wahrscheinlich gar nicht sein. Dr.

Atlay neigt dazu, alles sozusagen mit seinen seelsorgerischen Maßstäben zu messen.«

»Ob entsetzlich oder nicht – mir ist das ziemlich egal. Ich hatte doch mit der alten Dame nichts zu tun, ich habe nur ihren räudigen alten Esel versorgt. Können Sie mir also vielleicht sagen, weshalb ich überhaupt hier bin?«

»Das, mein lieber Junge, wird Ihnen unser guter alter Pfarrer verraten, wenn mich nicht alles täuscht. Er wird Ihnen sagen, daß Sie sich im Irrtum befinden, wenn Sie annehmen, Ihre einzige Verbindung zu Miss Wyndowe habe in der Sorge um ihren Vierfüßler bestanden. Er wird dieser Gesellschaft klarmachen – und das sicherlich mit der allergrößten Deutlichkeit –, daß Miss Wyndowe in Wirklichkeit Ihre Großmutter war.«

## XX

Charles Honeybath, der mit seiner Gastgeberin zusammen auf einem Sofa saß und an seinem Tee nippte, fühlte sich entschieden als Eindringling inmitten dieser geheimnisvollen Familienrunde – und das mit etwas mehr Berechtigung als Swithin. Zugegeben, die Umstände hatten dazu beigetragen, daß er verschiedentlich ins Vertrauen gezogen worden war; sie hatten sogar zu eigenen Nachforschungen Anlaß gegeben. Und nun verfügte er über eine Reihe von Informationen, die kaum allgemein bekannt waren. So war er beispielsweise durch sein kürzlich geplantes Gespräch mit Dr. Atlay, das dann erst nach Miss Wyndowes Tod zustande gekommen war, zu der Überzeugung gelangt – wenn nicht gar zu der unumstößlichen Gewißheit –, daß der Pfarrer von Mullion seit langer Zeit eine Art verborgener romantischer Zuneigung für die dahingeschiedene Dame gehegt hatte. Möglicherweise hatte das erhabene Prinzip der Unterordnung genausoviel Anteil an der Sache wie die Erinnerung an längst gelöste Liebesbande.

Dr. Atlay war in der Tat bemüht gewesen, Miss Wyndowes Ruf zu schützen – mit anderen Worten, die Wahrheit über sie zu verheimlichen. Diese Fürsorge schien sich jedoch nicht auf ihr Angedenken zu erstrecken. Oder vielmehr (wie dem Mann fairerweise zugestanden werden muß) waren diverse andere Leute schuld daran, daß die Wahrheit über Miss Wyndowe enthüllt wurde, nachdem sie ja nun begraben war und mit ihr auch gewisse Legenden. Wie Honeybath allmählich dunkel zu ahnen begann, waren die Enthüllungen für Dr. Atlay ganz besonders im Hinblick auf vererbungsfähige Privilegien und überlieferte Rechte absolut unumgänglich.

In diesem Zusammenhang war Swithin Gore zum erstenmal auf der Bildfläche erschienen, um bald die Szene zu beherrschen. »Bildfläche« hatte übrigens nicht nur eine metaphorische Bedeutung. Anscheinend hatte Dr. Atlay vor nicht allzulanger Zeit bemerkt, daß der Gärtnergehilfe nicht nur mehreren lebenden Wyndowes auf subtile, aber frappierende Weise ähnlich sah, sondern daß er aufgrund eines seltsamen Zusammentreffens bestimmter Erbfaktoren das genaue Abbild eines jungen Mannes aus dieser Familie war, den Nicholas Hilliard vor ein paar hundert Jahren verewigt hatte. Die Ankunft eines bekannten Porträtisten zwang Dr. Atlay, in dieser Sache eine Entscheidung zu treffen. Wäre nicht ein solcher Mann, sobald er Swithin zu Gesicht bekommen würde, sofort in der Lage, diese außergewöhnliche Ähnlichkeit festzustellen, und würde er nicht, verständlicherweise, unerwünschte Aufmerksamkeit auf diesen Tatbestand lenken? In Anbetracht dieser Möglichkeit hatte Dr. Atlay unverzüglich gehandelt; er hatte eine illustrierte Abhandlung über englische Miniaturenmaler aus seinem eigenen Fundus genommen und die Bilder mit beachtlichem Geschick rasch ausgetauscht. Mit Honeybath' Abreise wäre die potentielle Gefahr, die der Maler darstellte, gebannt; der echte Hilliard konnte wieder an seinen Platz zurückkehren. Als Honeybath in dem Pfarrer den Verantwortlichen für die bizarre Tauschaktion gefunden hatte, war ihm nicht entgangen, daß der Betrug gewissermaßen zur Unterstützung einer Art krimineller Handlung gedient haben könnte. Die Beurteilung der Sachlage mußte hier jedoch von den Tatsachen abhängig gemacht werden, die noch zu enthüllen waren. Und was die anging, so wußte Honeybath genausowenig wie alle anderen. Außer, daß ihm vielleicht eines klargeworden war:

In der unmittelbaren Vergangenheit – genauer gesagt, nur wenige Stunden vor Miss Wyndowes Tod – hatte Atlay etwas völlig Neues entdeckt. Und diese Entdeckung hatte ihn völlig aus dem Konzept gebracht. Das war auch der eigentliche Grund, weshalb der Pfarrer sich verpflichtet fühlte, sofort nach der Beerdigung diese sonderbare Veranstaltung zu inszenieren, die nun ablaufen sollte.

Nachdem er diese Dinge zu seiner Zufriedenheit rekapituliert hatte, ließ Honeybath seine Augen durch den Salon schweifen. Er fragte sich, warum um Himmels willen Swithin Gore, der neben dem Arzt der Familie saß, so plötzlich geisterhaft blaß geworden war. Es wäre eher zu erwarten gewesen, daß dieser widersprüchliche junge Mann, der ganz unversehens in eine mysteriöse Schlüsselposition inmitten seiner Dienstherren aufgestiegen war, sich zumindest am Anfang der Euphorie hingegeben hätte. Um es kraß auszudrükken: hier mußte doch etwas für ihn drin sein. Und nachdem er sich bereits Hoffnungen auf ein ganz und gar außer Frage stehendes warmes Plätzchen in der Familie seines Arbeitgebers machte, hätte er eigentlich die Auffassung vertreten müssen, daß hier gewissermaßen die Vorsehung unvermittelt zu seinen Gunsten eingriff.

Aber derartige Gedankengänge – das mußte Honeybath unumwunden zugeben – taten Swithin Gore unrecht. Dem jungen Mann lag sehr viel daran, auf eigenen Füßen zu stehen. Unterstellte man ihm die Absicht, die Wyndowes nun auf irgendeine Art nötigen zu wollen, so wäre diese Vorstellung für ihn wohl kaum mit dem Begriff Dankbarkeit in Einklang zu bringen. Er war zwar kein Phantast, verfügte aber über das Selbstbewußtsein seiner Jahre, und er unterschätzte offensichtlich seine eigene katastrophale Unzulänglichkeit als Bewerber um die Hand von Lord Mullions Tochter. Vielleicht konnte man auch sagen, er war sich Pattys vollkommen sicher und dachte, das würde ausreichen. Honeybath war nur ungenügend darauf vorbereitet, die Lage falsch eingeschätzt zu haben.

Dr. Atlay hatte sich geräuspert – auf uncharakteristisch zögernde Weise, wie es Honeybath schien. Eigentlich hatte Dr. Atlay diese oder eine ähnliche Szene bereits vor sich gesehen –

vielleicht schon seit geraumer Zeit. Doch nun wurde er sich bewußt, daß sie nicht in der geplanten Weise über die Bühne gehen konnte; er war nämlich gezwungen, sich auf eindeutig verlorenem Posten zu schlagen. Honeybath war gerade bei dieser Überlegung angelangt, als Sylvanus Wyndowe die Gelegenheit ergriff, sich an Lady Mullion zu wenden, neben der er sich niedergelassen hatte. Dies geschah mit einem vermeintlich vertraulichen Flüstern, das in Wirklichkeit jedoch nichts anderes war als sein übliches Gedröhn.

»Mary, wer zum Teufel ist der junge Kerl dort drüben neben dem alten Hinkstone? Habe ich den nicht schon draußen Mist fahren sehen?«

»Er heißt Swithin Gore, Sylvanus. Ich meine, du hättest neulich erwähnt, daß du die Familie kennst.«

»Nicht zu fassen! Er sieht mir nicht wie ein Gore aus. Waren allesamt häßliche Bauerntölpel. Aber der junge Mann gefällt mir.«

»Ohne Zweifel, Sylvanus.« Lady Mullion überspielte den peinlichen Augenblick. »Aber nun hat uns Dr. Atlay etwas zu sagen. Sei also bitte still und höre ihm zu.«

Selbst Sylvanus Wyndowe würde vermutlich nicht von sich behaupten, übermäßig taktvoll zu sein. Trotzdem hätte man wohl erwarten können, daß er sich so weit beherrschen würde, einen unbekannten jungen Mann, eingeführt in den Kreis der Familie Wyndowe, nicht unverzüglich und lauthals mit einem Mistkarren in Verbindung zu bringen. Swithins eigene Verwirrung schien sich nicht gesteigert zu haben. Dr. Atlay streifte Sylvanus jedoch mit einem so mißbilligenden und entsetzten Blick, als stelle die Erwähnung des jungen Mr. Gore und seiner Aktivitäten auf dem Misthaufen eine äußerst verwerfliche Ungehörigkeit dar. Und jetzt ergriff Mr. Atlay das Wort.

»Mullion«, sagte er hoheitsvoll, »habe ich Ihre Erlaubnis, zu beginnen?«

»Ja, natürlich, Martin. Ich bitte darum. Das heißt, wenn Sie gern möchten.« Lord Mullions geistige Fähigkeiten schienen sich immer mehr zu verflüchtigen. »Es ist uns stets ein Vergnügen, Ihnen zu lauschen. Verdammt gute Predigt vor einigen Wochen, falls ich das erwähnen darf.«

»Weiß Gott, Sir! Sie haben's ihnen ganz schön gegeben, Sir!« Während er diese unpassende Spöttelei zum besten gab, blickte Cyprian beifallheischend in die Runde.

»Cyprian, komm!« mahnte Lady Mullion.

»Entschuldige, Mama.« Cyprian sah richtiggehend zerknirscht aus. »Fahren Sie fort, Sir.«

»Camillas Tod, das brauche ich kaum zu betonen«, begann Dr. Atlay, »ist für uns alle Anlaß zur Trauer. Mir erlegt er eine Pflicht auf, die ich nur mit Widerwillen erfülle. Ich gab jedoch Camilla bereits vor langer Zeit mein Wort, daß ich ihrem Wunsch nachkommen würde. Alles, was ich Ihnen jetzt zu sagen habe, stammt ausnahmslos von ihr; sie hat es mir aus freien Stücken erzählt und in dem vollen Bewußtsein, daß es von mir zur passenden Zeit an ihre Angehörigen weitergegeben werden würde. Genauer gesagt, stammt *fast* alles von ihr.«

Hier machte Dr. Atlay eine gewichtige Pause. »Ein Umstand, und zwar ein gravierender, hat sich mir erst kürzlich über eine andere Quelle erschlossen. Was unsere liebe Camilla davon gehalten hätte, wie sie ihn bezüglich dessen, was vor vielen Jahren als gut und richtig empfunden und auch entsprechend verfügt worden war, beurteilt hätte, wage ich mir kaum vorzustellen.«

Durch diese reichlich ominöse Einleitung gelang es dem Pfarrer, seine Zuhörerschaft sofort in seinen Bann zu schlagen. Selbst die packendste Predigt, die Lord Mullion und sein Erbe je von ihm gehört hatten, hätte keine größere Wirkung erzielen können.

»Camilla«, so fuhr Dr. Atlay fort, »reiste als junge Frau – als sehr junge Frau – in etwas abenteuerlicher Manier durch Europa. Der Grund dafür lag, wie uns allen bekannt ist, in ihren künstlerischen Neigungen. Sie wurde nur von einer ebenfalls ziemlich jungen Kammerzofe namens Pipton begleitet – ein sehr bedauerlicher Umstand. Im Ausland ging sie eine heimliche Verbindung mit ihrem Cousin Rupert Wyndowe ein, der zu jener Zeit Anspruch auf das Erbe von Mullion Castle hatte. Niemand wußte oder hörte etwas von Rupert; er lebte weitgehend im europäischen Ausland. Ich bedauere, sagen zu müssen, daß er ein Mann war, dem moralische Grundsätze fremd waren.«

»Mein Gott!« unterbrach Lord Mullion. »Dann hatten Mary und Charles ja recht! Es war tatsächlich Rupert! Mir war wohl bewußt, daß es sich um etwas ziemlich Heikles handeln mußte. Aber ich hatte immer das Gefühl, es sei besser, nicht daran zu rühren. Machen Sie weiter, mein lieber Martin.«

»Nur sehr widerwillig, Mullion. Die Verführung seiner jungen Verwandten – denn darauf lief es hinaus – gelang Rupert nur mit Hilfe einer verabscheuungswürdigen List, einer List, die glücklicherweise meist nur in billigen Liebesromanen wiederzufinden ist. Camilla erzählte mir die Geschichte mit Tränen in den Augen. Rupert, so sagte sie, arrangierte in aller Heimlichkeit ihre Eheschließung, wobei er ihr erklärte, daß es aufgrund gewisser familieninterner Probleme im Zusammenhang mit der Erbfolge und ähnlichen Dingen im Augenblick unklug sei, die Tatsache ihrer Heirat öffentlich bekanntzumachen. In ihrer Leidenschaft, aber auch ihrer Einfalt, gab sie ihr Einverständnis. Kurz danach wurde sie schwanger. Und an diesem Punkt zeigte Rupert sein wahres Gesicht. Der Beziehung überdrüssig, sagte er ihr, daß er in Wirklichkeit bereits verheiratet und ihr eigener Ehebund aus diesem Grunde null und nichtig sei; im übrigen würde er jetzt abhauen. Genauso ungehobelt hat er sich nach Camillas Worten ausgedrückt. Ja, und dann ist er tatsächlich abgehauen. Camilla hat während seiner restlichen acht oder zehn Lebensjahre nie wieder etwas von ihm gehört.«

»Gott im Himmel, Martin!« Der Graf von Mullion war bestürzt. »Wie haben Sie auf all das reagiert?«

»Ich war natürlich tief betroffen, mein lieber Mullion – sehr, sehr tief betroffen. Aber der merkwürdigste Teil der Geschichte, die mir Camilla in so bewegenden Worten anvertraute, kommt ja noch. Sie gebar einen Sohn, unmittelbar bevor beschlossen wurde, daß sie nach England zurückkehren sollte. Das unglückliche, illegitime Kind hätte genausogut in Italien zurückgelassen werden können. Camilla brachte jedoch mit Unterstützung Ihres Vaters, Mullion, der als einziger die Wahrheit kannte, ihr Kind mit zurück nach England, und zwar nach Mullion. Es wurde als Piptons Kind ausgegeben, das angeblich bei einem verbotenen Techtelmechtel hier im Dorf gezeugt worden war, als Pipton nach dem Tod eines Elternteils für kurze Zeit nach England heimgekehrt war. Als Vater wurde ein gewisser Abel Gore angegeben, und Abel Gore wurde dazu überredet, die Pipton unverzüglich zu heiraten.«

»Aber sicher wäre doch davon in der Familie meines Mannes etwas durchgesickert?« erkundigte sich Lady Mullion in ruhigem Tonfall.

»Das sollte man annehmen. Aber es war nicht der Fall. Der verstorbene Graf, der Bruder Ihres Mannes, neigte selbst ein wenig zur Geheimniskrämerei.« Atlay machte hier seine gewichtigste Pause bisher. »Und somit kommen wir zu dem jungen Mann, über dessen Anwesenheit in unserer heutigen Runde wir sehr glücklich sind: glücklich, wie ich hoffe, weil das Camillas Wunsch entspräche. Swithin ist der Sohn eines gewissen Ammon Gore, Abels einzigem Sohn, und damit Enkel von Rupert und Camilla Wyndowe.«

Einige Augenblicke lang herrschte absolute Stille. Am anderen Ende des Zimmers machte Dr. Hinkstone eine nervöse Geste, Swithin jedoch verharrte auf seinem Platz, unbeweglich wie ein Stein.

»Und das ist alles?« brüllte Sylvanus Wyndowe unvermittelt los.

»Das habe ich lange Zeit gedacht.« Dr. Atlay stockte – diesmal jedoch ganz offensichtlich ungeachtet irgendeines rhetorischen Effekts. »Ich hoffe, Sie werden verstehen«, fuhr er dann fort, »daß es mir unmöglich war, das Vertrauen der verstorbenen Miss Wyndowe zu mißbrauchen, zumal sie es mir buchstäblich in meiner Eigenschaft als Priester geschenkt hatte. Ich empfand es als meine Pflicht, ihre Angaben sorgfältig zu überprüfen. Es dürfte wohl klar sein, daß man einem jungen Mädchen in Rom allerhand vormachen konnte, und zwar in jeder Beziehung. Ich hegte starke Zweifel, daß Rupert Wyndowe tatsächlich jemals eine gültige Ehe eingegangen war. In seiner Position wäre es nicht ganz einfach gewesen, so etwas geheimzuhalten. Meiner Ansicht nach war ihm durchaus zuzutrauen, daß er eine Scheintrauung mit Camilla in Szene gesetzt hatte und später – anstatt es ihr zu beichten – behauptete, ihre Ehe sei nichtig, weil er Bigamist sei. Doch nun komme ich zu meiner letzten Entdeckung, und ich fürchte, ich muß Sie vorwarnen; denn sie ist überaus verwirrend. Erst vor wenigen Tagen bin ich unter den unzähligen Familienpapieren, die sich hier im Schloß angesammelt haben, auf ein kleines Bündel Briefe von der Hand Rupert Wyndowes gestoßen. Die Briefe waren an eine Dame gerichtet und sind, wie man sagen muß, in ordinärem und prahlerischem Stil verfaßt. Anscheinend muß die Empfängerin den Grafen verabscheuungswürdig gefunden und seine Korrespondenz zurückgesandt haben; er hielt es nicht der Mühe wert, sie zu vernichten. In einem der Briefe erzählt er von der Affäre mit seiner Cousine. Nachdem er sich entschlossen hatte, sie zu verlassen, erfand er einfach die Bigamie-Geschichte; sie entsprach aber nicht der Wahrheit.«

»Sie entsprach nicht der Wahrheit?« Es war Lord Mullion, der diesen Satz wiederholte, und dieser Vorgang schien seinen Geist plötzlich wieder zu klären. »Verflixt noch mal, Martin, eine Ehe kann doch nicht bigamisch sein, wenn die Trauung nur eine dreckige Schmierenkomödie war! Bestimmt...«

»Genau, Mullion. Rupert mußte zu der Bigamie-Lüge greifen, um Camilla loszuwerden und sie gleichzeitig zum Schweigen zu bringen. Die Trauung mit ihr, vollzogen in der Zeit seiner ersten Verliebtheit, war alles andere als Schwindel. Im Augenblick haben wir als Beweis dafür natürlich nur diesen selbstgefälligen und unerquicklichen Brief. Aber ich muß gestehen, daß ich nur wenig Zweifel an seinem Wahrheitsgehalt habe; die Nachforschungen werden es bestätigen.«

»Darf ich mal eine oder zwei Fragen stellen?« Swithin war aufgesprungen, und man konnte ihm förmlich ansehen, wie aufgebracht und verärgert er war – was zur Folge hatte, daß er sich noch gewandter und sicherer ausdrücken konnte als gewöhnlich. »Ist hieraus zu schließen, daß die uns als Miss Camilla Wyndowe bekannte Dame ihrem Ehemann und Cousin Rupert, dem Erben der Grafenwürde, tatsächlich einen legitimen Sohn geboren hat?«

»Das ist richtig«, meinte Dr. Atlay, »es sei denn, wir hätten uns völlig in die Irre leiten lassen.«

»Und dieses Kind bekam den Namen Ammon Gore, weil es einem gewissen Abel Gore und seiner Frau, die ich als Oma Pipton betrachte, untergeschoben wurde?«

»Ja.«

»Und Ammon Gore hat geheiratet, und ich bin sein einziges Kind?«

»Ja.«

An dieser Stelle muß bedauert werden, daß Swithin (ehemals Gore) ein wenig den Kopf und die Geduld verlor. Seine anschließenden Äußerungen gab er in brüllendem Ton von sich, womit er eine merkwürdig ähnliche Wirkung erzielte wie sonst Mr. Sylvanus Wyndowe.

»Versuchen Sie, aus mir einen blöden Grafen zu machen?« donnerte Swithin. »Aber ohne mich! Das Ganze ist eine verdammte Schande! Lauter dämliches Geschwätz!« Er schluckte heftig. »Grafenwürde und solches Zeug«, fügte er ziemlich verzweifelt hinzu, »das interessiert mich nicht. Aber das ganze Theater geht mir auf die Nerven. Und diese Schnüffelei. Und daß man mich zum Narren macht.« Nach diesem Ausrutscher in die Gossensprache setzte Swithin sich hin, so als habe er sein Pulver im Moment verschossen. Und nun erhob sich Cyprian.

»Ich bin schon der Meinung, daß einiges gesagt werden muß, damit alles ein bißchen durchschaubarer wird«, sagte er. »Wenn Swithin an meiner Stelle Lord Wyndowe sein möchte – bitte. Mir macht das überhaupt nichts aus.« Cyprian hielt inne, möglicherweise erstaunt, weil ihm das beinahe wie die Wahrheit vorkam. »Allerdings wäre es reichlich schofel, wenn er meinen Vater rausschmeißen wollte, um sofort Lord Mullion zu werden.«

»Ach, halt du doch den Mund!« Swithin war erneut aufgesprungen und trat kampflustig auf seinen neu gewonnenen Verwandten zu. Trotz Lady Mullions offenkundiger Fassungslosigkeit war Cyprian ebenfalls bereit, ihren Salon in einen Boxring zu verwandeln. Die beiden jungen Leute pflanzten sich voreinander auf und starrten sich zornig an. Dann brachen sie – vollkommen simultan – in Lachen aus.

»Quatsch!« rief Swithin. »Totaler Quatsch!«

»Quatsch!« wiederholte Cyprian – mysteriös, aber mit absoluter Überzeugung.

»Wirklich Quatsch.«

Dr. Hinkstone hatte zum erstenmal ein Wort verlauten lassen – und zwar in so ruhigem Ton, daß sich alle umdrehten und ihn anstarrten. Sie erblickten einen alten Mann, der offensichtlich äußerst erheitert war.

»Totaler Unsinn, das alles«, bemerkte Dr. Hinkstone. »Aus dem einfachen Grund, daß Ihnen ein paar Tatsachen nicht bekannt sind. Unser gut unterrichteter Pfarrer ist zum Glück nicht ganz auf dem laufenden. Jedenfalls glaube ich, daß es ein Glück ist. In der Grafschaft von Mullion wird sich nichts dramatisch verändern. Und Swithin ist im übrigen nicht der Enkel der verstorbenen Miss Wyndowe.«

»Was soll das heißen?« fragte Swithin, nun plötzlich zornig. »Haben Sie mir nicht selbst gesagt, ich sei ihr Enkel?«

»Keineswegs, mein lieber junger Freund. Ich sagte Ihnen, daß Dr. Atlay Ihnen das erzählen würde. Sie sind weder Camillas Enkel, noch Rupert Wyndowes Enkel.«

»Swithin ist überhaupt kein Wyndowe?« Die Frage, in komischer Verzweiflung gestellt, kam von Cyprian.

»Nun – das wiederum habe ich nicht behauptet«, meinte Dr. Hinkstone.

## XXI

»Ich bin durchaus gewillt, Martin Atlays Geschichte zu akzeptieren«, fuhr Dr. Hinkstone fort, »bis auf eine winzige Kleinigkeit. Und seine Gefühle in dieser Sache sprechen zweifellos für ihn.«

»Meine Gefühle sind äußerst schmerzlicher Natur: eine Tatsache, die sich nicht leugnen läßt«, entgegnete Dr. Atlay würdevoll. »Nichtsdestoweniger ist die Wahrheit oberstes Gebot.«

»Da stimme ich Ihnen uneingeschränkt zu, vorausgesetzt allerdings, die Wahrheit reicht aus, um damit zu protzen.« Dr. Hinkstone blickte so verschmitzt in die Runde seiner Zuhörer, daß einen empfindsamen Beobachter das Gefühl beschlichen hätte, er ergötze sich an der Situation mehr, als es ihre heikle Natur rechtfertigte. »Und die Wahrheit reicht aus, wenn es die ganze Wahrheit ist – über die Wyndowes, die Gores und alle übrigen. Wobei natürlich erforderlich ist, daß es sich um die sachdienliche Wahrheit handelt. Rupert und Camilla Wyndowe waren rechtmäßige Eheleute. Rupert und Camilla Wyndowe waren keine rechtmäßigen Eheleute. Eine dieser Behauptungen stimmt, die andere nicht. Für mich ist das ziemlich uninteressant, denn die Frage hat für keinen, der jetzt noch am Leben ist, irgendeine praktische Bedeutung. Einigen wir uns ruhig darauf, daß die Ehe tatsächlich rechtsgültig war. Wie bereits erwähnt, bin ich gern bereit, in diesem Punkt Zugeständnisse zu machen.

Betrachten wir nun einmal folgendes: Rupert, zu jener Zeit Lord Wyndowe und Erbe der Grafenwürde, zeugt einen Sohn. Doch da er ein Mensch ist, dem jegliche Moralvorstellung fehlt und er zudem nicht willens ist, sich zu seiner Ehe zu bekennen, ist es ihm recht, daß dieses Kind unter dem Namen Abel Gore auf den Ländereien der Familie aufwächst. Der Junge wird also erwachsen, heiratet und hat einen Sohn namens Ammon Gore. Bis zu diesem Punkt bewegen wir uns, auch unter Berücksichtigung unserer ersten Hypothese, noch auf annähernd sicherem Gelände. Ob nun die beiden genannten Herren rechtmäßige Grafen von Mullion waren, bedürfte, wie ich mir denken kann, einiger Erhellung durch rechtlich versierte Kapazitäten; unter Umständen müßte sogar das Oberhaus eingeschaltet werden. Da nun aber diese Bauersleute beide tot sind, glaube ich mit vollem Recht sagen zu können, daß Lord Mullions gegenwärtige Stellung davon nicht berührt wird. Er würde zweifellos darin bestätigt werden, ebenso wie sein Sohn, sollte die Frage irgendwann einmal erörtert werden.«

»Aber ganz und gar nicht!« Cyprian war aufgesprungen und befand sich schon wieder in einem Zustand erheblicher Aufregung. »Es ist doch vollkommen klar, daß Swithin...«

»Mit Swithin werde ich mich gleich befassen.« Bei diesen Worten nickte Dr. Hinkstone dem ehemaligen Erben der Gores wohlwollend zu. »Und zwar um so lieber, wie ich zugeben muß, als er ein durch und durch vernünftiger junger Mann zu sein scheint. In Zusammenhang mit Swithin komme ich übrigens auch auf diese winzige Kleinigkeit in Atlays Beweisführung zu sprechen, mit der ich nicht einverstanden bin. Sie können mich hier in gewisser Weise als Sachverständigen betrachten, denn ich habe Swithin auf diese Welt gebracht. Ich fürchte, mein lieber Atlay, Sie werden kaum Gelegenheit haben, ihn wieder aus ihr hinauszugeleiten.« Hinkstone machte nach seiner humorigen Einlage eine Kunstpause; anscheinend amüsierte er sich prächtig über den Witz. »Ich wiederhole: ich verhalf Swithin auf diese Welt – als Sohn Ammon Gores natürlich. Aber es war Betrug im Spiel. Ein sehr schmerzlicher Betrug noch dazu, und als ich die Wahrheit erkannte, empfand ich es keineswegs als meine Pflicht, ihn aufzudecken. Es hätte außerdem auch meinem Berufsethos widersprochen. Nun, hier haben Sie den Tatbestand: Swithin ist nicht Ammon Gores Sohn.«

»Wie zum Teufel wollen Sie das wissen, Hinkstone?« Lord Mullion hatte die Frage gestellt – und er gab sich gleich selbst die Antwort. »Etwas nicht ganz sauber, was?«

»Sie können es so ausdrücken, wenn Sie wollen, mein lieber Mullion. Folgendes war passiert: Ammon Gore, den ich zuvor noch nie behandelt hatte, wurde schwer krank und starb auch nicht lange danach im Ortskrankenhaus. Doch bevor es dazu kam, konnte ich noch feststellen, daß er aufgrund eines Geburtsfehlers zeugungsunfähig war. Ich möchte noch erwähnen, daß meine beiden Kollegen diesen Befund bestätigten und daß er Bestandteil von Unterlagen ist, die nötigenfalls überprüft werden können.« Dr. Hinkstone unterbrach sich kurz. Dann schloß er: »Wenn Ihnen also mein Wort genügt, können wir die ganze Sache vergessen.«

Einige Augenblicke lang wußte niemand etwas zu sagen. Und niemand war besonders erbaut – am wenigsten der unversehens vaterlose Swithin. Dann stand Lady Patience Wyndowe auf, durchquerte das Zimmer, nahm neben ihrem Liebsten Platz und ergriff zum ersten Male das Wort.

»Ich bin nicht dieser Ansicht, Dr. Hinkstone«, sagte sie.

»Mein liebes Kind, es besteht kein Anlaß...«

»Hatten Sie nicht gesagt – oder zumindest angedeutet –, ebengerade nicht behaupten zu wollen, daß Swithin kein Wyndowe sei?«

»Sollte das der Fall gewesen sein, so geschah es unbedacht –

oder besser gesagt, es war reine Spitzfindigkeit. Theoretisch kann jeder jeder sein.«

»Verdammt noch mal, Hinkstone, so geht's nicht. So geht's wirklich nicht.« Als Lord Mullion diese vollkommen einsichtige Bemerkung machte, wirkte er plötzlich überraschend energisch. »Swithin, mein lieber Junge, ich hoffe, Sie sind der gleichen Meinung.«

»Bin ich, Sir.« Nachdem er in der letzten halben Stunde ständig zwischen Verlegenheit und echtem Seelenschmerz hin- und hergetaumelt war, sah Swithin nun ebenfalls durchaus energisch aus.

»Wir geben uns jetzt nicht mit blödsinnigen Anspielungen zufrieden«, sagte Cyprian – in heftigem Ton, aber durchaus folgerichtig. »Werden Sie uns endlich sagen, was Sie wissen, Sie alter...«

»Cyprian, bitte!« unterbrach Lady Mullion.

»Sie alter Schwachkopf«, schloß Cyprian gelassen und ein wenig milder.

Das Ganze war ungeheuer peinlich und ungehörig, so daß sich Dr. Hinkstone genötigt fühlte, einen anderen Ton anzuschlagen.

»Es tut mir leid, wenn ich die Sache falsch angepackt habe«, meinte er. »Jetzt ist es anscheinend unvermeidlich, etwas ausführlicher zu werden. Ich muß Sie jedoch entsprechend vorwarnen, Lord Mullion. Denn was es jetzt noch zu sagen gibt, ist etwas, das Dr. Atlay mit vollkommener Berechtigung als äußerst schmerzlich bezeichnen würde. Ich gebe aber zu, daß diesem jungen Mann ein weiterer Tatbestand nicht verhehlt werden darf.«

»Wenn Swithin der Sohn eines Gentleman ist«, erklärte Dr. Atlay hoheitsvoll, »so hat er wohl das Recht, es zu erfahren.«

An diesem Punkt setzte Swithin zum Sprechen an. Es ist sehr wahrscheinlich, daß er am liebsten »Zum Teufel mit Ihrem Gentleman!« gesagt (beziehungsweise gebrüllt) hätte, Pattys Hand auf seinem Knie hielt ihn jedoch einstweilen im Zaum.

»Nun denn«, sagte Hinkstone. »Eines Tages vertraute mir die unglückliche Frau an...«

»Nennen Sie meine Mutter nicht ›die unglückliche Frau‹«, unterbrach Swithin – einigermaßen gefaßt. »Also, weiter?«

»Eines Tages vertraute sie mir an, wer in Wirklichkeit Vater ihres Kindes war. Der auf den Namen Swithin Gore getaufte Junge ist Mr. Sylvanus Wyndowes Sohn.«

»Mein Gott, ich habe einen Sohn!« Sylvanus Wyndowe war aufgesprungen; sein Gesicht ähnelte einem Leuchtfeuer, das plötzlich sein Licht ausstrahlte, um ein unglaubliches Ereignis zu verkünden. »Verflixt!« dröhnte er, »das war die kleine Amy! Jetzt entsinne ich mich. Sie war mit einem Gore verheiratet. Ich hab' einen Sohn! Nicht nur diese Gackerhennen! Hurra, hurra, hurraaa!« Mit diesen erstaunlichen Worten rannte Sylvanus quer durch den Raum, zerrte den perplexen Swithin auf die Füße, umarmte ihn und erweckte im übrigen den Anschein, als wolle er in der illustren Szenerie dieser höchst seltsamen Konferenz mit ihm Walzer tanzen.

Genau in diesem Moment kam Savine ins Zimmer, gefolgt von einem Hausmädchen. Zweifellos hatte er die Absicht, das Teegeschirr hinauszutragen. Er warf jedoch nur einen Blick in die Runde und zog sich daraufhin hastig zurück, wobei er das junge Mädchen wie ein entlaufenes Huhn vor sich herscheuchte.

»Er muß bei mir wohnen!« donnerte Sylvanus. »Ich mache einen Mann aus ihm! Ich bringe ihm das Reiten bei...«

»Ich kann schon reiten!« gab Swithin beleidigt und in gleicher Lautstärke zurück. Vater und Sohn starrten einander an – beide in einem Zustand hochgradiger Gefühlsverwirrung.

Es war nicht verwunderlich, daß diese Erwiderung nach einer derartig verworrenen Folge von Ereignissen noch eine Zeitlang Gesprächsstoff lieferte. Charles Honeybath, Mitglied der Royal Academy, sorgte schließlich ein wenig für Entspannung. Während der gesamten langwierigen Phase des *éclaircissement* hatte er geschwiegen, doch nun drängte es ihn, etwas zu sagen.

»Lieber Mr. Wyndowe«, bemerkte er, »glücklicherweise werden Sie kaum sehr lange brauchen, um aus Swithin einen Mann zu machen; denn es ist sehr unwahrscheinlich, daß Lady Patience ihn länger als einen oder zwei Monate freigibt.«

»Auf alle Fälle gebe ich ihn im Moment nicht frei«, erklärte Patty und erhob sich gelassen. »Swithin und ich gehen zusammen essen.« Damit nahm Patty – ihren Liebsten ausnahmsweise einmal ausdrücklich bevormundend – Swithin an der Hand, führte ihn hinüber zu ihrer Mutter, wartete das obligatorische Küßchen ab und verließ dann an seinem Arm den Salon.

Lady Mullion läutete nach Savine, damit der Alltag in Mullion Castle wieder seinen Lauf nehmen konnte. Nun erst wandte sich Honeybath ihr zu.

»Mary«, sagte er, »dem jungen Mann kann man wirklich gratulieren. Und nun wird es langsam Zeit, daß wir uns mit Ihrem Porträt befassen!«

Serie Piper Spannung

---

Michael Innes
Appleby und Honeybath
Roman
Aus dem Englischen von Christine Boness.
1986. 186 Seiten. Serie Piper 5510

Sir John Appleby machte bei der Londoner Polizei Karriere, schied als Commissioner aus und lebt seitdem standesgemäß auf dem Land; Charles Honeybath, Member of the Royal Academy, Junggeselle und gefragter Porträtist, verdankt seine Meriten als Detektiv seiner besonders guten Beobachtungsgabe. Gemeinsam lösen sie an einem Wochenende einen sehr vertrackten Fall: Der Literaturprofessor und Alexander-Pope-Experte Hagberg wußte offenbar sehr genau über die Schätze der Bibliothek von Grinton Hall Bescheid. In eben dieser Bibliothek aber wird seine Leiche gefunden und eingeschlossen, ehe sie verschwindet …

---